KB247299

2025 여름 | 통권 제 86호

표지 그림 ⓒ 조효빈

나비클럽의 슬로건인 'Life is full of mystery(인생은 미스터리로 가득하다)'를 브랜드 메인 컬러인 '미스터리 그린'을 배경으로, 다양한 스타일의 스티커처럼 가득 붙였습니다. 여름의 자유롭고 다채로운 분위기 속에서 당신만의 미스터리를 가득 발견하는 즐거움을 느껴보시길 바랍니다.

조효빈_ 북 디자인을 합니다. 디자인을 넘어 눈도 편하고 마음도 편한 모든 것을 하고 싶습니다. @_book_bin

# 계간 미스터리

2025 여름호

2025년 6월 16일 발행 통권 제86호

발행인 이영은

편집장 한이

편집위원 김재희, 박광규, 송시우, 조동신, 홍선주, 홍성호, 황세연

교정 오효순

홍보마케팅 김소망

디자인 조효빈

제작 제이오

인쇄 민언프린텍

발행처 나비클럽

등록번호 마포, 바00185

등록일자 2015년 10월 7일

출판등록 2017. 7. 4. 제25100-2017-0000054호

주소 (04031) 서울 마포구 동교로22길 49, 2층

전화 070-7722-3751 팩스 02-6008-3745

메일 nabiclub@nabiclub.net

홈페이지 www.nabiclub.net

페이스북 @nabiclub

인스타그램 @nabiclub

ISSN 1599-5216

ISBN 979-11-94127-18-5(03810)

# 2025 여름호를 펴내며

"Life is full of mystery."

이번 호《계간 미스터리》의 표지는 젊은 작가의 그림이나 사진 작품을 활용했던 전작들과는 다르게 수수께끼 같은 위 문구가 다양한 형태로 표현되어 있습니다. 이 간단한 문구에는 《계간 미스터리》를 편집하고 출간하는 나비클럽의 여러 달의 고민이 담겨 있습니다. 작년 겨울에 상식적으로 이해하기 어려운 불가해한 일에 맞닥뜨리고 두통과 분노 가운데서도 꾸역꾸역 일상을 이어가던 중, 갑자기 '우리의 본질은 무엇인가'라는 근원적인 질문을 하게 되었고, 그것은 필연적으로 '미스터리란 무엇인가'라는 질문으로 귀결되었습니다.

영화〈미스트〉속 자욱한 안개를 헤매는 것 같은 막막함을 지나 마침내 도달한 결론은, 미스터리는 하나의 장르가 아니라 세상을 바라보는 사고방식이라는 것입니다. 즉 정해진 틀과 규칙 없이 기존의 편견을 깨고 새로운 시각을 발견하며 세상을 탐구하는 방식입니다. 이 것을 함축한 문구가 "Life is full of mystery"입니다. 우리가 도출한 이 슬로건을《계간 미스터리》와 나비클럽에서 출간하는 작품들에 어떤 모습으로 구현하고 어떻게 독자들에게 설득력 있게 제시할지 벌써 기대가 됩니다.

이번 호 특집은 현존하는 거장 마이클 코넬리에 대해 다뤘습니다. 마이클 코넬리는 해리 보슈, 미키 할러, 잭 매커보이 등 걸출한 시리즈 작품을 꾸준히 펴내고 있으며, 국내에 가장 많은 작품이 번역 출간된 작가 가운데 한 명입니다. 특히 이번 특집에서는 성장기와 기자 생활을 거쳐 작가로 데뷔하는 과정만이 아니라, 그의 대표 캐릭터인 해리 보슈 시리즈 전체를 두루두루 살펴보았습니다. 우리와 같은 시간을 호흡하며 삶의 곡절을 헤쳐 나온 해리 보슈의 얼마 남지 않은 마지막을 끝까지 배웅할 수 있기를 바랍니다.

여름호에는 감춰진 특집이 하나 더 있습니다. 눈치 빠른 독자는 목차만 보고 알아채셨겠지만, '맥주'입니다. 박향래의〈서핑 더 비어〉는 서핑과 맥주를 연결한 작품으로, 읽는 내내 검게 그을린 젊음, 작열하는 햇빛, 덮치는 파도, 수제 맥주의 알싸함이 오감을 자극합니다. 물론 어머니와 삼촌의 죽음에 얽힌 미스터리는 기본입니다. 류재이의〈나는 맥주를 좋아하지 않아〉는 겉으로는 검찰수사관에서 전직한 공 법무사가 사고사로 보이는 남자의 죽음을 파헤치는 것으로 보이나, 속으로는 유기견을 데려와 '위시'라는 이름을 지어준 한 여자의 버킷리스트 지워 나가기입니다. 모든 비밀이 밝혀졌을 때, 하늘에서 맥주를 마시는 평범한 장면이 진하게 다가옵니다. 한이의〈시초에 맥주가 있었다〉는 맥주에서 맥주로 끝나는 이야기로, 어디서나 볼 수 있는 평범한 인간의 사소한 악의가 눈덩이처럼 불어나며 파국에 이르게 되는 과정을 그리고 있습니다.

신인상은 은혜성의〈아로니아 농장 살인〉이 받았습니다. 본심에 오른 네 편의 작품 가운데 가장 미스터리 장르에 대한 이해도가 돋보여 수상을 결정하게 되었습니다. 초반 빌드업과 관련해서 지루하다는 지적도 있었지만, 밀폐된 장소, 한정된 용의자, 시간을 이용한 알리바이 조작, 떡밥의 회수, 결말 이후의 반전, 설득력 있는 범행 동기 등을 골고루 갖춘 작품입니다. 인터뷰에서도 밝힌 것처럼 미스터리 장르에 대한 애정이 커서 앞으로의 활동이 기대되는 ⼈인입니다.

박인성 교수의 〈마스터플롯으로 읽는 장르문학〉 두 번째는 '가족 로맨스'입니다. 서양의 오이디푸스 콤플렉스와 고레에다 히로카즈로 대표되는 일본의 가족 드라마, 한국의 막장 드라마에서 나타나는 사회와 가족의 관계를 흥미롭게 분석하고 있습니다. 추리소설가인 무경은 〈본격 추리소설을 둘러싼 투쟁 – 《수상탑의 살인》으로 보는 본격 추리소설이라는 장르〉라는 다소 긴 제목의 글에서 현재 한국 미스터리 장르 신에서 어떤 일들이 벌어지고 있는지 보여줍니다. 인터뷰에서는 최근 《살아 있는 자들을 위한 죽음 수업》을 펴낸 법의학자 이호 교수와 죽음을 다루는 장르 작가에게 필요한 점에 관해 이야기를 나눴습니다. 미스터리 영상과 만화 웹툰 리뷰에서는 몽타주 수사관을 소재로 한 중국 드라마 〈엽죄도감: 몽타주 – 숨겨진 얼굴〉과 재난과 종말을 다룬 웹툰 《제11호 태풍 힌남노》와 《물위의 우리》를 소개했습니다.

한국 디스터리 장르의 비조鼻祖로 불리는 김내성 선생이 1950년 2월 한 신문에 발표한 〈아인슈E·인 박사와 탐정소설〉이라는 에세이에 재미있는 대목이 나옵니다.

"그런데 내가 여기서 적지 않은 흥미를 느낀 것은 나는 과거에 있어서 탐정소설을 설명하기 위하여 자연현상의 기奇로움을 인용한 사실이 있기 때문이다. 다시 말하면 탐정소설에서는 아무리 착잡하게 얼크러진 불가사의의 현상도 맨 마지막까지 읽기만 하면 반드시 독자를 만족시킬 수 있는 해결을 볼 수 있는 데 비하여, 현실 범죄사건 내지 자연현상에 있어서는 아무리 명민한 두뇌의 소유자라도 반드시 만족한 해결을 지을 수 있다고 단정하지는 못한다."

그러니까 미스터리 소설에서 탐정은 작가가 벌여놓은 단서들을 발견하고 논리적으로 해석하던 되지만, 자연현상의 미스터리를 탐구하는 물리학자는 조물주가 벌여놓은 단서들이 일정하지가 않아서 한 사람이 이론적인 결과를 내놓더라도, 다른 사람에 의해 발견된 또 다른 사실 때문에 뒤집히는 일이 비일비재하다는 것입니다.

미스터리를 단순한 장르에서 삶을 사유하는 사고방식으로 천명한 《계간 미스터리》와 나비클럽이 어떤 재미난 일을 벌일지 기대해주세요.

"인생은 미스터리로 가득하다."

– 한이·계간 미스터리 편집장

# "모두 중요하거나 아무도 중요하지 않다"

## – 마이클 코넬리의 해리 보슈 연대기

✦ 박광규

사진 제공 - 알에이치코리아

현재 생존 여부 기준으로 영어권 추리작가 중 국내에 가장 많은 작품이 번역된 사람은 누구일까? 퍼트리셔 콘웰? 리 차일드? 이언 랜킨? 루이즈 페니? 여러 작가의 이름을 떠올릴 수 있지만, 답은 마이클 코넬리다(2025년 5월 현재 30권의 장편소설 번역 출간). 물론 단순히 번역된 작품의 수만으로 '최고 인기 작가'라고 단정할 수는 없지만, 적어도 국내에 탄탄한 독자층이 있는 것만은 확실해 보인다.

그는 장편소설 40권과 논픽션 1권을 쓴 베스트셀러 작가로, 그의 작품은 8900만 부 이상이 팔렸고 45개 국어로 번역되었다. 그의 데뷔작인 《블랙 에코》는 1992년 에드거상 최우수 신인상 수상작이다. 또한 2018년 영국 추리작가협회의 다이아몬드대거상, 2023년 미국 미스터리작가협회의 그랜드마스터상을 수상했다(2025년 마이클 코넬리 홈페이지에서 인용).

이처럼 화려한 경력을 가지고 있지만, 한국 독자들에게는 책날개에 인쇄된 작가 소개 이외에 알려진 바가 많지 않다(코넬리가 짧은 개인사를 직접 밝힌 《범죄의 탄생Crime Beats》(2004)과 《라인업The Lineup》(2009)은 아쉽게도 절판 상태다). 데뷔 이래 해마다 빠짐없이 작품을 발표하며 순탄한 작가 활동을 해온 것처럼 보이지만, 고비가 있었고 필요하다면 커다란 변화도 주저하지 않았다. 그의 성장기 및 작가 데뷔, 그리고 작품과 드라마에 이르기까지 시간순으로 간단한 설명과 함께 살펴보도록 하겠다.


## 책에 빠진 소년에서 중견 기자가 되기까지

마이클 코넬리는 1956년 아버지 W. 마이클 코넬리와 어머니 메리 매커보이 코넬리의 여섯 자녀 중 둘째로 태어났다. 그의 할아버지는 필라델피아 근교에서 주택 건축업을 했으며, 아버지 역시 건축업에 종사했다. 1960년대 중반, 지역 경기 침체로 아버지의 사업이 파산하는 바람에 집 앞문에 압류 통보서가 붙을 정도로 어려운 시절을 겪었다.

1968년 말, 가족은 플로리다의 포트로더데일로 이사했다. 이듬해 여름, 코넬리는 두 동생과 함께 공원에서 놀다가 더위를 참지 못해 냉방이 되는 근처 도서관으로 들어갔는데, 사서들은 코넬리 형제에게 책을 읽으라고 권했다. 그때 사서가 골라준 책이 하퍼 리의 《앵무새 죽이기》였다.

"그 덕택에 독서에 흥미가 생겼을 뿐만 아니라, 정의에 관한 이야기, 자신이 믿는 바를 위해 싸우는 이야기에도 평생 관심을 갖게 되었습니다."[*] 그의 회상이다. "또한 그곳에서 처음으로 추리소설을 읽었습니다.《하디 보이즈The Hardy Boys》에서부터 미키 스필레인까지요. 아이들이 볼 만한 책 뒤에 스필레인의 작품을 숨겨서 보다가 사서에게 들킨 적이 있는데, 그분은 책을 가져가면서 이렇게 말하더군요. '내년 여름에 읽으렴.' 저는 종종 과거로 돌아가서 그 사서 분들에게 감사 인사를 하고 싶습니다."[**],[***]

평범하게 지내던 코넬리는 열여섯 살 때 인생 처음으로 범죄, 그리고 경찰 세계와 마주친다. 포트 로더데일 해변의 리조트에서 야간 접시닦이 아르바이트를 하던 그가 일을 마치고 자정 무렵 차를 몰고 집으로 돌아가던 길이었다. 정지 신호로 잠시 멈춰 있을 때, 장발에 수염이 덥수룩한 남자가 달리는 모습이 시야에 들어왔다. 남자는 셔츠를 벗어서 어떤 물건을 감싼 뒤 인도 옆 산울타리 속에 넣더니 티셔츠 차림으로 폭주족이 드나드는 술집으로 들어갔다. 코넬리가 차에서 내려 확인해보니 권총이었다. 그는 공중전화로 아버지에게 연락하고 경찰에 신고했다. 현장에 도착한 경찰은 부근에서 강도 사건이 있었는데 피해자는 머리에 총을 맞았다고 설명했다. 형사들은 유일한 목격자인 코넬리를 네 시간 동안 심문한 다음, 술집에서 연행한 여러 명을 일렬로 세운 뒤 용의자를 지목하게 했다. '장발에 수염'이라는 비슷한 외모를 가진 사람들 가운데 코넬리가 목격했던 사람은 없었지만 형사들은 두려움 때문에 진짜 용의자를 특정하지 못한 걸로 생각했다(코넬리는 훗날, 이 사건을 소재로 한 단편 〈자정 이후 After Midnight〉(2003)에서 당시 상황을 거의 그대로 묘사했다).

이 일을 계기로 범죄에 대해 관심을 갖게 된 코넬리는 신문의 범죄 기사와 범죄 논픽션을 적극적으로 찾아 읽기 시작했다.

1974년 포트로더데일의 성 토마스 아퀴나스 고등학교를 졸업한 코넬리는 플로리다대학에 입학했다. 그러나 집안 내력이라는 이유로 선택한 건축공학은 도무지 적성에 맞지 않았다. 학업에 대한 의욕이 생기지 않은 탓에 수업 대신 서

---

[*]    "Author says librarians put him on track to write", *Gainesville Sun*, 2007년 1월 26일.
[**]    Anderson, Patrick, *The Triumph of the Thriller: How Cops, Crooks, and Cannibals Captured Popular Fictions*, Random House, 2007.
[***]    코넬리는《혼돈의 도시》헌사에 다음과 같이 썼다. "내게《앵무새 죽이기》를 건네주었던 사서에게 이 책을 바칩니다."

점, 영화관, 술집을 전전했고, 결과적으로 성적은 형편없었다. 빈둥거리던 아들이 못마땅했던 그의 부모는 매일 여동생들을 깨워 차로 등교시키는 일을 맡겼다. "그 덕분에 여덟 살과 열 살이라는 나이 차이 때문에 다소 거리가 있었던 여동생들과 정말 친밀해졌습니다." 코넬리의 회상이다.

그래도 유명 소설가인 해리 크루즈의 문학 수업은 마음에 들어 유일하게 빠짐없이 출석했고, 헌터 톰슨, 켄 키지, 커트 보니것 주니어 등 현대 미국 소설가의 작품을 열심히 읽었다. 그러던 어느 날, 학생회관의 1달러 영화 상영에서 로버트 올트먼 감독의 〈기나긴 이별 The Long Goodbye〉(1973)을 관람한 경험이 의욕 없던 젊은이의 인생을 영원히 바꿔놓는다. 레이먼드 챈들러가 1953년 발표한 원작을 1970년대 감각으로 제작한 이 영화에 빠져든 코넬리는 다음 날에 다시 관람했고, 원작자인 레이먼드 챈들러의 작품을 2주 만에 전부 구해 읽었다. 어머니 덕택에 추리소설을 즐겨 읽었으면서도 그의 작품이 '너무 오래되었다'고 생각해서 손도 대지 않았던 코넬리는, 챈들러의 유려한 문장과 '필립 말로'라는 냉소주의와 희망이 공존하는 인물에 빠져들었고, 그와 함께 목표가 생겼다. 바로 챈들러와 같은 추리소설가가 되는 것이었다.

그는 부모, 특히 아버지에게 자기 생각을 말해야 한다는 것에 걱정이 앞섰다. 뜻밖에 아버지의 반응은 정반대였다. 젊은 시절 화가를 지망해서 필라델피아의 미술학교에 진학했으나 가족을 부양하기 위해 자퇴했던 아버지는 아들에게 꿈을 따라가보라고 격려했다(안타깝게도 그는 아들의 첫 소설 출간을 앞두고 세상을 떠났다). 대신 젊은 나이에 성공한 소설가는 거의 없으니 사회 경험을 해보라고 충고했고, 범죄 관련 소설을 쓰고 싶다면 변호사, 경찰, 아니면 기자와 같은 직업을 선택해보라고 덧붙였다. 기자가 된다면 관련 분야를 가까이 접하면서 글 쓰는 기술을 갈고닦을 수 있을 테니 무척 이상적인 직업이라고 생각한 코넬리는 건축공학 대신 저널리즘 커뮤니케이션 학부에 편입해서 저널리즘 전공, 문예 창작 부전공으로 다시 학업을 시작했다.

1980년 무사히 학업을 마친 그는 《데이토너 비치 뉴스 저널》의 경찰 담당 기자로 고용되었다. 기자 생활을 하면서 플로리다를 배경으로 한 범죄소설을 두 편 썼지만, 모두 마무리하지 못한 채 중단하고 말았다. 작가 지망생이 흔히 마주치는 일, 즉 흥미롭게 보이는 소재와 인물을 만들었어도 이야기를 이끌어가는 방법을 몰랐기 때문이다. 소설을 쓰는 데 필요한 기술을 아직 갖추지 못했음을 자각한 그는 일단 기자로서의 일에 전념했다. 포트로더데일의 《사우스플로리다 선 센티넬》의 기자로 자리를 옮긴 그는 1986년 다른 두 명의 기자와 함께 델타항공기 추락 사고*생존자에 관한 특별 취재 기사를 썼다. 이 기사는 퓰리처상 최종 후보에 올랐고, 그 경력은 1987년 《로스앤젤레스 타임스》로부터 이직 제의를 받을 때 큰 도움이 되었다. 그는 아내(대학 시절 사귀었던 린다 매케일렙과 1984년에 결혼했다)와 함께 로스앤젤레스에 자리를 잡았다.


## 히에로니무스 '해리' 보슈

결과론이라거나 우연이라고 말할 수도 있겠지만, 《로스앤젤레스 타임스》의 채용 면접은 그의 머릿속 창작의 심지에 불을 붙였다. 그것은 1987년 7월에 발생한 터널 강도 사건이었다. '터널'이라는 단어가 그의 어린 시절 기억과 연결되면서 연쇄반응을 일으킨 것이다.

"그것은 여러 아이디어와 관심사가 갑자기 합쳐져서 거의 계시처럼 나타난 신비한 결합이었습니다."**

그가 필라델피아에 살던 어린 시절, 집 앞쪽 근처에 거리를 가로지르는 빗물 터널이 있었다. 동네 꼬마들 사이에서는 이 어둡고 진흙투성이 터널을 기어서 통과하는 것이 일종의 통과의례가 되었는데, 어린 코넬리에게는 한동안 터널에 대한 트라우마로 남았다.

플로리다로 이사한 후에는 아버지의 직장 동료 이야기를 듣게 된다. 직원 중 베트남 전쟁 때 생긴 얼굴의 흉터 때문에 수염을 기른 사람이 있었는데, 그는 베트콩이 수십 년 동안 파놓은 터널로 침투하는 미군 특수부대원 – '땅굴쥐tunnel rat'로 불린다 – 출신이었다. 그는 자기 임무에 대해 자세한 이야기를 하지 않았지만, 10대 소년이었던 코넬리에게 땅굴쥐만큼 무섭고 위험한 전쟁 임무는 없

---

* 1985년 8월 2일 플로리다주 포트로더데일을 출발해 로스앤젤레스로 향하던 델타항공 191편 여객기가 착륙 직전 급강하하며 활주로 앞 고속도로에 추락한 사건. 탑승객 134명과 고속도로 차량 운전자 1명 등 총 135명이 사망했다. 탑승객 중 생존자는 29명.
** Charles L. P, Silet. "Angels Flight: Michael Connelly.", *Talking Murder: Interviews with 20 Mystery Writers*, Ontario Review Press, 1999.

는 것처럼 느껴졌고, 터널에 대한 악몽이 되살아났다.

그리고 세월이 흘러 《로스앤젤레스 타임스》 입사 면접에서, 편집장은 전날 신문을 건네주면서 후속 기사를 어떻게 쓸 것인지 질문을 던졌다. 그 기사는 강도들이 빗물 터널 시스템을 이용해 지하로 들어가 은행 대여 금고를 털어갔다는 내용이었다(이 사건은 현재까지 미해결 상태다). 면접을 마치고 나서도 코넬리는 이 사건에 흥미를 느꼈는데, 마침 경찰 출입 기자 일을 맡으면서 사건 관련 브리핑에 참석할 기회를 얻었다. 범행 과정, 발견된 단서를 비롯해 작은 세부 사항까지 알게 된 그는 소설의 아이디어, 즉 '터널 강도'와 '땅굴쥐 출신 주인공'의 조합을 떠올렸고, 그날 밤부터 데뷔작이 될 작품을 쓰기 시작했다.

소설 주인공은 이미 어느 정도 구상되어 있었다. 소설 완성에 두 차례 실패한 뒤, 성공한 작가들의 작품 분석을 통해 소설에는 흥미롭고 잘 묘사된 주인공이 필요하며, 그런 주인공이 있어야만 후속작을 쓸 기회가 주어진다는 것을 알고 있었다. 다만 이번에도 작품을 제대로 완성하지 못한다면 소설가가 되겠다는 희망을 접을 생각이었다.

주인공의 이력은 코넬리 자신과 정반대로 설정했다. 코넬리는 단란한 대가족에서 성장한 기혼자로 비흡연자이지만, 그의 주인공은 일찍 부모를 잃었고 어린 나이에 교도소를 방불케 하는 청소년 보호소에서 성장했으며, 독신에 담배를 피운다. 공통점은 단 하나, 왼손잡이라는 것뿐이다.

주인공의 개인사는 《블랙 달리아》의 작가 제임스 엘로이의 이력에서 일부를 빌려왔다. 엘로이의 어머니는 그가 열 살 때 살해당했고, 그 충격은 그가 범죄소설을 쓰는 원천이 되었다. 이에 깊은 인상을 받은 코넬리는 자신의 어머니를 살해한 범인을 추적하는 형사를 떠올렸다. 코넬리의 주인공 어머니는 양육권을 잃은 매춘부로, 할리우드 대로의 골목에서 목이 졸려 살해된다. 어린 나이에 어머니를 잃은 주인공은 소년원과 여러 위탁 가정을 거쳤으며, 육군에 입대한 뒤 베트남전에 투입되어 땅굴쥐로 활동했고, 귀국 후 전역해 경찰에 들어간다는 이력이 탄생했다. 이렇게 첫 번째 작품의 배경을 만든 뒤, 운이 좋아서 두 번째 작품을 쓸 수 있다면 주인공이 어머니의 살인사건을 조사하게 할 생각이었다.

또한 주인공은 조지프 웜보의 작품처럼 경찰 소속이지만 레이먼드 챈들러의 사설탐정 필립 말로와 같은 고독한 아웃사이더의 성격을 집어넣었다. 그는 정규 파트너가 있으면서도 상황에 따라서는 혼자서 일을 처리한다. 보슈의 과거 경험은 낯선 피해자의 죽음에 대한 동정, 사건에 대한 분노로 이어지는데, 그 감정은 그가 사건을 수사하는 데 필요한 힘을 주는 원천이다. 즉 살인자를 찾고 진상을 밝히는 일은 그의 직업이 아니라 그에게 주어진 사명이 된다.

집필 초기, 그의 주인공은 이름first name없이 피어스Pierce라는 성姓만 가지고 있었다. 코넬리에 따르면 이 이름은 레이먼드 챈들러가 '소설 속 탐정은 사회의 모든 장막과 겹겹이 둘러싸인 베일을 꿰뚫어pierce 볼 수 있는 사람'이라고 묘사한 데서 착안했다고 한다. 그러나 《블랙 에코》의 두 번째 원고를 작업하던 중 불현듯 대학 시절 미술사 수업에서 접했던 15세기 네덜란드 화가인 히에로니무스 보스Hieronymus Bosch가 떠올랐다. 그리고 자신이 쓰고 있던 범죄소설과의 연관성을 발견했다.

"결국 살인 현장이란 세상이 뒤집힌 것과 다를 바 없지 않은가? 살인사건 조사란 혼란과 그 결과에 대한 조사가 아니겠는가?"[*]

해리 보슈Harry Bosch가 활동하는 로스앤젤레스의 어두운 면은 화가 보스의 가장 유명한 작품 〈쾌락의 정원The Garden of Earthly Delights〉과 은유적 측면에서 유사하다. 해리 보슈라는 이름을 선택한다면, 독자들이 은유를 이해하거나 호기심을 가질 것으로 판단했는데, 어느 쪽이건 캐릭터의 특징을 잘 살린 선택이라 할 수 있다.

주인공의 이름은 피어스에서 보슈가 되었다. 히에로니무스는 '제롬'의 라틴어 어원이기 때문에 약칭은 '제리'가 정확하지만, 코넬리는 자신이 좋아하는 영화의 주인공 해리 캘러핸(클린트 이스트우드가 연기한 영화 〈더티 해리〉 시리즈의 주인공 형사)과 해리 콜(진 해크먼이 연기한 영화 〈컨버세이션〉의 주인공), 그리고 플로리다 대학에서 자신의 첫 문예 창작 스승이었던 소설가 해리 크루스의 이름을 따서 '해리'라는 이름을 쓰기로 정했다.

그렇게 로스앤젤레스 경찰국의 형사 해리 보슈가 탄생했다. 평론가 대런 브룩스는 훗날 그를 다음과 같이 표현했다.[**]

"현대 도시의 경찰로서 그 직책에 수반되는 책임을 가졌지만, 전통적인 누아르의 반反영웅처럼 내면의 어둠을 가진 형사."

---

[*]  마이클 코넬리, 마이클 코넬리의 해
[**]  Darren Brooks, "Detective Harry Bosch", *Detective*. (Ed) Barry Forshaw. Chicago: Intellect, 2016, 57쪽.

## ◇《블랙 에코 The Black Echo》해리 보슈 시리즈

1992년 1월 출간 / 시공사, 1996, 랜덤하우스코리아, 2010(한국어판)

플롯과 인물에 대한 아이디어 구상부터 2년 남짓 지난 1990년, 코넬리는 첫 작품을 완성했다(그의 작품 중 가장 오랜 시간이 걸린 작품으로, 이후의 작품들은 대개 15개월 이내에 탈고했다). 인터넷 활성화 이전이라《라이터스 다이제스트 문학 에이전트 가이드》를 한 권 사서 작품 계약을 맡아줄 에이전트를 물색했다. 자신이 좋아하는 작가들의 에이전트 열 명을 골라 주소를 알아낸 다음 원고 사본과 문의 편지를 보냈다. 그중 네 명은 일찍 거절 답장을 보내왔지만, 나머지는 응답이 없었다. 8개월이 지난 어느 토요일 전화벨이 울렸다. 마침, 아내가 잠깐 외출 중이라(당시 토요일마다 아내와 플로리다의 장모가 통화했다) 자동응답기가 받았는데, 제임스 리 버크의 에이전트인 필립 스피처가 코넬리와 통화하고 싶다는 메시지를 남기는 소리가 들렸다. 깜짝 놀란 코넬리는 직접 전화를 받지 않은 것을 후회했지만, 당장 전화하는 것도 민망해서 15분 정도 후에 수화기를 들었다. 작품의 장래성을 본 스피처는 코넬리의 에이전트 역할을 맡아 여러 출판사와 접촉했으며, 장기적인 관점으로 많은 돈보다는 후속작 출간을 보장한 '리틀, 브라운 출판사'와 계약했다. 일은 스피처가 자동응답기에 메세지를 남긴 이후 단 3개월 사이에 일사천리로 진행되었다. 출간 계약을 맺은 직후, 담당 편집자인 퍼트리샤 멀케이는 "지금부터 22개월 이내에는 책을 출간하지 않는다"고 코넬리에게 설명했다. 출간 경력이 없었던 코넬리는 당황했지만, 편집자는 "첫 작품 성공에 대한 압박감도 아직 없고, 아무도 방해하지 않는 지금이 작품을 쓸 수 있는 가장 좋은 시기이니 다음 작품을 시작하라"고 권유했다.

리틀, 브라운 출판사는 1992년 1월 중순 그의 데뷔작《블랙 에코》를 1만 5천 부

출간했으며, 이듬해 미국 추리작가협회상 (에드거 상) 최우수 신인상을 받게 된다.

### ◇《블랙 아이스The Black Ice》해리 보슈 시리즈

1993년 6월 출간 / 시공사, 1996; 랜덤하우스코리아, 2010(한국어판)

코넬리는 두 번째 작품에서 보슈 어머니의 살인사건을 다루고 싶었지만, 편집자는 시리즈의 정점이 될 수도 있는 중요한 사건을 주제로 삼기에는 너무 빠르다며 반대했다. 그에 동의한 코넬리는 그가 작가의 꿈을 품도록 한 레이먼드 챈들러에 대한 경의를 표하는 이야기(챈들러의 《기나긴 이별》처럼 두 사람의 우정과 배신, 그리고 멕시코라는 배경이 공통점이다)인 후속작을 완성했다. 작품 속에 보슈가 멕시코의 투우장에서 누군가와 대화하는 장면에서 '케이프 아트cape art'라는 용어(케이프는 투우에 쓰는 붉은 천을 의미한다)가 나오는데, 코넬리는 그 부분에 착안해《아트 오브 케이프The Art of the Cape》라는 제목을 지었다. 그러나 마케팅 담당자는 책의 표지에 황소나 투우사를 넣으면 독자의 관심을 끌기 어려울 것이라고 충고했고, 편집부가 제안한 작품 속 마약 이름인 《블랙 아이스》가 두 번째 작품의 제목이 되었다.

### ◇《콘크리트 블론드 The Concrete Blonde》해리 보슈 시리즈

1994년 6월 출간 /랜덤하우스코리아, 2010(한국어판)

《블랙 에코》가 출간될 무렵, 그는 세 번째 작품의 집필에 들어갔다. 코넬리는 제목이 계속 '블랙'으로 이어지는 데 부담을 느껴 신작을 《콘크리트 블론드》로 정했고, 혹시 편집부가 반대할 때 사용할 수 있도록 작품 속에 '블랙 하트'(한국어판에서는 '검은 심장')라는 소제목을 집어넣었는데, 그런 일은 생기지 않았다.

데뷔작에서 언급했던 보슈가 할리우드 경찰서로 좌천된 사건 - 무기를 소지하지 않은 용의자 사살 - 에 따른 재판으로부터 이야기가 진행된다. 당시 미국 대통령이었던 빌 클린턴이 서점에서 《콘크리트 블론드》를 구매해 들고 나오는 모습이 목격되면서 예상 밖의 홍보 효과가 더해지면서 책 판매량이 늘었다.

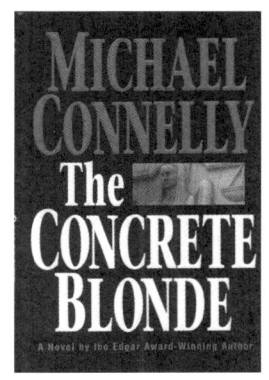

### ◇ 《라스트 코요테The Last Coyote》 해리 보슈 시리즈

1995년 6월 출간 / 랜덤하우스 코리아, 2010(한국어판)

1994년, 코넬리의 인생은 커다란 전환점을 맞이한다. 보슈 시리즈의 장래성을 알아본 파라마운트가 초기 작품 영화화 권리를 구매한 것이다. 계약서는 1995년부터 향후 15년 동안 해리 보슈라는 인물과 원작 스토리 사용 권리를 영화사가 보유한다는 조건이었고, 계약금은 그가 신문사에서 받을 수 있는 5년치 연봉에 육박했다. 그동안 기자와 작가 겸업에 힘겨워하던 코넬리는 이 계약을 통해 경제적 안정을 얻으면서 신문사를 떠나 전업 작가가

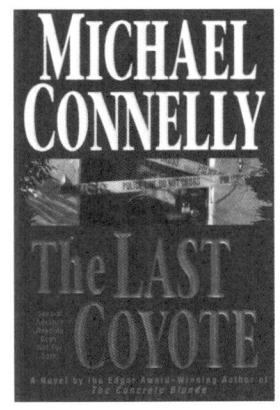

되었으며, 드디어 《라스트 코요테》에서 보슈가 어머니의 죽음을 파헤치는 이야기를 다루기로 했다. 그는 제임스 엘로이(당시 자전적 논픽션 《내 어둠의 근원》을 준비 중이었다)에게 신작 내용을 설명하는 편지를 보내면서 '그 작품이 그의 개인사를 지나치게 침해하는지' 문의했다. 얼마 후 엘로이는 전화를 걸어서 이렇게 말했다.

"내가 살해된 어머니에 대한 프랜차이즈를 낸 것도 아닌데요. 당신의 책에

행운을 빌어줄게요,"*

코넬리는 《라스트 코요테》를 탈고하면서 보슈의 이야기도 일단 멈춰야겠다고 생각했다. 보슈의 숙원이 해결되었으니, 시리즈를 끝내는 것도 진지하게 고려했다. 그에게도, 보슈라는 인물에게도 기분 전환이 필요했다. 다음 작품에서는 경찰 이야기를 벗어나고 싶었고, 그렇다고 사설탐정 이야기는 그다지 내키지 않았다. 사설탐정이 살인사건을 해결한다는 이야기는 그의 오랜 범죄 담당 기자 경력에 비추어볼 때 비현실적으로 느껴졌기 때문이다. 뭔가 다른 작품을 쓰고 싶었다.


### ◇《시인The Poet》잭 매커보이 시리즈

1996년 1월 출간 / 랜덤하우스코리아, 2009(한국어판)

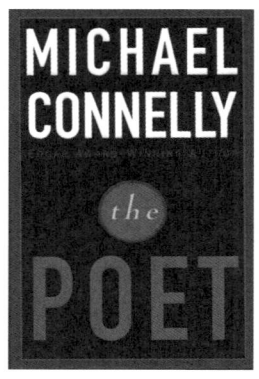

코넬리의 다섯 번째 작품 《시인》이 출간되었을 때, 다소 의외라는 반응이 적지 않았다. 내용 어디에서도 해리 보슈를 찾을 수 없고 대신 잭 매커보이Jack McEvoy라는 신문사 기자가 주인공인 첫 스탠드얼론 작품이었기 때문이다. 또한 이전 작품과는 달리 일인칭 시점으로 전개되는 것도 새로운 점이었다.

"해리 보슈를 쓸 때는 이 완전한 창작의 인물이 어떤 상황에서 어떤 행동을 할지 고민하면서 인물의 연속성을 유지하도록 애썼습니다. 하지만 잭 매커보이에 관해 쓸 때는 그런 과정이 필요하지 않았어요. 저는 매커보이와 직업이 같아서 비슷한 경험을 했거든요. 그런 식으로 글을 쓰는 과정은 그다지 재미있지 않았습니다. 하지만 가장 빨리 완성했어요. 8개월 만에 완성했습니다."**

《시인》은 연쇄 살인범의 정체도 의외이지만 그의 도주로 끝나는 결말은 더

---

* 《라인업》, 박산호 옮김
** Charles L. P. Silet, 같은 책.

욱 놀랍다. 코넬리는 경찰 담당 기자로 일하면서 살인을 저지르고도 붙잡히지 않는 사람이 무척 많다는 현실을 알고 있었다. 거의 모든 범죄소설은 악당이 잡히면서 끝나지만, 그는 그런 결말이 아닌 책을 한 번쯤 쓰고 싶었고, 그것이 바로 《시인》이었다.

그의 작품 중 처음으로 《뉴욕 타임스》의 베스트셀러 순위에 올라간 《시인》은 앤서니상과 딜리스상을 수상했으며, 코넬리의 가장 뛰어난 작품으로 꼽는 독자도 많다.

한편, 코넬리는 《시인》을 쓰는 도중 해리 보슈라는 인물이 작가로서의 생각을 가장 뚜렷하게 표현할 수 있음을 깨닫고 앞으로 시리즈를 계속 이어가기로 결심했다. 또한 창작의 에너지를 재충전하기 위해서는 시리즈와 비 시리즈를 번갈아 쓰는 것이 무척 효과적임을 알게 된 그는, 이후 그런 방식으로 소설을 쓰면서 새로운 시도를 하거나 새 캐릭터를 만들어냈다.

### ◇ 《트렁크 뮤직Trunk Music》 해리 보슈 시리즈
1997년 2월 출간 / 랜덤하우스 코리아, 2011(한국어판)

보슈의 복귀작은 《트렁크 뮤직》으로, 코넬리가 기자 시절 취재했던 살인사건(폭력 조직의 돈세탁을 하던 스포츠 에이전트가 그중 일부를 가로챘다가 어느 호텔 주차장에 세워둔 자신의 롤스로이스 트렁크에서 시체로 발견되었다)을 소재로 삼고 있다. 제목인 '트렁크 뮤직'은 시카고 조직폭력배들의 속어로 '자동차 트렁크 안에서 사람을 쏘아 죽이는 것'을 의미한다.

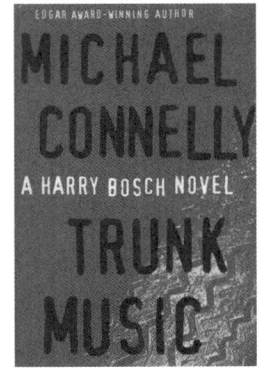

보슈는 할리우드 경찰서에 복귀해 강도 전담팀에 배치되었고, 지진 피해를 입은 할리우드 힐스의 집도 재건한다. 이전 작품에서 어머니의 죽음에 대한 의문을 해결한 덕택인지, 보슈는 제리 에드거와 키즈민 라이더 등 팀 동료들과 대부분 행동을 같이하며, 새 상사인 그레이스 빌리츠 경위와도 긍정적인 업무 관계를 구축한다.

《블랙 아이스》의 원래 제목이었던 〈아트 오브 케이프〉는 작품 속에서 피해자가 처음 제작한 영화의 제목으로 깜짝 등장한다.

◇ 《블러드 워크Blood Work》 테리 매케일렙 시리즈
1998년 3월 출간 / 랜덤하우스코리아, 2009(한국어판)

《블러드 워크》는 코넬리의 두 번째 스탠드얼론 작품으로 은퇴한 FBI 프로파일러 테리 매케일렙Terry McCaleb이 주인공이다. 그는 직장 스트레스로 인한 바이러스 감염으로 심장에 이상이 생겼고 거의 2년을 기다린 끝에 심장 이식 수술을 받았다. 그런데 심장의 주인이 살해되었음을 알게 되고 아직 회복되지 않은 상태에서 사건 조사에 나선다.

테리 매케일렙이라는 인물은 코넬리의 친구인 테럴 '테리' 핸슨에게서 영감을 얻어 탄생했다. 중장비 제조회사의 엔지니어로 근무하다가 1991년 심장병 진단을 받고 퇴직한 핸슨은 《블랙 에코》 출간 기념 사인회에서 코넬리와 만나 친분을 맺게 되었다. 핸슨은 1993년 심장 이식 수술을 받았는데, 자신을 살리기 위해서 누군가 죽었다는 사실(기증자는 교통사고로 사망한 18세 소녀였다)에 대해 커다란 죄책감을 느꼈다. 과거 비행기 추락 사고 취재 때 생존자들에게서 비슷한 감정을 보았던 코넬리가 '심장을 바꿔준 사람에게 빚을 졌다고 느끼는 어떤 사람의 이야기'를 쓰게 된 계기였다. 이미 눈치챈 독자도 있겠지만, 테리 매케일렙은 테리 핸슨과 코넬리 부인의 결혼 전 성을 조합해 만든 이름이며, 그의 이름은 책 서두의 헌사에서 찾아볼 수 있다(테리 핸슨은 2017년 65세로 사망했다).

또한 《블러드 워크》는 코넬리의 작품 중 최초로 영상화(2002년 개봉)되었다. 영화감독이자 배우인 클린트 이스트우드는 최종 원고가 완성되기도 전에 영화 판권을 구매했다. 영화에서는 범인의 정체가 소설과는 다른 인물로 바뀌었고, 이스트우드는 소설 내용도 그렇게 수정하기를 권했으나 코넬리는 거절했다. 다

만 결말 부분에 더 큰 긴장감이 필요하다는 충고는 받아들여 원고를 다듬었다.

작품 속에서 버디가 읽고 있던 《이마니시 형사의 수사 일지Inspector Imanishi Investigates》는 마쓰모토 세이초의 《모래그릇》영문 번역판이다.

### ◇《앤젤스 플라이트Angels Flight》해리 보슈 시리즈
1999년 1월 출간 /랜덤하우스코리아, 2011(한국어판)

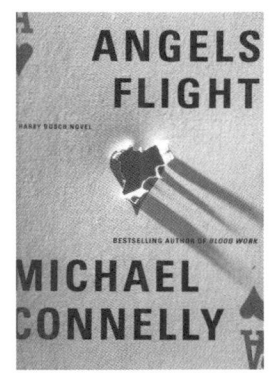

해리 보슈 시리즈 여섯 번째 작품인 《앤젤스 플라이트》에서는 열두 살의 금발 소녀와 유명 흑인 변호사를 살해한 두 건의 살인사건에 대한 수사와 더불어 심각한 인종 갈등, 경찰에 대한 불신과 분노를 조장한 경찰의 '일부 관행', 부서 간 정치, 소아성애, 그리고 언론의 과잉 반응 등 여러 심각한 문제들이 묘사된다. 보슈는 담배를 끊으려 하지만, 금연이 사건 수사 능력에 영향을 미칠까 봐 걱정하는 모습을 보여준다.

《앤젤스 플라이트》는 로스앤젤레스의 랜드마크인 짧은 철도의 이름으로 작품 속 살인사건 현장이지만. 해리의 동료가 유괴 살해된 소녀를 묘사하는 모습이기도 하다. "작은 천사처럼 두 팔을 벌리고 있었어. 하늘을 날아다니는 것처럼."

또한 클린트 이스트우드가 감독과 주연을 맡은 영화 《블러드 워크》포스터 근처에서 라이더는 보슈와 테리 매케일렙의 관계에 대해 가볍게 질문하면서, "클린트 이스트우드와는 안 닮았다"고 말한다.

### ◇《보이드 문 - 달이 숨는 시간Void Moon》
1999년 12월 출간 /랜덤하우스코리아, 2013(한국어판)

세 번째 스탠드얼론 작품인 《보이드 문》에서는 첫 여성 주인공인 캐시 블랙Cassie Black이 등장하며, 배경도 로스앤젤레스가 아닌 라스베이거스다. 다만 이전까지 경찰이나 기자, 은퇴한 형사를 내세웠던 것과 달리 캐시 블랙은 라스베이거스 도박꾼을 상대로 돈을 훔치는 범죄자라는 점이 특징이다. 그 이유 때문인지 캐시 블랙은 이후 몇 작품(《시인의 계곡》, 《다크니스 모어 댄 나잇》, 《탄환의 심판》)에서 사건과 무관하게 스쳐 지나가는 역할에 그친다. 이름조차 나오지 않고 그녀임을 암시하는 장면도 있어서, 《보이드 문》을 읽지 않은 독자라면 맥락을 파악하기 어려울 수 있다.

### ◇ 《다크니스 모어 댄 나잇A Darkness More Than Night》 해리 보슈 시리즈
2000년 11월 출간 / 랜덤하우스코리아, 2011(한국어판)

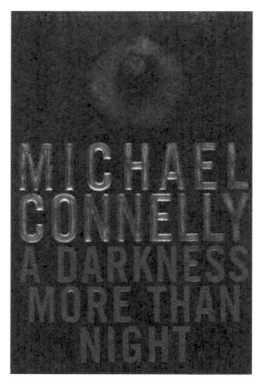

《다크니스 모어 댄 나잇》이라는 제목은 레이먼드 챈들러가 그의 단편집 《Trouble Is My Business》의 서문에 쓴 '거리는 밤보다 더 어두운 무엇으로 가득 차 있었다The streets were dark with something more than night'라는 문장에서 영감을 받은 것이다. 그 표현대로 코넬리는 해리 보슈에게 어둠이 어떤 의미인지 면밀하게 탐구하고 있다. 또한 코넬리의 스탠드얼론 작품에 등장했던 인물들, 즉 《블러드 워크》의 테리 매케일렙과 《시인》의 잭 매커보이가 함께 등장한 최초의 보슈 소설로, 마이클 코넬리의 작품 세계관의 경계가 확장되기 시작했음을 보여준다.

매케일렙은 오래전 보슈와 함께 수사에 나선 적이 있으며 "가끔 신경을 건드리기도 하고 비밀주의를 고수하기도 했지만 그래도 수사 실력과 직관과 본능이 뛰어난 훌륭한 경찰"로 기억하고 있다. 그동안 보슈의 입장에서만 보아왔던 독자들은 매케일렙의 비판적인 시각을 통해 어둠의 경계선 위를 걷고 있는 보슈의 모습을 볼 수 있다.

《다크니스 모어 댄 나잇》 출간 직후, 코넬리는 자신의 뉴스레터 구독자를 위한 단편소설 〈시엘로 아줄Cielo Azul〉을 썼는데, 보슈와 매케일렙이 과거에 함께 수사했던 사건을 다루고 있으며, 보슈가 처음으로 일인칭 시점 화자로 등장한다.


### ◇ 《유골의 도시City of Bones》 해리 보슈 시리즈

2002년 4월 출간 / 랜덤하우스코리아, 2010(한국어판)

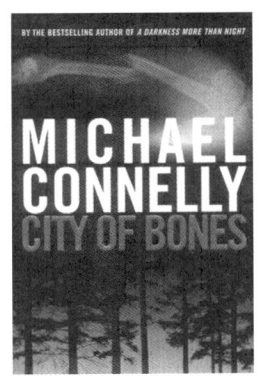

할리우드 힐스에서 열두 살 소년의 뼛조각이 발견되면서 시작되는 《유골의 도시》에서, 보슈는 자신의 가장 어두운 시기의 기억을 불러일으키는 사건을 수사한다. 어쩌면 '묻혀진 사건 해결'이라는 평범한 플롯이었던 이 작품은 그의 개인적인 삶에서 중요한 시점, 즉 14년 만에 로스앤젤레스를 떠나 플로리다로 돌아가기로 결심한 시기에 집필되었다. 그는 보슈의 인생에서도 비슷한 전환점을 맞을 좋은 시기라고 생각해 새로운 방향을 결정했다. 그런데 원고를 출판사로 보낸 뒤 며칠 지나지 않아 9/11 테러가 발생했다. 수많은 사람이 희생되는 모습을 생방송으로 생생하게 목격한 코넬리는 편집자에게 연락해 9/11 테러에 관한 내용을 추가했다. 작품의 배경은 테러 발생 몇 주 후로 바뀌었고, 보슈는 자기일에 어떤 의미가 있는지 의문을 품으며 다음과 같이 말한다.

"자살 테러범들이 뉴욕을 공격해서 3천 명이나 되는 사람들이 모닝커피도 다 마시기 전에 죽어간 마당이야. 오랫동안 묻혀 있던 유골 몇 개가 튀어나온 일이 뭐 그렇게 중요하겠어?"

초기 원고에서도 보슈는 경찰 배지를 반납하지만, 수정을 통해 9/11의 정서적 배경이 더해져 그의 퇴직 결정이 더 잘 뒷받침되는 상황이 되었다.

### ◇《실종 - 사라진 릴리를 찾아서Chasing the Dime》

2002년 11월 출간 / 랜덤하우스코리아, 2009(한국어판)

코넬리의 네 번째 스탠드얼론 작품인《실종 - 사라진 릴리를 찾아서》는 과학자 헨리 피어스Henry Pierce가 잘못 걸려온 전화 때문에 이름을 알게 된 '릴리'라는 여자를 찾다가 음모에 휘말리는 스릴러 작품이다. 이 작품은 코넬리의 경험에서 비롯되었다(그는 2001년 로스앤젤레스에서 플로리다주 탬파로 이사했는데, 그의 사무실에 '태미'라는 여성을 찾는 전화가 계속 걸려왔다. 사무실 전화번호의 이전 소유자였던 그녀는 실종된 상태였으며, 무슨 일이 일어났는지 결코 알아낼 수 없었다고 한다).《실종》은 스탠드얼론 작품이지만, 자세히 살펴보면 보슈 시리즈와 연결되는 부분을 여러 곳에서 찾을 수 있다. 우선 주인공의 이름 '피어스'는 코넬리가 해리 보슈라는 이름을 떠올리기 전 주인공에게 사용하려던 이름이며, 작품 속에서는 화가 보스의 그림도 언급한다. 그리고 피어스의 누나는 보슈가 사살한 연쇄 살인범'인형사'에게 살해된 희생자다. 이후 피어스라는 인물은 보슈 세계에 다시 등장하지 않았다.


### ◇《로스트 라이트Lost Light》해리 보슈 시리즈

2003년 4월 출간 / 알에이치코리아, 2013(한국어판)

《로스트 라이트》에서는 보슈가 단편 〈시엘로 아줄〉에 이어 일인칭 화자로 등장한다. 이 형식은 보슈라는 인물이 경찰에서 사설탐정으로 변한 모습을 상징한다. 52세의 나이에 사설탐정 면허를 취득한 그는 경찰이라는 거대 조직에서 외부 세계로 나와 불안정하지만, '경찰 신분증이 있든 없든 이 세상에서 내가 해야 할 일은 죽은 자 편에 서는 것'이라는 사명감을 잃지 않고 있다. 그는 4년 전 영화 촬영장에서 벌어진 200만 달러 강탈 사건 조사에 나서지만, 9/11 이후의 규정에 따라 운영되는 FBI 테러 방지 부서와 충돌하면서 폭행당하고 구류되기까지 한다. (FBI에 새로 주어진 '의심스러워 보이면 누구라도 권리와 자유를 제한할 수 있다'는 권한을 코넬리는 비판적으로 바라보고 있다). 그러나 보슈는 새로운 가족을 만나면서 '잃어버렸던 빛'(로스트 라이트)을 되찾는다.

보슈가 조사에 나선 사건 현장에서 제작될 영화는《보이드 문》의 내용을 담고 있다. 한편, 보슈는 색소폰 교습을 받기 시작하는데, 그를 가르치는 슈가 레이와 만나는 사연은 단편 〈크리스마스 이븐Christmas Even〉(2004)에서 확인할 수 있다.


### ◇《시인의 계곡The Narrows》해리 보슈 시리즈
2004년 4월 출간 /랜덤하우스코리아, 2009(한국어판)

보슈의 세계관은《시인의 계곡》을 통해 본격적으로 확장된다.《시인》의 속편이라고 할 수 있는 이 작품에는 보슈 시리즈 이외의 작품에 등장했던 인물이 다수 나오며, 이들은 종결되지 않았던 사건을 해결해야 하는 과제를 안고 있다.《시인》 출간 2년 후 코넬리의 딸 칼리가 태어났고, 아버지의 입장이 되자 범죄자의 도주를 '방관'했던 그의 마음이 바뀌었다. "어린 딸이 자라는 모습을 보면서《시인》처럼 살인자가 자유롭게 다닐 수 있는 허구의 세계를 만들었다는 생각이 마음에 걸렸습니다."[*] 그는 보슈에게 시인을 추적하는 임무를 주기로 했다.

이 작품은 현실과 허구의 경계를 모호하게 만든 부분이 여럿 있다. 내용 중

---

[*]   Patrick Anderson, 같은 책.

클린트 이스트우드가 만든 영화 《블러드 워크》가 언급되고, 등장인물 중 하나는 자신이 영화에서 범인이 되어버린 것에 대해 불만스러워한다. 심지어 클린트 이스트우드도 자신이 배역을 맡았던 인물의 장례식에 참석한다(이런 방식은 경찰 수사소설의 원조 작가인 에드 맥베인이 《87분서 시리즈》에서 자주 사용한 바 있다).

《시인의 계곡》에서는 코넬리가 시도했던 몇 가지 변화가 마무리된다. 보슈의 일인칭 화자 역할, 그리고 사설탐정으로서의 활동 종료다. 일인칭 시점은 독자가 보슈의 내면에 더 쉽게 접근할 수 있게 해주지만, 코넬리는 그 방식이 '고백'이나 마찬가지여서 적절하지 않다고 여겼으며, 속마음을 쉽게 터놓지 않는 보슈가 자칫하면 '신뢰할 수 없는 화자'가 될 수도 있음을 우려했다. 또한 경찰도 아닌 보슈가 살인사건 수사를 계속 맡는다는 전개는 비현실적이었다. 어떤 식으로 풀어가야 할지 고심하던 코넬리는, 알고 지내던 형사의 이야기를 듣고 새로운 아이디어를 떠올렸다. 그 형사는 은퇴한 후 민간 보안 회사에 취직했지만, 퇴직을 후회한 나머지 다시 로스앤젤레스 경찰에 지원(그 무렵 신설된 경력 수사관 복귀 프로그램으로, 3년 이내 은퇴자는 재교육 없이 복귀할 수 있다)해 경찰 신분을 되찾고 미해결 사건 전담반에 배치되었다. 코넬리는 이 생생한 정보를 보슈에게 바로 적용한다.


### ◇ 《클로저The Closers》 해리 보슈 시리즈
2005년 5월 출간 /알에이치코리아, 2013(한국어판)

《클로저》에서 보슈는 로스앤젤레스 경찰에 복귀하고, 삼인칭 시점으로 되돌아간다. 유능한 파트너인 후배 형사 키즈민 라이더와 재회한 그의 임무는 미해결 사건, 이른바 콜드케이스 사건을 조사하는 것이다. 고전적 경찰 수사소설로의 회귀를 보여주는 이 작품에는 보슈가 초기에 보여주었던 혈기 넘치는 추적이나 총격전 같은 화려한 장면은 없지만, 독자는 보슈의 단계별 수사 과정과 함께 첨단

과학수사 기술, 그리고 경찰 수사 기법의 최신 기술을 살펴볼 수 있다.

보슈는 도입부에서 그가 순경 근무를 시작한 지 2일 차에 발견한 여성의 살인사건을 회상한다. 이 사건은 《클로저》 출간 후 뉴스레터 구독자를 위해서 쓴 단편 〈수사각도 Angle of Investigation〉(2005)에서 해결하며, 《혼돈의 도시》에서 사건의 자초지종이 다시 언급된다.

### ◇《링컨 차를 타는 변호사The Lincoln Lawyer》 미키 할러 시리즈
2005년 10월 출간 / 랜덤하우스코리아, 2009(한국어판)

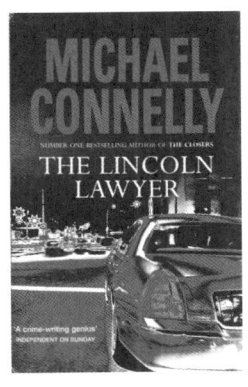

코넬리는 야구장을 즐겨 찾는 야구팬이다. 그가 야구를 좋아하지 않았다면 작품 세계는 지금과 많이 달랐을 것임이 틀림없다. 새로운 캐릭터에 대한 힌트도 야구장에서 얻었다. 2001년, 다저스타디움에서 열린 개막 경기에서, 코넬리는 지인의 소개로 변호사 데이비드 오그던(1945~2020)을 만났다. 변호사 30년 경력의 그는 링컨 승용차 뒷자리에 앉아서 업무를 처리했는데, 사무실을 구할 돈이 없어서가 아니라 로스앤젤레스 곳곳에 흩어져 있는 40개의 법원을 돌아다니는 시간을 효율적으로 쓰기 위해서였다. 코넬리는 그런 업무 처리 방식을 흥미롭게 여겨 야구 경기 관전은 잊은 채 대화에 몰두해 자세한 설명을 들었다. 그리고 몇 년 후 발표한 새로운 스탠드얼론 작품 《링컨 차를 타는 변호사》의 주인공 인물을 창조하는 데 적용한다.

이 작품에는 범죄자를 잡는 형사 대신 악당이 교도소에 가지 않도록 애쓰는 로스앤젤레스의 형사 변호사 마이클 '미키' 할러가 등장한다. 플로리다의 변호사 대니얼 '댄' 데일리(코넬리의 오랜 지인으로 작품 자문을 해주기도 한다)를 모델로 삼은 할러는 'NT GLTY'(Not Guilty, 무죄)라는 번호판을 단 링컨 타운카 뒷좌석에서 변호사 업무를 본다(이 부분은 데이비드 오그던이 모델이다). 이 작품은 할러의 일인칭 시점에서 진행되기 때문에 독자는 할러의 마음속에서 무슨 일이 일어나고 있는지 항상 알 수 있다. (출간 전 제목은 《링컨 변호사의 고백 Confession of Linoln Lawyer》이었다) 할러는 이기기 위해서 모든 수단을 동원하는 전형적인 부패 변호사처럼 보이지만, 그 속에는 겉보기와 달리 선량한 본성이 숨겨져 있다.

소설의 최종 원고에서 코넬리는 무척 중요한 수정을 했다. 그는 변호사 주인공에 관한 이야기를 더 쓸 수 있겠다고 판단했고, 이 인물을 해리 보슈와 연결할 방법을 찾기 시작했다. 그리고 《블랙 아이스》에서 보슈가 자신의 아버지 J. 마이클 할러의 장례식을 찾아간 장면을 떠올렸다. 코넬리는 장례식에 참석한 보슈보다 두세 살 더 많은 이복형 외에 훨씬 어린 이복동생(보슈의 이복형과도 어머니가 다르다)이 있는 것으로 설정했다. 그리고 주인공의 이름도 미키 할러로 바꾸었다(이 작품에 보슈는 등장하지 않고, 할러는 아직 자신에게 이복형제가 있다는 사실을 모른다). 《링컨 차를 타는 변호사》는 코넬리에게 보슈 시리즈에서 잠시 벗어나는 것 이상의 결과를 가져다주었다. 법정 드라마와 법률 시스템의 맹점을 파헤치는 스릴러로서 훌륭한 짜임새를 갖춘 이 작품은 2006년 셰이머스상, 매커비티상 장편소설 부문을 수상했으며, 2011년에는 영화로도 제작되어 호평을 받았다(덧붙이자면, 이 작품의 한국어 번역 이후 마이클 코넬리는 한국에서도 인기를 얻기 시작했다).

◇ 《에코 파크 Echo Park》 해리 보슈 시리즈

2006년 9월 출간 /알에이치코리아, 2013(한국어판)

《에코 파크》는 1993년, 보슈와 제리 에드거가 할리우드 볼 뒤편 화강암 언덕에 지어진 하이타워 아파트에서 차를 발견하는 장면으로 시작된다. 그 차의 주인인 젊은 여성 마리 게스토는 실종 상태로 생사를 알 수 없지만, 보슈는 그녀가 살해되었을 것으로 여긴다. 13년이란 세월이 흘러 미제 사건 전담반 소속이 된 보슈는 다시 이 사건의 수사에 나선다.

이 작품은 내용과는 별개로 코넬리에게 의미가 있다. 도입부에 에드거가 '영화에 나온 아파트'*라고 말하는 대목이 있는데, 바로 코넬리를 소설가의 길로 이

---

* 마이클 코넬리, 《에코 파크》, 이창식 옮김, 알에이치코리아, 2013, 15쪽.

끌었던 로버트 올트먼 감독의 영화 〈기나긴
이별〉에서 필립 말로가 거주하던 곳으로, 일
종의 오마주인 셈이다. 코넬리는 이전 작품인
《링컨 차를 타는 변호사》를 이 아파트에 머무
르면서 집필했다(그는 "할리우드의 아름다운 경
치는 좋았지만, 에어컨이 없어서 여름에 무척 힘들었
다"고 회상했다). 한편 작품 속에서 미키 할러의
이름이 언급되지만, 보슈와의 관계에 대한 묘
사는 없다.

◇ 《혼돈의 도시The Overlook》 해리 보슈 시리즈
2007년 5월 출간 / 알에이치코리아, 2014(한국어판)

《혼돈의 도시》는 이전의 작품과는 달리
《뉴욕 타임스 선데이 매거진》의 주간 연재 제
의를 받고 집필되었다. 일정한 분량(3천 단어
내외)으로 16주 동안(2006년 9월~2007년 1월)
연재한 이 작품은 연재 특성상 독자가 다음
장을 기대하게 만드는 방식으로 마무리해야
만 해서 복잡한 구성 대신 스릴러에 중점을
두었다. 그래서인지 보슈는 미제 사건 전담반
을 떠나 강력계 특수 살인사건 전담반으로 소

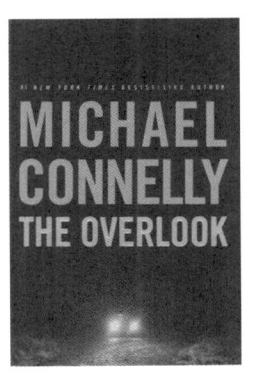

속이 바뀐다. 그는 의사가 살해당하고 치명적 방사성 물질인 세슘을 도난당한
사건을 맡는데, 이는 로스앤젤레스를 겨냥한 테러 계획의 시작일 수도 있었다.
연재가 끝난 후 몇 달에 걸쳐 내용을 추가하고 다듬은 《혼돈의 도시》는 보슈 시
리즈 중 가장 짧다. 수사 과정에서 보슈가 세슘에 노출된 직후, 동료가 괜찮은지
묻자 "그야 나도 모르지. 그 질문은 한 10년쯤 지나서 해야 되지 않을까?"라고
대답한다. 그 후유증은 오랜 시간이 지난 후에야 나타난다.

### ◇ 《탄환의 심판The Brass Verdict》 미키 할러 시리즈
2008년 10월 출간 /알에이치코리아, 2012(한국어판)

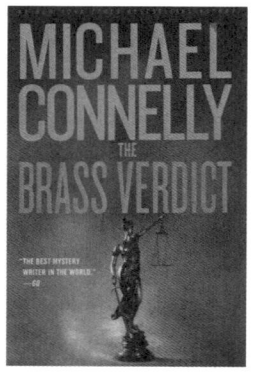

심각한 총상을 입은 미키 할러는 오랜 재활 치료를 마치고 두 번째 작품인 《탄환의 심판》을 통해 돌아온다. 할러의 유능한 변호, 정직하지 않은 의뢰인, 위기 탈출과 놀라운 반전을 통해 절정에 오른 코넬리의 필력을 확인할 수 있다. 그러나 더욱 흥미로운 부분은 보슈와 할러의 만남이다. 독자들은 두 사람에 대해 잘 알고 이복형제라는 것도 알고 있지만, 당사자들은 서로에 대해 아는 것이 없어서 경계심을 가진다. 형사와 변호사라는 대조적인 직업 외에도 마치 동전의 양면처럼 두 사람의 성격에는 명백한 차이점이 여럿 있다(할러는 말하기를 좋아하고, 보슈는 과묵하다/할러는 사교적이고 보슈는 비사교적 등). 반면 둘 다 자신의 직업에 매우 숙달되었으며, 이혼해서 독신 상태이지만 지극히 사랑하는 딸이 있다(나이도 비슷하다). 그러나 그런 외적인 면 이외에 '만약 정의가 필요하다고 판단하면 법적, 윤리적 경계선을 고민 없이 넘어설 수도 있다'는 공통점이 독자의 눈에 가장 뚜렷하게 보일 것이다.

제리 빈센트의 사망으로 인해 할러가 물려받은 의뢰 중 풍기 문란 혐의로 기소된 여성 사건은 단편 〈완벽한 삼각형The Perfect Triangle〉(2010)에서 다루어진다.

### ◇ 《허수아비 - 사막의 망자들The Scarecrow》 잭 매커보이 시리즈
2009년 5월 출간 /랜덤하우스코리아, 2010(한국어판)

《시인》의 주인공이었던 잭 매커보이는 속편인 《시인의 계곡》에서 이름이 한 차례 언급되는 데 그쳤으나, 코넬리의 스무 번째 작품 《허수아비》에서 다시 주인공으로 등장한다. 매커보이는 취재 때마다 자신을 죽이려는 연쇄 살인범

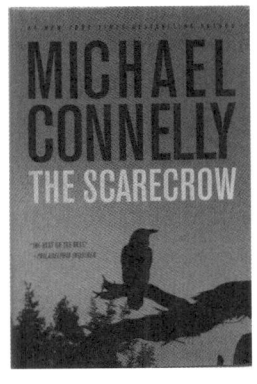

과 마주칠 정도로 운이 나쁜 인물이지만, 운 좋게도 매번 위기를 넘기면서 명성을 얻었다. 그는 신문사 복귀를 제안받았지만, 온라인 뉴스 사이트에서 일을 맡기로 한다. 그리고 지능적인 연쇄 살인범의 존재를 눈치채면서 다시 생명의 위험과 마주친다.《허수아비》에서 두드러지게 나타나는 점은 인터넷에 밀려 쇠퇴하는 신문 산업이다. 기자 시절의 코넬리가 소중한 경험을 쌓을 수 있었던 신문사의 몰락은 고통스러운 개인적 상실이기도 했다. 심지어 최종 원고를 넘긴 뒤《로스앤젤레스 타임스》의 파산 소식이 전해졌고, 곧이어 잭 매커보이의 원래 직장이었던 150년 역사의《로키마운틴 뉴스》도 문을 닫는 바람에 코넬리는 원고를 수정해야만 했다.

### ◇《나인 드래곤Nine Dragons》해리 보슈 시리즈
2009년 10월 출간 / 알에이치코리아, 2015(한국어판)

보슈는 12년 전 로스앤젤레스 폭동 때 우연히 만난 아시아 남자에게서 마지막 담배 한 개비를 얻어 피운 기억이 있다(《앤젤스 플라이트》참조). 보슈 시리즈 열네 번째 작품《나인 드래곤》에서 그가 누군가에게 살해되고, 그에게 빚진 마음을 가지고 있던 보슈는 사건 수사에 나선다. 이 작품에서는 처음으로 동양계 범죄자가 등장한다. 한편, 딸 매디가 홍콩에서 납치되자 보슈가 직접 홍콩으로 가서 구출하는 내용이 전개되는데, 이는 명백히 리암 니슨 주연의 영화 〈테이큰〉과 유사하다(그러나《나인 드래곤》은 영화 개봉 이전에 완성된 작품이어서 모방작 이슈는 없다). 보슈는 매디를 구하는 과정에서 다섯 명을 사살하는데, 이는 보슈 시리즈 전체에서 가장 많은 수다.

혼자 아이를 키워본 경험이 없던 보슈는 갑자기 10대의 딸을 혼자서 키워야
하는 처지가 되었는데, 코넬리는 자신의 경험을 통해 보슈와 매디의 부녀 관계
를 실감나게 묘사하고 있다(코넬리의 딸은 보슈, 할러의 딸들과 비슷한 나이이다).

### ◇《파기환송The Reversal》미키 할러 시리즈
2010년 5월 출간 /알에이치코리아, 2016(한국어판)

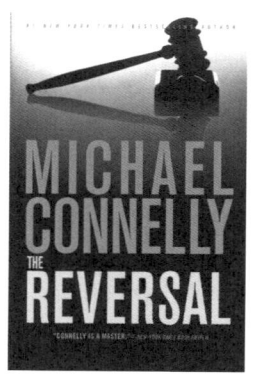

《파기환송》의 원제인 'Reversal'은 번역
된 제목인 '형사 유죄 판결의 번복', 변호사인
할러가 검사로 직위가 변경되는 '뒤바뀜', 그
리고 할러의 전처인 매기와 이복형제 보슈가
등장해 평소와 다른 역할을 맡는 '역할 전도'
등 여러 가지 의미를 담고 있다. 고집스러울
정도로 의지가 강한 세 사람이 한 팀으로 모
였을 때 어떤 일이 벌어지는지 지켜보는 것
은 매우 흥미롭다.《파기환송》은 미키 할러
시리즈에 속하지만, 할러의 활약 이외에도 보슈가 매디와 어떻게 살고 있는지
짧게나마 확인할 수 있다.

2010년은 파라마운트의 보슈 시리즈 영화화 권리가 종료되는 해였다. 코넬
리는 권리를 다시 사들인다는 일생일대의 결정을 내린다. 이 과정은 뒤에서 다
시 다루겠다.

### ◇《다섯 번째 증인The Fifth Witness》미키 할러 시리즈
2011년 4월 출간 /알에이치코리아, 2017(한국어판)

'서브프라임 모기지 사태'로 불리는 2008년의 금융위기는 은행 등의 대출
기관이 주택 구매를 감당할 수 없는 사람들에게 쉽게 대출해준 뒤, 경기 악화

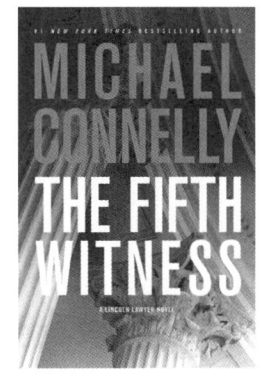

로 실직과 동시에 집값이 폭락하면서 벌어진 일이다. 이때 수백만 명의 미국인이 집을 잃을 위기에 처했다. 이로 인해 할러는 형사사건 업무보다 의뢰인의 보금자리를 지키는 민사소송 변호 업무에 주력하게 되는데, 의뢰인 중 한 사람이 살인 혐의로 체포되면서 그에게 변호를 부탁한다. 코넬리는 솜씨 좋은 필치로 재판 과정을 묘사하는데, 그중에서도 재판에 참석할 배심원을 선정하는 할러의 전략이 매우 흥미롭게 그려진다.

사건 외적으로 드러나는 부분은 할러의 직업의식이다. 업무 처리를 위해 할러가 고용한 신입 변호사 제니퍼 애런슨은 '자신의 일에 양심적으로 임하면서 변호에도 최선을 다한다'는 이상주의적 생각을 가졌지만, 할러는 "양심은 자넬 어떤 좋은 곳으로도 이끌어주지 않는다"고 말하며 변호사라는 직업에 대한 생각을 분명히 보여준다. 하지만 소송에서 이겼다고 해서 과연 딸인 헤일리가 자랑스럽게 여길 것인지에 대한 불안감은 그의 마음속에 깊게 자리하고 있다.

### ◇ 《드롭: 위기의 남자The Drop》 해리 보슈 시리즈
2011년 12월 출간 / 알에이치코리아, 2018(한국어판)

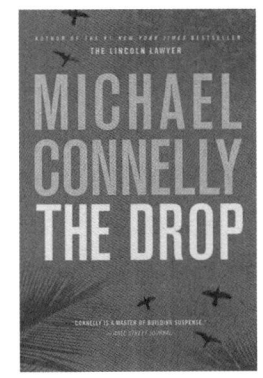

앞으로 은퇴하기까지 시간이 얼마 남지 않은 보슈는 연관 없어 보이는 두 개의 사건을 해결해야 한다. 하나는 20년 전 강간 살인 사건, 다른 하나는 보슈와 사이가 좋지 않은 과거의 상사 어빈 어빙의 아들 추락사 사건. 어빙은 보슈의 신조인 '모두가 중요하거나 아무도 중요하지 않다'를 들먹이면서 개인적으로 사건 해결을 부탁한다. 작품 제목인 '드롭 Drop'은 보슈가 복직할 수 있었던 퇴직유예제도Deferred Retirement Option Plan와 사건 현장에서 발견된 핏방울을 의미한다.

수사 실력이 점점 떨어지고 있다고 생각한 보슈는 은퇴를 진지하게 고려하지만, 또다시 끔찍한 범죄 현장을 접하면서 수사관으로서의 일을 계속해야겠다고 마음먹는다. 열다섯 살이 된 딸 매디도 아버지처럼 경찰이 되고 싶다고 선언한다.

"대다수의 부모는 미래의 시민 (…) 의사, 교사, 어머니, 가업을 이어갈 후계자를 키우고 있었다. 그러나 보슈는 전사를 키우고 있었다."


◇《블랙박스The Black Box》해리 보슈 시리즈
2012년 11월 출간 /알에이치코리아, 2019(한국어판)

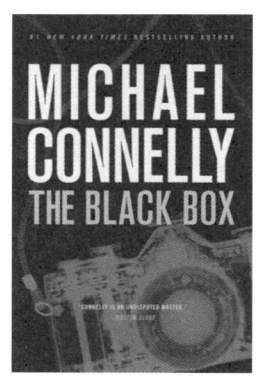

2012년은 코넬리의 작가 데뷔 20주년이자 로드니 킹 폭행 사건 재판(킹을 폭행한 백인 경찰 네 명이 무죄 판결을 받았다) 이후 발생한 로스앤젤레스 폭동 발생 20주년이기도 하다.

《블랙박스》는 폭동 발생 3일째 되는 날 현장에 파견된 보슈와 제리 에드거가 근거리에서 처형당하듯 살해된 덴마크 신문사의 여성 사진기자를 발견하면서 시작된다. 폭동이 이어진 상황에서 제대로 수사를 못한 보슈는 시신 옆에서 "미안해요"라고 속삭이고, 20년이 지나 다시 수사를 시작한다.

로스앤젤레스 폭동은 코넬리에게도 개인적인 의미가 있다. 그는 당시《로스앤젤레스 타임스》소속 기자로 재판을 취재하고 있었다. 모두가 예상했던 유죄 판결이 뒤집히자, 충격을 넘어 분노와 폭력으로 변하면서 코넬리는 순식간에 성난 흑인 폭도들 한가운데에 갇히고 말았다. 그때 'LOVE'라고 쓰인 티셔츠를 입은 젊은 흑인 남성이 주변을 진정시키면서 코넬리를 차까지 무사히 이끌었다.《블랙박스》는 그 이름 모를 남성에게 헌정되었다.

"(…) 그리고 군중을 헤치고 1992년의 그날로 나를 이끌어준 분들에게 감사의 마음을 담아 이 책을 바칩니다."

### ◇《배심원단The Gods of Guilt》미키 할러 시리즈

2013년 12월 출간 / 알에이치코리아, 2020(한국어판)

지방검사에 출마했던 할러는, 음주 운전으로 체포되었으나 절차상 이유를 들어 석방시킨 의뢰인이 다시 음주 운전 사망사고를 저지르면서 선거에서 패배하고, 그 사고로 같은 반 친구를 잃은 딸 헤일리는 연락을 끊는다. 그러던 중 수임하게 된 살인사건에서 피해자가 자신과 알고 지내던 매춘부 여성임을 알게 된다.

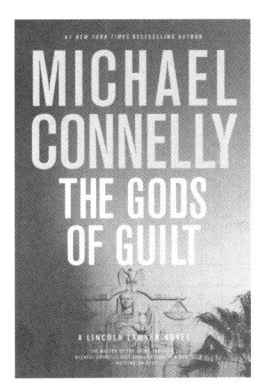

할러는 의뢰인의 무죄를 입증해야 하는 변호사이지만, 한편으로는 진짜 범인이 누구인지도 알아내려 한다. 다만 그는 보슈처럼 형사가 아니기 때문에 모든 조사는 그가 고용한 유능한 사설탐정 시스코가 맡는다. 외로운 늑대 같은 보슈와 달리 할러는 전문 지식을 갖춘 동료들의 말에 귀를 기울이고, 그들의 도움을 늘 고맙게 여긴다. 다만 이 작품에서 잠깐 등장하는 보슈와 할러가 나눈 대화를 통해 두 사람의 중요한 차이가 드러난다.

"그는 나쁜 놈들을 감옥에 가두고, 나는 나쁜 놈들을 감옥에 안 보내려고 애를 쓰니까."

보슈는 딸과의 관계가 돈독하지만, 할러는 그의 직업 때문에 멀어져 가는 딸 때문에 고민한다.

작품 제목은 피고인의 유죄 또는 무죄를 결정하는 재판의 배심원을 지칭하지만, 할러의 마음속에 함께하는, 할러 때문에 목숨을 잃은 사람들의 목소리이기도 하다.

### ◇《버닝 룸 TheBurning Room》해리 보슈 시리즈

2014년 11월 출간 / 알에이치코리아, 2021(한국어판)

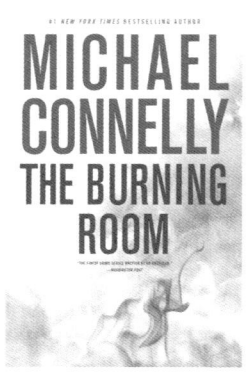

퇴직유예제도 기간의 마지막 해를 맞이한 보슈는 10년 전 총상을 입고 하반신 마비가 되었다가 최근에 사망한 오를란도 메르세드의 죽음을 조사하는 임무를 맡는다. 그는 피해자의 시신에서 적출한 한 발의 총알을 단서로 범인을 찾아내야만 한다.

이제 60대 초반이 된 보슈는 경찰 업무의 극적인 변화를 목격하고 있다.

"컴퓨터 자판과 휴대전화가 요즘 수사관의 주요 도구였다. (…) '엉덩이 붙이고 앉아 있지 말고 발로 뛰어라'가 형사들의 모토였던 시대는 영영 가버린 것이다."

하지만 그는 젊은 파트너에게 "수사는 인내심을 가지고 차근차근하는 거"라고 충고할 만큼 변화를 따라가지 않는다. 진실을 찾는 것은 지루하고 고된 일이지만, 보슈는 젊은 파트너와 함께 옛것과 새것, 최신 기술과 구식 기술을 결합하면서 사건을 추적한다.

결말에서 보슈는 불확실한 미래에 직면한다. 그가 사무실을 떠날 때 팀 마샤, 미치 로버츠 등 동료들로부터 기립 박수를 받는다. 이름이 언급된 두 사람은 실존 인물로 코넬리가 소설을 쓸 때 경찰 업무에 관련된 많은 정보를 주었던 형사들이다.

### ◇《더 크로싱The Crossing》해리 보슈 시리즈
2015년 11월 출간 /국내 미출간

경찰을 떠나게 된 과정에 불만을 품은 보슈는 미키 할러를 고용해 경찰이 자신에게 사임을 강요하기 위해 불법적인 수법을 사용했다는 혐의로 소송을 제기한다. 한편, 할러는 보슈에게 자신이 맡은 살인사건의 수석 조사관 자리를 제안한다. 30년 이상을 범죄자 체포에 바쳤던 그가 이제 용의자를 교도소에서 꺼내는 일을 도와달라는 요청을 받은 것이다. 이는 그의 원칙에 어긋날 뿐만 아니라 과거 경찰 동료들로부터 배신자로 취급받을 것이다. 딸 매디조차 부정적인 반응을 보인다. 그러나 보슈는 만약 그 용의자가 무죄라면, '아무도 찾지 못한 살인자가 어딘가 있을 것'이라는 생각에 일을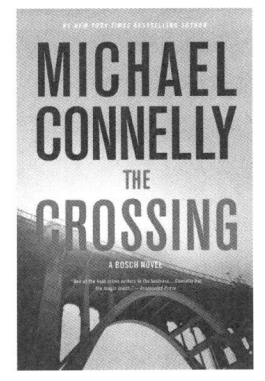
맡는다. 보슈는 "우산을 든 남자가 줄 위에서
균형을 잡으려고 애쓰는 것 같다"는 작품 속
표현처럼 새로운 역할에 적응하는 것이 쉽지
않다. 이제 상사의 간섭이 없어 자유롭게 행
동할 수 있지만, 경찰이라는 거대 조직의 인
적 · 물질적 자원을 이용할 수 없는 처지가 되
었다.

　보슈는 자신과 할러가 조사를 통해 드러
나는 사실을 바라보는 방식에서 근본적 차이를 느낀다. "할러는 모든 것을 재판
에서 검찰의 주장을 기각하는 데 어떻게 사용할 수 있는가에 맞추었다. 보슈는
증거를 진실까지 이어지는 다리로 여겼다. (…) 그는 결코 할러의 관점에서 사건
을 다룰 수 없었다."

　'크로싱'은 가해자와 피해자가 마주친 상황을 뜻하는 경찰 용어이면서, 형사
였던 보슈가 변호인 측으로 '건너갔음'(횡단)을 의미한다.

　보슈와 할러의 딸들은 가을 무렵 채프먼대학에 입학해 룸메이트로 지낼 예
정인데, 채프먼대학은 코넬리의 딸 칼리의 모교이기도 하다.

### ◇ 《이별의 잘못된 면The Wrong Side of Goodbye》 해리 보슈 시리즈
2016년 11월 출간 /국내 미출간

　자신의 해고와 관련된 소송을 성공적으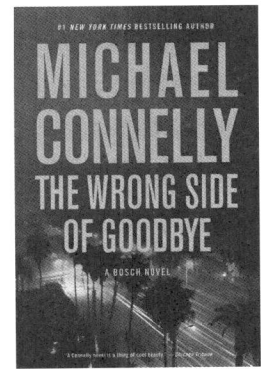
로 해결한 보슈는 적지 않은 보상금을 받아
더 이상 생계를 위해 일할 필요가 없게 되었
다. 시간 여유가 생긴 그는 샌퍼낸도 경찰국
에서 파트타임 조사 업무를 맡는다. 그는 인
생의 마지막 단계에 접어든 은둔형 억만장
자 휘트니 밴스에게서 한 여성을 찾아달라는
의뢰를 받는다. 마치 챈들러의 《빅 슬립》에

서 필립 말로가 스턴우드 장군의 저택을 처음 방문하는 장면을 떠올리게 하는 이 작품은 코넬리가 존경하는 작가 레이먼드 챈들러의 《기나긴 이별The Long Goodbye》(1953)과 로스 맥도널드의 《이별의 시선The Goodbye Look(국내 미출간)》(1969) 두 작품 제목의 오마주이기도 하며, 1940~1950년대의 사설탐정 소설의 분위기를 재현하고 있다.

이 작품에서는 보슈의 베트남 전쟁에 대한 기억이 가장 뚜렷하게 묘사된다. 당시의 기억 때문에 보슈는 베트남 식당에서 점심을 하자는 매디의 제안을 거절했다가 인종차별주의자라는 비난을 받기도 한다.

코넬리는 작품 집필 도중 문득 평소 작품보다 원고 분량이 훨씬 부족하다는 것을 깨달았다. 하지만 자료 나열 등으로 분량을 늘렸다가는 이야기의 긴장감이 무너질 터였다. 고민하던 그는 TV 시리즈 〈보슈〉의 샌퍼낸도 촬영 때 경비를 맡았던 비번 경찰과 우연히 마주치면서 해결책을 찾았다. 보슈 시리즈의 애독자인 그 경찰은, 퇴직한 보슈가 살인사건을 다루고 싶다면 샌퍼낸도 지역 자원봉사 시간제 근무 형사 프로그램을 활용할 수 있다고 조언했다. 샌퍼낸도는 로스앤젤레스 북서부에 있는 인구 2만 3천여 명의 작은 도시로 자체 경찰서가 있지만, 최근 예산 삭감으로 대량 인원 감축이 있었다. 이 문제 해결을 위해 경험 많은 퇴직 형사를 영입해 시간제 업무를 맡기는 프로그램을 도입했는데, 이들은 형사 배지를 받아 모든 미제 사건에 접근할 수 있었다. 이 아이디어를 통해 보슈는 새로운 신분을 얻었고, 코넬리는 사건 하나를 더 추가하면서 무리 없이 이야기를 확장할 수 있었다.


### ◇ 《레이트 쇼The Late Show》 르네 발라드 시리즈
2017년 7월 출간 /국내 미출간

《이별의 잘못된 면》 출간 후의 인터뷰에서 후속작에 관한 질문을 받은 코넬리는 "보슈나 할러 시리즈에 대한 아이디어가 있지만 새로운 시도를 해야 한다는 생각이 점점 강해지고 있다"고 답했다. 30대 중반에 데뷔한 그는 어느덧 60세가 되었고, 다음 작품은 서른 번째 책이 될 것이며, 미키 할러 이후 10년 이상 새로운 주인공이 없었기 때문이다.

새롭게 등장시킨 인물은 경찰이었다. 다만 경찰이라도 보슈와 같은 강력계 형사가 아니라 야간 근무를 맡은 여성 경찰, 르네 발라드Renee Ballard이다. 14년째 근속 중인 발라드는 상사의 성희롱에 문제를 제기했지만 기각되고 좌천까지 당해 할리우드 경찰서 야간 근무조에 배속된다. 대부분 지역은 자정이 지나면 조용해지지만, 할리우드 경찰서는 그렇지 않아서 '레이트 쇼'라고 불린다. 이 부서는 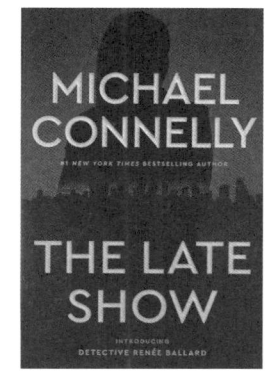 밤 11시부터 다음 날 오전 7시까지 근무하는 동안 발생하는 사건을 처리한 후 주간 근무 형사들이 출근하면 업무를 인계한다. 사소한 사건이 대부분이지만, 《레이트 쇼》에서 발라드는 심각한 납치 폭행 사건, 그리고 다섯 명의 사망자가 발생한 클럽 총기 난사 사건과 마주친다.

실제 경찰과 코넬리가 좋아하는 소설 속 탐정들을 섞어놓은 듯한 보슈와는 달리, 그의 새 주인공은 실존 인물에서 영감을 받아 탄생했다. 《버닝 룸》의 마지막 장면에서 보슈에게 박수를 쳐주던 사람 중 하나인 강력계 여성 형사 미치 로버츠가 그 모델이다. 노련한 수사관인 로버츠는 코넬리의 작품 자문을 하며 자신의 이야기를 들려주었고, 경력 초기에 야간 근무를 했던 일화가 르네 발라드라는 인물의 아이디어로 발전했다. 다만 로버츠가 야간 근무조에 배속된 이유는 경력을 쌓아 승진하기 위해 다른 사람들이 기피하는 업무에 자원한 것으로, 소설처럼 극적이지는 않다. 훗날 그녀는 미국 역사상 최악의 연쇄 살인마로 알려진 새뮤얼 '샘' 리틀*의 연쇄 살인 행각을 밝혀내 유죄 판결을 받게 했다(코넬리는 《밤의 불꽃》에서 이 업적을 언급한다).

주인공의 이름에는 대부분 의미가 있다. 보슈는 유명한 네덜란드 화가 히에로니무스 보스의 성이며, 매커보이는 어머니의 결혼 전 성, 매케일럽은 코넬리의 아내 린다의 결혼 전 성이다. 하지만 새 주인공에게는 감상적인 음악인 발라드ballad(이름의 철자와는 다르다)를 연상케 하는 '발라드'라는 이름을 붙여주었다.

---

* 샘 리틀(1940-2020)은 1970년대부터 2005년까지 93명의 여성을 살해했다고 자백했으며, 그중 60건이 FBI의 조사에 의해 확인되었다.

이 작품에 보슈는 등장하지 않지만, 그와 관련이 있는 인물의 아들이 등장하고. 총기 사건 사망자 중 하나가 TV 드라마 〈보슈〉에 단역으로 출연한 배우임이 확인되면서 보슈 세계관에 속하는 작품임을 알 수 있다.

### ◇ 《두 가지 진실Two Kinds of Truth》 해리 보슈 시리즈
2017년 10월 출간 / 국내 미출간

샌퍼낸도 경찰서에서 자원봉사 형사로 활동 중인 보슈는 지역 약국에서 발생한 살인 사건을 접하면서 몇 년 만에 현장 수사 기회를 맞이하는데, 단순한 강도 살인이 아니라 현재 미국에서 큰 문제가 되고 있는 마약성 진통제 처방과 관련된 것임을 알게 된다. 한편, 30년 전 보슈가 체포한 강간 살인범 프레스턴 보더스가 당시 증거였던 정액의 DNA 검사를 신청한 결과, 다른 범죄자의 것으로 밝혀지면서 유죄 판결을 뒤집기 위한 소송을 제기한다. 보슈는 그가 틀림없는 진범이라고 여기며 미키 할러에게 도움을 요청한다.

이 작품에서는 실존하는 두 가지 사회적 문제를 다룬다. 첨단 기술인 DNA 검사를 과거 사건에 적용하면서 억울하게 유죄 판결을 받은 무고한 사람들이 석방되었고, 이 사법 오류로 인해 수백만 달러의 배상금이 지급되었을 뿐만 아니라 당시 수사에도 불신을 준 바 있다. 또한 미국에서는 치료를 위해 진통제를 처방받은 후 그 진통제에 중독되는 사람이 점점 늘어나고 있다. 마약성 진통제 중독은 과다 복용으로 인한 사망으로 이어지는데, 질병통제예방센터(CDC)는 1999년부터 20여 년간 발생한 사망자 수를 약 24만 7천 명으로 추산한다. 이처럼 많은 사망자가 발생하는 이유는, 중독자가 늘어나면서 처방약 불법 거래가 하나의 사업으로 성장했기 때문이다. 보슈는 사회적인 문제가 된 두 사건과 개인적으로 연결되면서 자신이 할 수 있는 일을 하려 한다. 이 작품은 여타 작품과 달리 보슈가 앞으로 조사할 사건 – 9년 전 발생한 가출 소녀 살인사건 – 을 예고하면서 끝난다.

작품 제목은 레이먼드 챈들러의 수필*에서 인용했다. "진실에는 두 종류가 있다. 길을 밝히는 진실과 마음을 따뜻하게 하는 진실이다. 첫 번째는 과학이고, 두 번째는 예술이다." 그러나 소설 속에서는 다른 의미가 있다.

"그는 이 세상에 두 가지 종류의 진실이 있음을 알고 있었다. 하나는 자신의 삶과 사명의 변함없는 기반이 되는 진실. 다른 하나는 정치인, 사기꾼, 부패한 변호사, 그리고 그들의 의뢰인이 당면한 목적을 위해 휘어지고 변형되는, 바뀔 수 있는 진실이다."

### ◇ 《어둡고 신성한 밤Dark Sacred Night》 해리 보슈 시리즈, 르네 발라드 시리즈

2018년 10월 출간 /국내 미출간

야간 근무를 마치고 할리우드 경찰서로 복귀한 발라드는 사건 파일 캐비닛을 뒤지는 나이 든 낯선 남자를 발견한다. 침입자는 자신이 과거에 그곳에서 근무했던 해리 보슈라고 신분을 밝힌 뒤 사무실을 떠난다. 두 사람의 첫 만남은 이렇게 이루어진다. 보슈는 《두 가지 진실》에서 언급되었던 9년 전의 살인사건을 조사하는 중이었으며, 호기심이 생긴 발라드는 보슈의 사무실을 찾아가면서 두 사람은 협력 관계가 된다. 작품은 보슈와 발라드가 시점으로 번갈아 진행된다,

두 사람에게는 공통점이 있다. 끈질긴 성격의 아웃사이더로 사건을 맡으면 뼈다귀에 달려드는 개처럼 집요하게 매달리고, 그런 과정에서 장애물과 마주친다. 보슈의 장애물이 계산적이고 진실에 관심이 없는 고위 간부들이라면, 발라

---

*    Raymond Chandler, "Great Thought", (February 19, 1938), *The Notebooks of Raymond Chandler; and English Summer: A Gothic Romance*, Ecco Press, 1976, 7쪽.

드는 여성 혐오 및 성차별과 맞서야 한다. 다만 발라드는 보슈의 능력을 인정하면서도 가끔 의도를 숨기고 행동하는 그를 완전히 신용하지는 못한다.

우여곡절 끝에 사건을 해결한 뒤, 보슈는 발라드에게 "자신에게 남아 있는 시간을 이용해 악질 범죄자를 찾아내서 어떻게든 그들을 세상에서 없애고 싶다"며 팀으로 계속 협력하자고 제안한다. 그러자 발라드는 한 가지만을 요구한다. "좋아요, 우리는 사건을 처리할 수 있어요. 하지만 규칙을 어기면 안 됩니다." 보슈가 그에 동의한 뒤 두 사람은 악수하고 다시 각자의 길을 나선다.

### ◇《밤의 불꽃The Night Fire》해리 보슈 시리즈, 르네 발라드 시리즈
2019년 10월 출간 / 국내 미출간

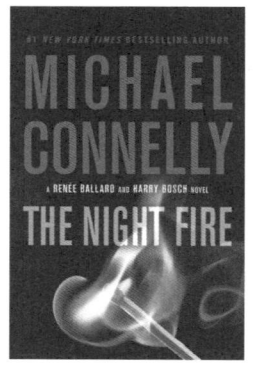

30년 전 풋내기 형사였던 보슈에게 사건에 대한 집념을 갖도록 이끈 멘토였던 존 잭 톰슨이 세상을 떠났다. 그의 장례식 후, 톰슨 부인은 보슈를 집으로 초대해 남편이 은퇴할 때 가지고 나온 살인사건 파일을 건네준다. 보슈는 르네 발라드에게 파일을 넘겨준 뒤 사건의 실마리를 찾을 수 있도록 도움을 요청한다. 살인범은 누구일까? 그러나 그전에 의문이 생긴다. 톰슨은 은퇴 후 20년 동안 왜 사건에 손도 대지 않은 것일까? 과연 그는 사건 해결을 위해 파일을 가져온 것일까, 아니면 사건 해결을 막기 위해 훔친 것일까?

보슈의 몸 상태가 그다지 좋지 않다. 얼마 전 무릎 인공관절 수술을 받은 그는 정기 검진 후 만성골수백혈병이라는 진단을 받았다. 그는 12년 전 발생한 의사 살인사건(《혼돈의 도시》참조) 수사 도중 방사성 물질에 노출된 뒤 해마다 검사를 받아 이상 없다는 진단을 받았다. 그러나 뒤늦게 증세가 나타나자 방사성 물질을 도난당한 병원을 상대로 산재 보상 소송이 가능할지를 상의하기 위해 미키 할러를 만난다. 보슈는 자기 몸 상태보다 병원비 때문에 매디에게 남겨줄 유산을 다 써버리는 게 아닐까 우려한다.

제목인《밤의 불꽃》은 발라드가 수사 중인 야간 방화 사건, 그리고 수사관이 모든 사건을 개인적으로 받아들일 때 내면에 피어오르는 불꽃을 의미한다. 보슈는 존 잭 톰슨에게 이 교훈을 배웠고, 이것은 다시 발라드에게 전수되면서 '밤의 불꽃'으로 생명을 이어간다. 특히 이 제목은 미해결 사건의 맥락에서 정의에 대한 불타는 욕망이나 열정, 진실에 대한 끈질긴 추구를 은유적으로 표현한 것이다.

### ◇《페어워닝Fair Warning》잭 매커보이 시리즈
2020년 5월 출간 / 알에이치코리아, 2024(한국어판)

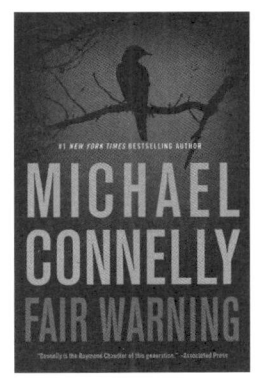

11년 만에 등장한 잭 매커보이는 대형 신문사에서 살인사건 기사를 쓰는 대신 페어워닝이라는 웹사이트에서 소비자 보호 기사를 쓰고 있다(이 사실은《버닝 룸》에서 이미 언급된 바 있다). '시인'과 '허수아비' 사건 관련 책을 써서 많은 계약금을 받았지만, 이후 그의 생활은 순탄치 않았다. 책으로 받은 인세는 거의 사라졌고, 급여가 많지 않아 작은 아파트로 이사해야만 했다. 그러던 중 경찰이 찾아온다.
1년 전 잠깐 만남을 가졌던 여성이 특수한 방법으로 살해당했기 때문이다. 매커보이는 일찌감치 용의자에서 벗어나지만, 기자로서의 본능에 따라 사건을 조사한 끝에 연쇄 살인범의 존재를 발견한다. 다만 수사관이 아닌 그로서는 특종 기사보다 새로운 희생자가 나오기 전에 범인을 잡는 것이 중요함을 인정하고 FBI에 도움을 요청한다.

코넬리는 소비자들이 자발적으로 인터넷의 DNA 검사 업체에 자신의 DNA를 제출했을 때 사생활이 노출될 가능성을 우려했다. 현재 일부 업체는 수집한 DNA를 합법적 연구 목적으로 사용하는 대학과 생명공학 기업에 판매해 수익을 창출하지만, 이 DNA 자료를 누가 구매하는지, 어떻게 사용되는지를 관리하거나 통제하는 정부 감독 기관이 없기 때문이다.

또한 코넬리는 많은 신문사가 문을 닫은 후 전직 기자들이 어떻게 직업을 유지하는지, 인쇄 매체의 쇠퇴와 인터넷의 부상으로 보도가 어떻게 변화했는지 보여준다.

페어워닝은 실존했던 웹사이트로 편집장인 마이런 레빈 역시 실존 인물이며, 코넬리도 이사회 임원이었지만 이 책이 출간된 지 1년도 지나지 않아 폐쇄되었다.

### ◇ 《변론의 법칙The Law of Innocence》 미키 할러 시리즈
2020년 11월 출간 / 알에이치코리아, 2023(한국어판)

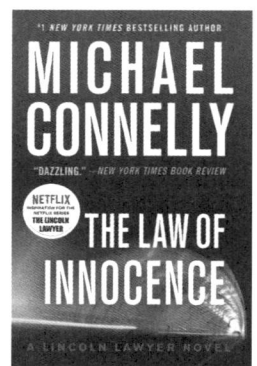

재판 승소 파티 자리에서 떠난 할러는 링컨 차에 번호판이 없다는 이유로 경찰에게 정지당한다. 할러는 짓궂은 장난이라고 생각했지만, 차 트렁크에서 시체가 발견되면서 1급 살인 혐의로 종신형을 받을 위기에 놓인다. 이전 할러 시리즈에 등장한 의뢰인들은 유/무죄 판단이 어려웠지만, 《변론의 법칙》에서 할러가 누명을 썼음은 의심의 여지가 없다. 그는 자신의 운명을 남에게 맡기지 않고 직접 변론을 맡는다. 그의 사무실 동료들과 전처 매기, 그리고 해리 보슈도 그를 돕기 위해 뛰어든다.

작품의 원제인 '무죄의 법칙'은, 누군가가 무죄라면, 유죄인 다른 사람을 찾아야 한다는 의미다.

코로나19 팬데믹이 한창일 때 이 작품을 쓰기 시작한 코넬리는 전업 작가로 나선 이후 처음으로 한 달 동안 전혀 글을 쓰지 못하는 경험을 했다고 밝혔다. 그는 법원이 문을 닫을 정도로 국가 시스템이 폐쇄된 상황 때문에 재판 과정 등의 이야기를 진행할 수가 없었는데, 결국 작품 시간 배경을 팬데믹 이전으로 옮기면서 문제를 해결했다.

### ◇ 《어두운 시간The Dark Hour》 르네 발라드 시리즈, 해리 보슈 시리즈

2021년 10월 출간 /국내 미출간

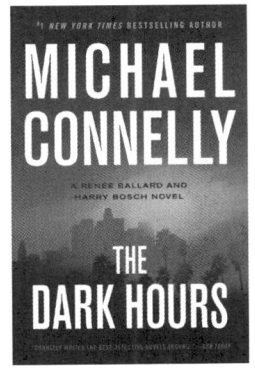

시간적 무대인 2020년은 전 세계를 휩쓴 바이러스, 그리고 경찰의 조지 플로이드 폭행 치사 사건 등으로 인해 작품 제목처럼 '어두운 시간'이었다. 특히 경찰은 비난 여론 때문에 선제적 대응보다는 사후적인 대응에 집중하며, 예산마저 삭감되었다. 그해의 마지막 날 밤, 르네 발라드와 임시 파트너 리사 무어는 순찰차에 앉아 초조한 마음으로 대기하고 있다. 로스앤젤레스에서는 새해를 맞아 사람들이 5분 동안 하늘로 총을 쏘는 전통이 수십 년째 이어지고 있어 사고 발생 위험이 있기 때문이다. 총소리가 멎은 뒤 머리에 총상을 입고 숨진 남자가 발견되는데, 그를 죽인 총알은 과거의 미제 강도 살인사건과 관련되었음이 밝혀진다. 하지만 사건 파일은 사라진 상태였고, 마지막 대출자가 해리 보슈임을 알게 된 발라드는 오랜만에 그를 찾아간다. 매디가 경찰학교에 입학한 뒤 혼자 살고 있는 보슈는 여전히 백혈병 치료를 받고 있지만, 진실을 찾으려는 열정을 잃지 않았다(그는 일가족을 살해하고 도주한 범죄자를 조사중이다).

보슈와 발라드가 함께 등장했던 이전 작품에서는 두 인물의 활동 비중이 비슷했으나, 《어두운 시간》에서는 거의 발라드 위주로 진행되며 보슈는 조연에 가까워진다. 두 사람은 신뢰할 수 있는 친구이자 멘토 사이가 된다.

작품 속에 잠깐 언급되는 변호사 '잘나가는 남자hotshot guy' 댄 데일리는 실존 인물로 미키 할러의 모델이며, 병원 게시판에서 발라드의 눈에 들어온 광고 '사격 강습을 하는 은퇴 형사 헨릭 바스틴'은 드라마 〈보슈〉의 제작자 이름이다.


### ◇ 《사막의 별Desert Star》 르네 발라드 시리즈 , 해리 보슈 시리즈

2022년 11월 출간 /국내 미출간

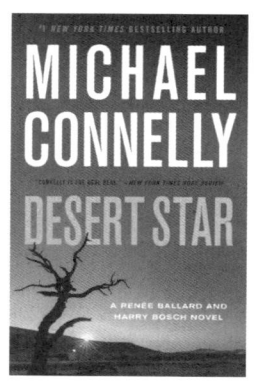

보슈는 이제 70대 나이에 접어들었다. 그의 비공식 파트너였던 르네 발라드는 자원봉사자로 구성(전직 수사관뿐만 아니라 심령술사도 있다)된 미제 사건 전담반 책임자가 되면서 보슈를 영입한다. 보슈는 그동안 마음속에 담아두었던 일가족 살해 용의자 핀바 맥셰인을 찾을 기회로 여긴다. 하지만 발라드는 당장 해결해야 하는 사건이 있다. 사건 전담반을 부활시키는 데 큰 도움을 준 지역 의원은 그들에게 몇 년 전 여동생을 살해한 범인을 찾아달라고 '부탁' 했는데, 만약 해결하지 못한다면 전담반의 미래는 불투명해질 것이다.

보슈는《블랙 에코》의 그가 아니다. 그는 식탁 위에 줄지어 놓인 알약을 먹어야 할 정도로 건강 상태가 점점 나빠지고 있다. 그는 범인을 찾으러 가면서 경찰이 된 매디에게 편지를 남긴다.

코넬리는 한때 이 작품을 끝으로 보슈의 일대기를 마무리할 생각도 했다. 그래서 이 작품에서는《블랙 에코》를 비롯해《콘크리트 블론드》,《라스트 코요테》등 초기 작품들과 연결되는 내용을 찾아볼 수 있다. 그러나 작품을 써 가는 동안 아직 보슈가 할 수 있는 일이 남았음을 떠올리고 마음을 바꾸었다.

이 작품은 2021년 세상을 떠난, 코넬리의 에이전트 필립 스피처에게 헌정되었다.

'해리 보슈를 믿어주었던 필립 스피처를 추모하며.'


◇《회생의 갈림길Resurrection Walk》 미키 할러 시리즈, 해리 보슈 시리즈
2023년 10월 출간 /알에이치코리아, 2024(한국어판)


이야기는 전작《사막의 별》에서 발라드가 할러에게 비밀리에 넘겨준 정보를 통해 무죄가 밝혀진 호르헤 오초아의 석방으로 시작된다. 이를 계기로 미키 할러는 억울하게 유죄 판결을 받은 사람들을 석방시킨다는 '무죄 프로젝트'를 시작해 직업적 성취와 정의감을 만끽하는 동시에 시를 상대로 부당 구금에 대

한 소송을 제기해 큰돈을 벌 수 있기를 기대한다. 투병 중인 보슈는 건강 보험 때문에 할러의 운전기사를 맡으면서 조사 업무도 병행한다. 그는 UCLA 병원에서 새로운 방식의 치료를 받기 시작했는데, 청력 저하, 기억력 감퇴 등의 부작용 때문에 불편함을 느끼고 있다.

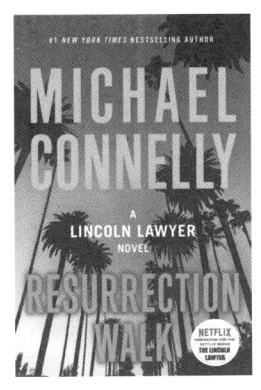

전작에서 보슈의 심각한 상태를 본 독자 중에는 만성골수백혈병 치료를 연구하는 의사도 있었다. 그가 SNS에 올린 "해리 보슈가 직면한 상황을 임상 시험으로 진행 중인데 좋은 결과가 나오고 있다"는 글을 본 코넬리는 그에게 궁금한 점을 물었고, 그 결과 보슈가 새로운 치료 요법을 받는 모습이 나온다.

할러는 개인적인 무죄 프로젝트를 진행하지만, 실존하는 비영리 법률조직 '무죄 프로젝트'도 있다. 이 단체는 1992년에 설립된 이래 DNA 검사 기반 조사를 통한 재심에서 300건 이상의 무죄 판결을 받아내는 데 성공했다.

◇ 《웨이팅The Waiting》 르네 발라드 시리즈, 해리 보슈 시리즈
2024년 10월 출간 / 국내 미출간

발라드는 20년 전 수십 차례 성폭행을 저지르고 마지막 피해자를 살해한 뒤 사라진 '베개 커버 강간범'에 대한 유력한 정보를 얻는다. 할리우드 경찰서 소속이 된 매디는 발라드를 찾아와 근무 시간이 비는 동안 미제 사건 전담반 업무를 돕겠다고 말한다.

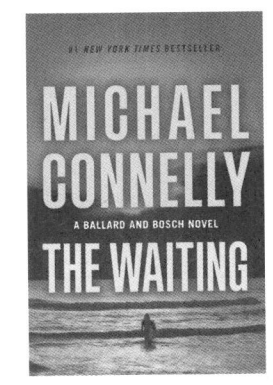

코넬리는 이 작품에서 실제 사건을 소재로 삼았다. 그가 플로리다에서 기자로 활동하던 1980년대에 범인은 잠자던 피해자의 머리에 베개 커버를 뒤집어씌우고 40차례 이상 성폭행을 저질렀다. 그는

2020년 소설에서처럼 범인의 아들 DNA가 확인되면서 체포되었다. 이와 함께 1947년의 엘리자베스 쇼트 살인사건 - '블랙 달리아' 살인으로 유명하다 - 도 다룬다. 코넬리는 "30년간 로스앤젤레스를 무대로 글을 써왔지만, 가장 유명한 미해결 사건을 탐구하지 않았다는 생각이 들었습니다. 그래서 사건을 다뤄보기로 결심했고, 알려진 사실과 충돌하지 않는 허구적인 접근을 선택했습니다"라고 밝혔다. 물론 현실에서 이 사건은 여전히 공식적으로 미해결 상태로 남아 있다.

보슈는 발라드의 안부 전화에 "별로 바쁘지 않아서, 믿지 않을지도 모르지만, 〈링컨 차를 타는 변호사〉라는 드라마를 정주행하고 있다"고 대답한다. 그는 발라드를 돕지만, 예전 같지 않다. 책 표지에는 여전히 '발라드와 보슈 소설 A Ballard and Bosch Novel'이라고 인쇄되어 있지만, 이 작품에서의 보슈는 해리가 아닌 매디를 의미한다고 해도 과언이 아니다.


◇ 《나이트셰이드Nightshade》 스틸웰 시리즈
2025년 5월 출간 /국내 미출간

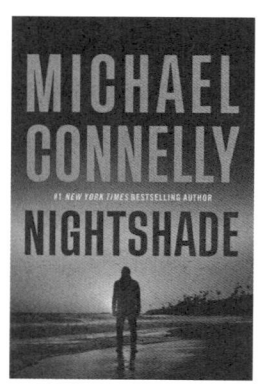

코넬리의 40번째 작품인 《나이트셰이드》에는 스틸웰이라는 새로운 주인공이 등장한다. 주인공 중에서는 유일하게 끝까지 이름이 나오지 않는 인물이다(코넬리는 자신의 친구인 스티브 스틸웰의 이름을 따서 작명했음을 밝혔다). 그는 경찰 내부의 '정치적' 문제에 휘말려 로스앤젤레스 해안에서 약 35킬로미터 떨어진 카탈리나섬으로 '추방'당했다. 이 섬의 주요 도시 아발론의 경찰서는 승진에서 밀려나거나 규정 위반자들이 좌천되는 곳으로 알려져 있고, 심각한 범죄는 발생하지 않는 곳이다. 사소한 사건들만 처리하며 지내던 그는 항구 바닥에서 신원 미상의 여성 시신이 발견되었다는 신고를 받는다. 스틸웰이 조사를 시작하면서 조용한 섬의 은밀한 비밀이 드러난다.

코넬리는 2021년 카탈리나섬을 배경으로 삼은 단편 〈아발론Avalon〉을 발표
*했는데**, 내용상 《나이트세이드》와는 아무런 연결점이 없다.

코넬리는 언젠가 스틸웰을 보슈 세계관에 포함할 계획이며, 그의 활동 장소
가 로스앤젤레스가 아닌 외딴섬인 만큼 다른 작품의 주인공들과 어떤 식으로
연결할지 고민 중이라고 밝혔다.


### ◇ 《시험장The Proving Ground》 미키 할러 시리즈 , 잭 매커보이 시리즈
2025년 10월 출간 예정

미키 할러는 인공지능 소프트웨어 업체를 상대로 민사소송을 제기한다. 그
업체의 소프트웨어는 열여섯 살 소년에게 그의 여자 친구가 딴 남자를 만난다
면 죽여도 괜찮다고 답변한 것이다. 할러는 재판 과정을 책으로 쓰고 싶어 하는
잭 매커보이에게 사건과 관련된 증거 자료를 분석하도록 지시한다. 조사에 나
선 매커보이는 핵심 증인, 즉 내부고발을 할 인물을 찾아낸다. 이 작품은 폭발적
으로 성장하고 있는 AI 사업의 안전장치 부재를 파헤친다.


### 영상화

'장래성 있는 신인 작가'였던 코넬리는 1994년 영화화 권리를 판매하면서
전업 작가로 나설 수 있었다. 영화사의 기대처럼 그의 후속 작품은 큰 성공을 거
두었지만, 영화 제작은 진전이 없었다. 아카데미상 수상 경력 각본가가 시나리
오를 썼고, 코넬리도 두 편을 썼다. 많은 회의, 미팅, 그리고 유명 배우와 감독들
도 관심을 가졌다. 심지어는 빌 클린턴 전 대통령(해리 보슈 시리즈의 열성 팬으로 알
려져 있다)이 사석에서 해리슨 포드를 만났을 때 해리 보슈 역을 맡으라고 권유
했지만, 포드는 형사 역을 맡기 싫다고 거절했다.

---

\*    미국 추리작가협회 단편집인 《When a Stranger Comes to Town》에 수록되었다.
\*\*    2022년 〈아발론〉을 원작으로 한 TV 드라마 제작이 추진되었으나. 배역 캐스팅이 끝난 뒤 더 이상
진행되지 않고 제작이 중단되었다.

코넬리를 만난 스튜디오 관계자는 TV에서 경찰 드라마가 끊임없이 방영되기 때문에 경찰 영화를 보러 극장까지 가는 사람은 별로 없다고 말했다. 코넬리도 수긍했고, 작품 활동이 성공적이었기 때문에 그다지 실망하지는 않았다. 보슈의 영화화 계획은 21세기로 넘어간 이후에도 답보상태였다.

그러던 중 온라인 스트리밍 시대가 찾아왔다. 일주일에 한 번 방영하던 TV 드라마가 시즌 전체를 한꺼번에 공개하는 방식으로 바뀌었고, 수요가 많아지면서 훌륭한 프로그램도 많아졌다. 〈브레이킹 배드〉, 〈매드맨〉, 〈홈랜드〉 등을 한꺼번에 시청하던 코넬리는 해리 보슈가 새로운 텔레비전 시대에 딱 맞는 캐릭터라고 생각했다.

15년의 계약 기간도 거의 끝나가고 있었으나, 영상화 권리를 되찾으려면 그동안 제작사가 투입했던 비용을 지불해야 한다는 내용이 계약서에 들어 있었다. 액수는 대략 700만 달러로, 복리 이자로 인해 나날이 증가했다. 엄청난 액수에 코넬리는 고심했다. 성공한다는 보장이 없는 TV 드라마를 만들기 위해, 재산을 털어 넣어 미래를 포기하는 위험을 감수할지 결정해야만 했다. 그는 해리 보슈가 세상에 전할 메시지가 있으며, 그 메시지는 책뿐만 아니라 영상으로도 전할 수 있다고 생각했다. 공정한 비용 평가를 요청하는 소송을 통해 299만 5천 달러까지 내려갔고, 그는 여러 작품 출판 계약을 맺는 등 비용 마련에 애쓴 끝에 2011년, 여덟 자리 숫자가 적힌 수표를 직접 손으로 써서 파라마운트에 보냈다. 코넬리는 이런 힘든 과정이 있었음에도 과거의 영화화 권리 판매를 후회하지는 않았다. 그 덕분에 소설에 전념할 수 있었고, 작가로서 성공했기 때문이다. 그는 만약 과거로 돌아간다 해도 그렇게 했을 것이라고 밝혔다.

보슈의 영상화 권리를 되찾은 뒤 그가 내세운 가장 중요한 조건은 자신이 제작에 참여해야 한다는 것이었다. 2011년 말, 스웨덴 출신의 프로듀서 헨릭 바스틴을 만난 코넬리는 그가 보슈 시리즈의 성격에 대해 잘 파악하고 있는 적임자라고 판단했다(이전부터 코넬리의 팬이었던 그는 아들 이름까지 '해리'라고 지었다). 그리고 아마존 스튜디오와 계약을 맺었는데, 온라인 서점을 운영하던 아마존은 적극적으로 코넬리의 참여를 원했다.

해리 보슈 역을 연기할 배우는 타이터스 웰리버로 결정되었다. 제법 많은 영화와 드라마에 출연했지만, 유명 스타라고 말하기는 어려웠으므로 초기 캐스팅 명단에 포함되지 않았다. 그러나 드라마 〈터치〉(2012)의 파일럿 에피소드에

PTSD(외상 후 스트레스 장애)를 앓는 전직 소방관으로 출연한 그를 본 코넬리는 해리 역에 적합하겠다고 생각했다. 당시 그는 해외에서 영화 촬영 중이라 당분간 오디션이 불가능했다. 그러나 두 달 동안 주연 배우는 결정되지 않았고, 그러던 중 웰리버가 귀국했다. 이미 시나리오를 읽어본 그는 놓치기 아까운 배역이라고 생각했지만, 귀국하기 전에 유명 배우가 차지할 것으로 생각해 전혀 기대하지 않고 있었다. 그래서 '마이클 코넬리와 미팅이 있다'는 매니저의 연락을 농담이라고 생각했다. 제작진을 만난 그는 흰 화면 앞에서 파일럿 에피소드의 시나리오를 읽었다. 그리고 코넬리는 프로듀서들에게 짧게 말했다. "그가 바로 해리 보슈입니다."

종이에서 화면으로 옮겨가면서 해리 보슈의 세계는 많은 변화가 이루어졌다. 가장 큰 이유는 제작비 때문이었다. 〈보슈〉는 1990년대가 아닌 2010년대의 로스앤젤레스가 배경이 되었고, 보슈는 소설에서보다 훨씬 뒤에 태어나 베트남전이 아닌 1990년대 걸프 전쟁과 아프가니스탄에 참전한 인물로 바뀌었다. 첫 시즌은 《콘크리트 블론드》, 《유골의 도시》, 《에코 파크》세 작품의 내용을 혼합해 구성되었다.

2013년 11월, 로스앤젤레스에서 촬영이 시작되었고 코넬리는 제작자 신분으로 다저스타디움을 찾아가 파일럿 에피소드의 도입부에 쓰일 전설적인 스포츠 캐스터 빈 스컬리의 야구 중계 장면을 녹음했다(코넬리는 《이별의 잘못된 면》 헌사에서 스컬리에게 감사를 표했다).

코넬리가 파일럿 에피소드를 촬영할 때 "만약 정말 운이 좋아서 시즌5까지 이어갈 수 있다면 계속 함께할 수 있겠느냐"고 웰리버에게 묻자 그는 "원하시는 만큼 하겠습니다"라고 대답했다. 완성된 첫 번째 에피소드는 2014년 초 SF 드라마인 〈디 애프터The After〉와 함께 온라인 스트리밍을 시작했다. 단 한 편의 에피소드만을 본 시청자들의 투표를 통해 정식 제작이 결정되는 방식이었는데, 〈보슈〉는 그 과정을 무난히 통과하면서 아마존 제작 최초의 드라마가 되었다(〈디 애프터〉는 제작이 취소되었다). 2015년 1월부터 보슈 소설의 팬들이 찾아왔고, 소설을 읽지 않은 사람들은 드라마를 본 뒤 책을 구매했다. 해마다 새로운 시즌이 제작되었고, 시즌7 완료 후 〈보슈: 레거시〉까지 이어진 보슈 일대기는 2025년 총 시즌10까지 제작(총 98개 에피소드)되었으며 아마존 최장기 방영 기록을 남겼다. 다만 아마존의 예상치 못한 결정으로 보슈 드라마는 일단 종료되

었으나, 르네 발라드를 주인공으로 한 〈발라드〉가 제작되어 2025년 중 방영될
예정이다.


## 보슈와 코넬리

"꿈에서 아이디어가 떠올라 잠이 깰 때가 있어요. 그러면 한밤중이라도 일어
나서 그걸 적어두죠. 저는 항상 침대 옆에 노트북을 두고 잡니다."[*]

기자로서 일했던 경험은 그가 소설가로서 일찍 자리 잡는 데에도 큰 도움이
되었다. 10년 이상 거의 매일 짧은 시간 안에 기사를 작성하는 일이 일상이었던
덕택에 규칙적으로 글을 쓴다는 직업의식이 생겼으며, 저널리스트로서의 특성,
즉 '장황함 없는 짧은 문장'이라는 글쓰기 방식도 자연스럽게 갖추게 되었다. 이
는 1992년 데뷔 후 한 해도 빠짐없이 장편소설을 발표할 수 있었던 원동력이 되
었다.

집필 과정 중 시작이 가장 어렵다는 그는, 어떤 아이디어가 떠오르면 영감이
언제 신기루처럼 사라질지 모르기 때문에 당장 글을 쓰기 시작한다. 필요하다
면 전문가들 - 경찰, 탐정, 변호사, 과학자에 이르기까지 - 에게 연락해여 자문을
구하고, 초고 탈고 후에도 정확성을 위해 관련 분야 전문가에게 읽어달라고 한
뒤 피드백을 받아 퇴고 작업을 한다(그의 작품 끝부분에 빠짐없이 실리는 '감사의 말'을
보면 확인할 수 있다).

책을 쓸 수 있다는 것 자체를 특권이라고 생각하는 코넬리는 자신의 소설이
재미있게 읽히기를 바라면서도 그저 '재미'를 넘어서는 것을 목표로 삼았다. 그
는 현대의 범죄소설이 다른 어떤 형태의 소설보다 훨씬 즉각적으로 사회를 반
영한다고 여기며, 작품을 통해 사람들이 살아가는 세상에 메시지를 전하려 한
다.

장기적으로 이어지는 시리즈 작품은 대부분 일정한 공식 속에 이어지곤 한
다. 그러나 코넬리의 작품을 꾸준히 읽은 독자라면, 작품들이 이른바 '해리 보슈
세계'라는 공통된 배경 속에서도 계속 변화해왔음을 눈치챘을 것이다. 모든 작

[*]  일레인 세즈윅과의 인터뷰, 《퍼블리셔스 위클리》, 2021년 9월 6일.

품이 걸작이라고 말할 수도 없고 흠잡을 부분도 분명히 있지만, 코넬리는 주인공의 명성에 안주하지 않고 항상 새로움을 추구했다.

코넬리는 인상 깊은 주인공을 여럿 만들어냈지만, 그중에서도 해리 보슈는 가장 중심적인 인물이다. 그렇기에 '해리 보슈는 앞으로 어떻게 될 것인가'라는 질문이 신작이 출간될 때마다 이어지고 있다. 특히 나이를 먹고 건강 상태가 점점 나빠지는 그를 걱정하는 독자가 많다. 아직 미래를 예측할 수는 없지만, 코넬리는 몇 가지 구상을 제시한 바 있다.

"스토리 전개나 캐릭터를 끝내기 위해 그를 죽여야만 할 필요는 없다고 생각해요. 제 희망은 제가 그를 쓰지 않더라도 독자들이 그가 허구의 세계 어딘가에 존재하고 있음을 기억해주는 것입니다. 그렇게 되면 그는 예상치 못한 순간에 다시 등장할 수도 있을 테니까요."[*]

시대를 과거로 되돌린다는 흥미로운 아이디어도 있다.

"저는 그(보슈)를 순찰 경관으로 묘사하고 싶어요. (…) 쉽지 않은 일이지만 언젠가는 해낼 수 있으면 좋겠군요. 보슈가 베트남에서 돌아와 순찰 경관이 되려고 했던 바로 그 시기에 로스앤젤레스에서는 많은 흥미로운 일이 일어났습니다."[**]

보슈는 완벽한 사람이 아니고 모든 사람이 좋아할 만한 사람도 아니지만, 독자는 보슈의 이야기를 읽어가는 동안 그가 범죄 피해자에 대해 가지는 개인적인 감정, 살인자를 잡기 위한 지나칠 정도의 집념, 그리고 '모두 중요하거나 아무도 중요하지 않다'[***]라는 신조에 충분히 공감할 수 있을 것이다.

코넬리는 《블랙 에코》를 쓰기 전부터 머릿속에 그려놓고 있는 캐릭터가 있었다.

"시체 공시소의 스테인리스 스틸 테이블 위에 독자들이나 그들이 사랑하는 이의 시체가 누워 있다면 제일 먼저 사건을 의뢰하고 싶은 그런 형사."[****]

---

\*    R. G. 벨스키와의 인터뷰, 2019년 10월.

\*\*    Craig McDonald, "Michael Connelly: The Trouble With Harry, 2002, 2004", *Art in the Blood: Crime Novelists Discuss Their Craft*》. 2011

\*\*\*    이 문구의 원문은 'everybody counts or nobody counts'으로, 《라스트 코요테》에서 처음 나온 이후 여러 차례 사용되는데, 《버닝 룸》, 《사막의 별》 등에서는 다른 사람이 사용해서 보슈가 껄끄럽게 생각한다.

\*\*\*\*    마이클 코넬리, "마이클 코넬리의 해리 보슈", 같은 책.

해리 보슈는 바로 그런 인물이다.


## 참고문헌

● 마이클 코넬리, "마이클 코넬리의 해리 보슈", 《라인업》, 오토 펜즐러 엮음, 박산호 옮김, 랜덤하우스코리아, 2011.

● Patrick Anderson, *The Triumph of the Thriller: How Cops, Crooks, and Cannibals Captured Popular Fiction*. New York: Random House, 2007.

● Hans Bertens, and Theo D'haen, (Eds.) *Contemporary American Crime Fiction*. New York: Palgrave, 2001.

● Darren Brooks, "Detective Harry Bosch", *In Detective*. (Ed.) Barry Forshaw. Chicago: Intellect, 2016.

● Raymond Chandler, "Introduction to 'The Simple Art of Murder'", *Raymond Chandler: Later Novels and Other Writings. New York*, The Library of America, 1995.

● David Geherin, *The Crime World of Michael Connelly*, McFarland, 2022.

● Craig McDonald, "Michael Connelly: The Trouble With Harry", *Art in the Blood: Crime Novelists Discuss Their Craft*. F+W Media, 2011. Kindle.

● Mark Rubinstein, "Michael Connelly: Is Bosch an Alter Ego?", *The Storytellers: Straight Talk from the World's Most Acclaimed Suspense & Thriller Authors*, Blackstone, 2021.

● Charles L. P. Silet, "Angels Flight: Michael Connelly", *Talking Murder: Interviews with 20 Mystery Writers*, Ontario Review Press, 1999.

**박광규** 추리소설 해설가로 《계간 미스터리》 편집장, 월간 《판타스틱》과 한국어판 《엘러리 퀸 미스터리 매거진》 등의 편집위원으로 활동. 현재 한국 추리소설 역사를 조사, 정리중이다.

# 신인상

# 아로니아 농장 살인

은혜성

1

"그래도 YF쏘나타 12년식이면 쓸만혀. 잘 타구 다니는 거야. 거 검소해서 좋소. 나는 수개월에 한 번꼴로 차 바꾸는 요즘 젊은 사람들 도통 이해가 안 가. 어지간한 거는 그거 드라이버랑 이 이 뭐냐, 기계식 회로, 뺌프 작동 원리 이런 거만 제대로 알면, 다 고쳐 쓸 수 있거든."

채강은 사람 좋게 웃는 한편, 노인의 말을 귓등으로 흘리면서 탱탱하게 익은 열매를 한 움큼씩 따고 있었다. 채강은 1년 전, 산골의 아로니아 농장과 계약해 체험 농장처럼 썼다. 귀농에 대한 중년의 로망을 가지고 있기도 했지만, 사람에게 치여 사는 도시 경찰의 삶에서 조금이나마 벗어나고 싶었다. 그래서 공무원 지원금도 주는 도시 근교의 주말농장을 마다하고, 이 먼 곳까지 운전해와 산골에 틀어박히곤 했다. 하지만 그런 의미가 조금 퇴색되는 느낌이었다. 농장주 황광수 할아버지가 말이 너무 많았다.

"배고프면 먹어가면서 혀. 쌩으로 먹어도 괜찮으니께. 하기사 형사 일도 하는데 이 정도는 끄떡없제?"

농장주가 낄낄거리며 먹으라고 가리킨 건 지금 따고 있는 아로니아 열매였다. 생긴 건 블루베리와 흡사했는데, 열매는 둥글고 안을 가르면 자두처럼 먹음직한 붉은 과육이 보였다. 하지만 맛은 가루약처럼 썼다.

 "이게 얼마나 몸에 좋은데, 이게 말이여, 보약이야, 보약."

 "예에…."

 장마철이라 그런지, 물을 듬뿍 먹은 아로니아 농장은 우거진 덤불숲 같아 보였다. 진하다 못해 거의 음습하게까지 느껴지는 녹음이었다. 채 형사는 아무리 따도 도무지 줄어들 기미가 보이지 않는 아로니아 관목을 다소 원망스레 바라보았다. 제대로 쏟아질 모양인지 우중충한 하늘과 더불어 어깨를 내리누르는 높은 습도, 온몸에 들러붙는 척척한 진땀이 그를 더욱 힘들게 했다. 채강은 집에서 쉬지 않고 인적도 별로 없는 외딴 산골에서 주말농장 같은 걸 하겠다는 결심을 처음으로 후회했다.

 하지만 멍하니 농장을 보는 채강의 모습에 황 노인은 다른 생각이 들었는지, 천천히 허리를 펴면서 회한이 서린 눈으로 아로니아 열매를 보았다.

 "으휴, 한 15년 전에는 아로니아라는 게 엄청나게 인기를 끌었어. 부르는 게 값이라 지자체에서도 특산물 육성이네 뭐네 지원금을 아주 물 쓰듯 했지. 그런데 이게 식용으로는 맛이 참 별로거든. 거기다가 FTA니 뭐니 해서 수입 분말이 엄청나게 들어와버리니까 다 애물단지가 되어버린 거야, 애물단지."

 "그렇다면 왜 아직도 이 농사를 하시는지…."

 조심스럽게 채 형사가 물었지만, 농장주는 그저 고개만 무겁게 가로저을 뿐이다. 아마도 본인 땅이니 대출 끼고 농사에 뛰어든 사람보다는 나았으리라. 아무리 아로니아가 팔리지 않더라도 노인은 운 좋게 어디 납품처와 연이 닿았을 수도 있고. 이런저런 추측을 하는 사이 구름이 금세 시커멓게 모여들어 당장이라도 비를 쏟아낼 것처럼 우르릉거렸다.

 "마실 물도 다 떨어졌고 담을 곳도 없으니 인제 그만 돌아가세. 잠깐 펜션에 들러서 몸이라도 씻고 가."

"그럴까요?"

경상북도 상주에서 북쪽으로 30킬로미터 떨어진 고산에 있는 이 산골 농장 인근에는 황 노인이 운영하는 펜션도 있었다. 처음에는 가까운 데서 농장을 오가기 위해 지었지만, 곧 그렇게만 쓰기엔 아깝다는 생각이 들었는지 증축 공사를 해서 규모는 작아도 꽤 번듯한 펜션이 들어섰다. 그렇게 지어진 펜션은 낙동강에서 갈라진 무수한 계곡 중 하나를 옆에 두고 있었고, 시내에서 멀리 떨어져 있다는 단점에도 불구하고 여름휴가나 상주 막걸리 축제가 열릴 때마다 괜찮은 수입을 올리고 있었다.

걸어서는 40분이나 걸리기 때문에, 채강은 농장 입구 길가에 대놓은 차에 황 노인을 태워 약 15분을 달려 펜션에 도착했다. 농장과 펜션 이름이 다 똑같았다. 정미농장, 정미펜션. 오랜 직업병으로 채강은 지리적인 특성과, 신고하면 바로 달려올 수 있는 지구대까지의 거리를 파악했다. 시골 아니랄까 봐 길이라고는 좁은 비포장도로 하나뿐이고 시내까지 가려면 차로 50분은 달려야 하는 데다가 가장 가까운 파출소도 20분 거리였다. 산사태가 나서 길이라도 막히면 속수무책으로 갇히겠는걸. 아주 재밌겠어. 거기까지 생각하다 채강은 진저리 내듯 머리를 가로저었다. 여기까지 와서 무슨 쓸데없는 생각이야. 설마 그러기야 하겠어.


2


채강은 펜션 건물 바로 옆에 붙은 공터에 주차할 곳을 찾았다. 다섯 대 정도 수용할 수 있는 자갈 깔린 공간이었는데, 휴가철이라 손님이 많은지 이중주차를 해야 했다. 차량은 모두 전면 주차되어 있었고 오늘 온다는 폭우를 피하기 위해서인지 안쪽에 주차된 차에는 빗물막이용 회색 방수천이 덮여 있었다.

채강이 트렁크에서 오늘 수확한 아로니아 바구니를 빼서 공터에 정리

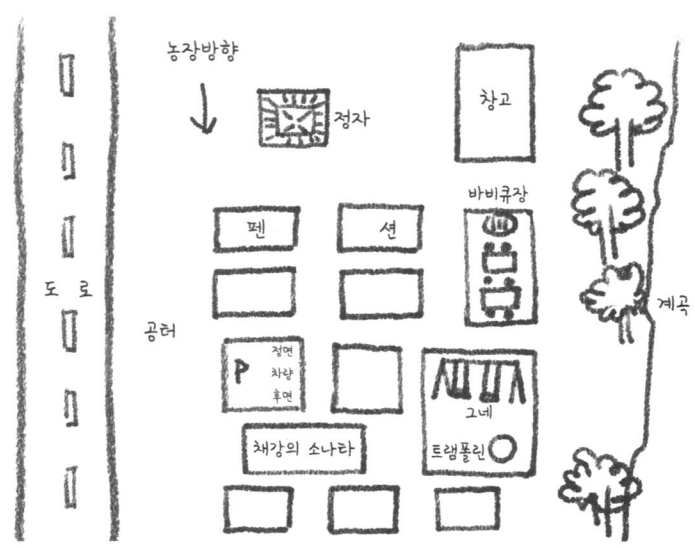

해두는 사이, 누군가가 황광수에게 다가왔다. 그는 황 노인보다 젊은 중년 남성으로 그야말로 전형적인 시골 사람처럼 보였다. 요령 없이 태양을 직면해야 했던 거친 피부에는 기미가 군데군데 피어 있었고 안색은 목이 졸리거나 대낮부터 술을 거나하게 마신 사람처럼 시뻘겠다. 그는 황 노인을 보자마자 외쳤다.

"아버님, 이거 말이 다르잖습니까!"

"다르긴 무얼. 그만 하세, 손님도 있는데."

황 노인은 고개를 돌리며 쌀쌀맞게 대답하더니 남자를 피해 채강을 데리고 안으로 움직였다. 그들이 향한 곳은 황 노인을 위해 항상 비워두는 방으로, 문을 열면 바비큐장이 보이는 안쪽 객실이었다.

"자네만 좋다면 하룻밤 묵어도 좋네. 기왕 온 거 저녁 먹고 푹 쉬다 가."

"예? 그러면 할아버님은 어디서 주무시게요."

"난 좀 있다가 시내에 볼일이 있어. 아마 오늘 밤엔 못 오지 싶어. 어차피 빈방이니 너무 부담 갖지 말고. 밤에 비도 억수같이 온다니까 그냥 보내가 엔 좀 걱정이 돼서 말이야. 여기서 울산까지는 꽤 멀잖은가."

채강은 생각해보다가 고개를 끄덕였다. 오늘 밤에 가나 내일 아침에 출발하나 별반 차이는 없을 것 같았다. 집에서 누가 기다리는 것도 아니고 휴가도 내일까지이니 굳이 서두를 필요는 없었다.

객실 바로 앞에 있는 바비큐장에서는 저녁 준비가 한창이었는데, 중년 부부와 자식처럼 보이는 남녀가 분주하게 숯을 그릴에 붓고 고기를 꺼내고 있었다. 커다란 캐노피가 설치되어 있어서 비가 와도 바비큐를 즐기는 데는 문제가 없었다.

그 모습을 보자 채강은 자신의 처지가 처량하게 느껴졌다. 따로 만나는 사람도 없고, 부모도 돌아가신 데다 하나뿐인 누나는 서울에서 먹고사느라 바빠 명절 때나 겨우 만나곤 했다. 술 한잔 같이하거나 마음을 터놓을 친구도 얼마 없고, 남들은 저렇게 좋든 싫든 번듯한 가정도 꾸려 자기 닮은 자식 키워서 휴가 때 같이 맛있는 것도 먹고 좋은 것도 구경하러 다니는데, 자신은 이게 뭔가 싶었다. 남들 놀 때 일하는 직업인 데다 휴가 때도 사서 고생을 하고 있고 땀에 잔뜩 절어서는 남의 잔치를 보며 침이나 흘리고 있으니 말이다. 그의 시선을 알아차렸는지 목살을 꺼내 비닐을 벗기던 중년 남자가 사람 좋게 웃으며 채강에게 말을 걸었다.

"거기요, 그쪽도 좀 있다가 나와서 같이 저녁이나 먹읍시다. 여기 농장 쓰시는 분 맞죠?"

생각을 들킨 듯한 기분에, 화들짝 놀라면서도 무안해진 채강은 그저 고개만 끄덕였다. 그러자 옆에 있던 여자가 말했다.

"우리도 부부만 왔어요. 애들은 다 커서 이런 델 안 오려고 하더라고요. 음식을 준비해오긴 했는데 우리끼리 먹으려니 좀 적적하기도 하고, 마침 다른 방에서도 오기로 해서요."

"안녕하세요, 바로 옆방이에요."

옆에서 일회용 식기를 놓던 젊은 여자가 채강의 바로 옆 객실을 가리켰다. 아하, 가족이 아니었구나. 다시 보니 과연 부모 자식이라기엔 전혀 닮지 않았다. 채강은 그 모습에 알게 모르게 안도했다.

"할아버지 인심이 좋으시던데요. 숯이나 필요한 게 있으면 창고에서 꺼내 쓰라고 하셨어요."

"하지만 저는 아무것도 없어서, 얻어 먹기만 해도 될지…."

평소라면 염치를 챙기며 단호하게 거절했을 채강이지만, 어쩐지 그럴 기분이 나지 않았다. 날씨가 축축 처지기도 하고 아마 땀을 너무 많이 흘려 배가 고파서일지도 몰랐다. 그는 지글거리는 숯의 열기에서 눈을 떼고 황 노인이 마련해준 객실로 들어갔다. 방은 작지만 세안 도구와 깨끗한 이부자리가 준비되어 있고 욕실도 딸려 있었다. 노인이 쓰던 방이 맞는지, 협탁 위에는 사진 액자가 놓여 있었다. 제주도 노란 유채밭에서 젊었을 적 노인과 어떤 여성이 웃고 있는 사진이었는데, 아마 딸인 모양이었다.

"그 애가 정미여. 황정미."

방을 안내해주던 노인은 잠깐 액자를 바라봤다가 곧 채강을 두고 밖으로 나갔다. 저녁 식사 시간에 맞추려 얼굴에 겨우 물만 묻히고 나가 보니, 이제 막 불판에 고기를 올리던 차였다. 중년 부부에 남매, 그리고 처음 보는 사내가 식탁 근처에 자리를 잡았다. 목살과 갈매기살이 그릴 위로 올라가면서 본격적인 대화의 장이 펼쳐졌다.

중년 부부는 귀농을 알아보려고 신중하게 준비하는 모양으로, 여자는 이혜옥, 남자는 김지욱이라고 자신을 소개했다. 견학 삼아 황 노인의 농장을 드나들며 농사에 대해 알아가고 있었다.

"아까도 말했지만 여기 주인 할아버님 성격이 굉장히 좋으세요. 호방하고, 이것저것 잘 알려주시고요."

남매의 이름은 송정후, 송하나였는데 근처에 어머니 묘가 있어 성묘도 할 겸 펜션에서 쉬어가곤 한다고 말했다. 그제야 요즘 젊은이답지 않게 낯선 중년 부부에게도 싹싹하던 그들의 태도가 이해되었다. 남매를 보던 채강은 어디선가 본 듯한 얼굴에 기억을 더듬었지만, 좀체 생각나지 않아

포기했다.

송하나가 채강에게 자리를 비켜주면서 정자 쪽으로 걸어갔다. 채강이 짐을 푸는 동안 40대 초반으로 보이는 사내가 합류했는데 자신 있게 내민 명함에는 서범수라는 이름이 찍혀 있었다. 왜소한 체구에 입가에 유들유들한 미소가 걸려 있는 사내였다. 그는 상주에서 나는 막걸리나 아로니아, 오디 같은 특산물을 소매업체와 연결하는 중간 유통 업자인 듯했다. 놀러 온 사람답지 않은 옷차림으로 보아서는 계약을 따내려고 여기까지 온 것으로 보였다.

"우리나라는 1차 산업을 너무 경시하는 경향이 있어요. 힘들여 일군 농작물을 경매 말고도 직접 팔 수 있게 유통 구조를 바꿔야 한다니까요. 이게 뭡니까. 대기업만 좋은 구조라고요. 기형적이에요, 아주!"

남자는 두툼하게 썬 고기를 집어 먹으며 열변을 토했고, 부부는 진지하게 들으며 고개를 끄덕였다. 채강은 말만 번지르르한 사내가 본인이 먹고 있는 고깃값을 조금이라도 낼 그릇인지 궁금해하며 지글거리는 갈매기살을 한 점 집어 먹었다. 숯불에 제대로 구워서 그런지 돌소금만 뿌려 간을 했는데도 육즙이 터지며 쫄깃하게 씹히는 게 안창살 저리 가라였다. 거기에다 아이스박스에서 막 꺼낸 맥주까지 한 잔 마셔주니 이제야 휴가를 온 기분이 들었다.

"고기가 아주 맛있습니다. 소고기보다 더 맛있는데요."

채강이 진심을 담아 칭찬하자 김지욱은 집게를 들고 웃으면서 – 채강이 굽겠다고 해도 한사코 사양했다 – 자신의 단골 정육점 식당이 얼마나 인기가 많은지, 고기는 따로 팔지 않는다는 사장을 설득해 갈매기살을 가져왔다며 무용담처럼 한창 늘어놓았다. 고기에 진심인 사람이었다. 보아하니 고기는 부부 쪽이, 술이나 안주, 가리비는 남매 쪽이 가져온 것 같았다. 나중에 부부와 남매에게 기름값이라도 보태야겠다고 생각하던 중, 그는 부부가 숯불을 들쑤실 부지깽이를 찾는다는 걸 알아차리고 자리에서 일어났다. 채강이 앉은 자리가 창고에서 제일 가까웠다.

그러고 보니 아까 황 노인과 마주쳤던 농부는 어디에 있는 걸까? 펜션에는 빈방이 없으니 근처에 사는 농부일 텐데. 답은 금방 나왔다. 창고로 가던 채강이 정자 뒤편에서 흘러나온 말소리를 우연히 듣게 된 것이다. 남녀가 애써 목소리를 죽이며 언쟁을 벌이고 있었다.

"동의 안 하실 거예요. 나도 하지 않을 거고요."

아까 자리에서 일어났던 송하나의 목소리였다.

"이건 그짝이랑 이제 상관없으니, 신경 꺼두게. 난 내 방식대로 할 거니까."

채강이 궁금해했던 농부의 목소리였고, 거사라도 앞둔 사람처럼 잔뜩 흥분해 있었다. 채강이 창고 문을 여는 순간 인기척을 느낀 두 사람이 갑자기 조용해졌다. 굳이 여기까지 와서 사람들의 비밀을 알고 싶지 않았던 채강은 부지깽이를 챙겨 자리로 돌아갔다. 테이블에 앉아 주변을 둘러보던 그는, 황 노인이 바비큐장으로 오는 걸 가장 먼저 발견했다. 노인은 채강에게 오다 말고 저녁 식사가 한창인 캐노피 안을 뚫어지게 바라보고 있었는데, 표정이 좀 이상했다. 하지만 노인의 그런 표정은 순식간에 사라졌다.

"채씨, 차를 좀 빼야 할 것 같은데."

"아, 예예. 그럼…."

채강은 일어나려다가 멈칫했다. 방금까지 시원하게 걸친 막걸리와 소주가 생각났다. 잠깐이면 되지만 엄연한 음주 운전이다. 황 노인은 채강의 고민을 어렵지 않게 알아차린 듯했다.

"차 키 주게. 내가 빼주겠네."

채강은 허둥거리며 바지 주머니에서 차 키를 꺼내 건네고 노인의 뒤를 따라갔다. 노인이 채강의 차를 능숙하게 도로 쪽으로 후진하자 펜션 옆, 도로와 인접한 공간에 주차되어 있던 흰색 아반떼가 미끄러지듯이 빠져나갔는데, 아까 보았던 농부가 운전대를 잡고 있었다. 차가 빠지자 노인은 아반떼가 있던 공간에 채강의 쏘나타를 주차한 후 시동을 끄고 차 키를 돌려주었다. 혹시나 도움이 필요할까 싶어 공터에 서서 지켜보고 있었던 게 무색했다. 채강이 차 키를 노인에게서 돌려받고 바비큐장으로 돌아가는 동안 삐 – 소리와 함께 휴대폰 재난 문자 알림이 울렸다.

오늘 19:00 호우 경보. 하천 주변, 계곡, 급경사지, 농수로 등 위험 지역에는 가지 마시고, 대피 권고를 받으면 즉시 대피 바랍니다. [행정안전부] – 오후 17:32

3

자리로 돌아가니 사람들이 시큰둥한 표정으로 재난 문자가 온 휴대폰을 들여다보다가 식사를 재개했다. 근처에도 계곡이 있기는 하지만 펜션에서 꽤 떨어져 있어서 잠깐의 폭우 정도는 크게 걱정하지 않아도 될 성싶었다. 저녁 6시 20분, 식사를 거의 끝낼 무렵 서범수는 약속이 있어 일어나겠다며 연체처럼 쏙 빠졌고, 거의 동시에 농부와 설전을 벌였던 송하나가 속이 안 좋다며 자리에서 일어났다. 자리에 남은 건 부부와 동생인 송정후, 그리고 채강뿐이었다. 채강이 맞은편에 앉은 송정후에게 넌지시 물었다.

"이 인근에는 마트고 뭐고 아무것도 없는 것 같은데. 차가 없으면 이런 데서는 살기 힘들겠어?"

"힘들긴 하죠. 근방엔 펜션도 여기 하나뿐이고, 농장도 아래로 더 내려가야 해서…. 외지인은 한번 들어온 이상 차 없이는 갈 데가 없어요. 기껏해야 계곡 따라 산책하고 돌아오는 거죠. 그래도 북적이지 않고 조용해서 좋아요. 아마 이 근방에 있는 사람이라곤 우리가 전부일걸요."

"하긴, 여기까지 오는 동안 다른 펜션은 보지 못한 것 같아. 주인집 농장도 거리가 꽤 되는데 말이야."

"아로니아 농장도 가까운 편이에요. 여기선 박상수 아저씨네 농장이 제일 가까워서 그나마 20분 정도면 걸어갈 수 있는 거리고."

"아까 여기 있었던 농부가 박상수라는 사람인가 보구먼."

채강은 아까 잔뜩 열을 올리던 농부를 떠올렸다. 굳이 방을 잡지 않고도 이쪽 펜션과 오갈 수 있고 인근에 농장이 있다면 역시 그 사람밖에 떠오르는 인물이 없었다. 맞다는 의미로 송정후는 고개를 끄덕였다. 매년 이 시기에 성묘하러 오니까 근방의 농부나 펜션 주인의 얼굴을 잘 아는 듯했다.

7시쯤, 저녁 식사를 마치고 바비큐장을 말끔히 치우고 나자, 중년 부부와 송정후는 자기 방으로 쉬러 돌아갔다. 채강은 비가 오기 전에 배도 꺼뜨릴 겸 조금이라도 걸어야겠다고 생각하며 주차장을 한 바퀴 돌았다.

방수천을 씌워 놨던 차는 아마 황 노인의 것이었는지 보이지 않았다. 채강의 쏘나타가 있는 줄에는 그의 차 한 대뿐이었다. 반면에, 맞은편 줄에는 총 세 대의 차량이 남은 자리 없이 공터에 전면 주차되어 있었는데 부부, 서범수, 송 남매의 차량인 게 확실해 보였다. 채강은 눈으로 제 차가 잘 있는지 확인하고 빗발이 굵어지기 전에 황급히 농장 쪽으로 걸음을 옮겼다. 그래도 오르막길이 소화를 하는 데 더 낫지 않을까 싶어서였다. 걷기 시작한 지 10분도 되지 않아 맞은편에서 걸어오는 송하나를 발견했다.

"속은 좀 괜찮아요?"

"네, 괜찮아요…."

말과 달리 그녀의 얼굴은 하얗게 질려 있었다. 술도 마시지 않았고 많이 먹은 것 같지도 않은데. 어디 아픈 건 아닌지 걱정이 되었다. 병원까지는 여기서 꽤 멀 텐데, 펜션에 소화제라도 있을까 싶었다. 어쩔 수 없이 채강은 저녁 산책을 포기하고 송하나와 함께 펜션으로 돌아왔다. 그러길 잘한 게, 그때부터 본격적으로 비가 쏟아졌다. 저녁 7시 10분이었다.

그들이 펜션에 도착하고 얼마 지나지 않아 차를 타고 떠났던 박상수가 다시 나타났다. 차를 다른 데 두고 걸어오다가 비를 맞았는지 모직 셔츠가 흠뻑 젖어 있었다. 아까 논쟁을 벌였기 때문인지 두 남녀는 만나서도 아무런 말이 없었다. 채강이 자기 방 수건을 꺼내 건네자 정자에 앉아 있던 농부는 축축한 목덜미를 문지르며 말을 건넸다.

"그 남자 말이야, 여기에 있는가?"

채강은 박상수가 말하는 남자가 얌체 같던 40대 중반의 서범수를 가리킨다는 걸 알아차렸다.

"그러고 보니 못 본 것 같은데요."

일이 있다며 6시 20분쯤 바비큐장에서 일어났다는 사실 말고는 채강도 아는 바가 없었다. 차 없이 갔으니, 근처에 볼일이 있었겠거니 생각할 뿐이었다. 비는 누군가가 위에서 양동이째로 들이붓는다고 해도 믿을만큼 세차게 내리고 있었다. 농부는 채강을 빤히 바라보았다. 왜 농부는 집으로 곧장 돌아가지 않고 빈방도 없는 이 펜션에서 뭉그적거리고 있는 걸까. 마치 무언가를 두 눈으로 확인해야 하는 사람처럼.

"차를 두고 걸어오셨나요? 비가 꽤 많이 오는데…."

어색함을 없애려고 물은 거였지만, 박상수는 채강을 노려보다 말했다.

"이 거리를 뭐 하러 차를 타고 가. 그냥 걸어오다가 비를 맞은 것뿐일세."

이후 박상수는 정자에서 눈을 붙일 요량인지 슬리퍼를 벗고 마루 위로 올라갔다. 더는 대화를 이어나가고 싶지 않다는 무언의 몸짓에, 채강은 자기 방으로 돌아갔다. 농부의 눈과 마주쳤을 때 채강은 말로 설명할 수 없는 불길함이 자신을 노려보고 있는 것만 같은 기분을 느꼈다. 문을 걸어 잠그고 욕실에서 뜨거운 물줄기를 온몸으로 맞고 있자니 그제야 펜션에 감도는 눅눅하고 암울한 녹조 같은 기운이 피로감과 함께 씻겨 내려가는 것 같았다.

그러나 개운함도 잠시, 하루 묵을 예정이 아니라 입을 옷이 땀에 절어

눅눅한 셔츠와 바지뿐이라는 사실을 깨닫고는 하는 수 없이 빨아서 드라이기로 말려야 했다. 그러고 나자 거의 8시였다. 밖에서 들리는 빗소리는 더욱 거세져 있었다. 욕실에 있는 동안 휴대폰에는 문자가 서너 통이나 와 있었는데 전부 재난 문자였다.

집중 호우로 상주 화서면 일원 산사태 경보 발령. 산림 주변 접근 금지. [북구] - 오후 19:30

하천 범람으로 19:40분부터 북천교 양 방향 전면 교통 통제 중입니다. 우회도로 이용 바랍니다. [경상북도 광역시] - 오후 19:37

오늘 계룡교에서 남상주 IC 방면 산사태로 인해 도로 통제 중이니 운전시 우회 바랍니다. [상주] - 오후 19:43

우회도로라고 해봤자 이런 산골에 그런 게 있을 리가 만무하니 아예 길이 막혀버린 거다. 그래도 일기 예보에서는 내일 오전쯤에 비가 그친다고 했으니 금방 차량 통제가 해제되지 않을까 하고 채강은 생각했다. 북천교는 시내로 빠지기 직전 산기슭 밑에 있는 다리다. 내일 아침에나 출발해야겠군. 별생각 없이 이부자리를 깔고 누워서 TV를 보려던 채강의 머릿속에 문득 박상수의 말이 스쳤다.

"그 남자 말이야, 여기에 있는가?"

그 말이 마음에 걸렸던 채강은 결국 밖으로 나왔다. 비가 와도 쌀쌀하다기보다는 후덥지근했고, 정자에는 박상수가 여전히 드러누운 채로 잠을 자고 있었다. 채강은 맞은편으로 돌아가 문을 두드렸다. 그의 숙소와 마주 보는 방에는 아무런 대답이 없었고, 다음 방문을 두드리니 중년 부부가 문을 열었다.

"아, 죄송합니다. 아까 나갔던 남자 분이 아직 오지 않은 것 같아서요.

비가 계속 내리고 있는데…."

"그러게요. 볼일이 있다고 했으니 어디 시내에 나간게 아닐까요?"

그들은 심각하지 않은 투로 대답했지만, 채강은 산책하는 동안 공터에 차량이 모두 세워져 있는 것을 봤다. 그의 쏘나타를 포함한 차량 넉 대는 모두 정미펜션 손님의 것이 확실했다. 남자가 차를 타고 가지 않았다는 뜻이다.

"차가 있는 걸 보면 시내에 간 건 아닐 겁니다. 주의보가 내릴 정도로 비가 오는데, 어디 혼자 갔다가 위험에 빠진 건 아닐까 걱정이 돼서요."

"애도 아니고 성인 남성인데…. 걱정이 많으시군요."

채강은 서범수가 썩 마음에 들진 않았으나, 인간적인 호감과는 별개로 위험에 처해 있을지 모르는 사람을 외면할 수도 없었다. 자신을 신경과민으로 취급하는 시선이 느껴졌지만, 채강은 모른 척하고 주변을 한번 둘러보자고 제안했다. 이제 저녁 먹고 다 씻고 푹 쉬기만 하면 되는 시간에 폭포처럼 쏟아지는 장대비를 뚫고 잘 알지도 못하는 사람을 찾아 나서자는 제안은 당연히 달갑지 않을 것이다.

하지만 채강이 워낙에 강경하게 주장한 터라, 결국 김지욱이 노골적으로 불만을 드러내면서도 엉덩이를 들었다. 결과적으로 김지욱, 채강, 송정후가 우산을 들고 인근을 한 시간가량 돌았지만, 비에 쫄딱 젖기만 했을 뿐 별다른 소득은 없었다.

"어휴, 좋은 거 먹고 이런 날씨에 사람을 아주 개고생시키네."

김지욱이 대놓고 투덜거렸다. 채강은 공터에 서서 주차된 차량을 살펴보다가 홀린 듯이 자기 쏘나타 앞으로 다가갔다. 전면 주차를 해놓은 터라 트렁크와 번호판이 바로 보였다. 자기 차가 맞고, 특별히 눈에 띄는 점도 없었지만… 흙받기 아래쪽에 무언가 묻어 있다는 걸 알아챘다. 빗물이 차체 위로 쏟아지면서 쏘나타는 석유를 바른 것처럼 반들거렸다. 채강이 좀 더 가까이 다가가서 허리를 숙여 그 부분을 살피니 흙받기에 튄 진흙이 똑똑히 보였다.

차가 마지막으로 움직인 건 비가 오기 전이었고 운전할 때 물웅덩이를 밟은 기억도 없었다. 이렇게 많은 양의 진흙이 튀었다는 건, 비가 올 때 차를 움직였다는 것 말고는 설명이 안 된다. 채강이 자기 차 앞에서 가만히 서 있자 의아하다는 눈길이 쏟아졌다. 채강은 바지 호주머니에 손을 넣어 차 키를 만지작거렸다. 이제 그만 들어가서 쉬자는 목소리와 정체 모를 불길함을 해소하자는 반대파가 아우성쳤다. 결심을 내린 그는 식은땀과 빗물로 미끌거리는 손가락으로 스마트 키의 버튼을 꾹 눌렀고 곧바로 덜컹, 소리와 함께 트렁크가 들썩였다. 트렁크를 위로 열어젖히자, 안을 함께 들여다본 주변 사람들의 입에서 비명이 터져 나왔다. 어느새 들고 있던 우산은 땅바닥을 구르고 있었다.

채강은 너무 익어버린 과실처럼 쩍 벌어진 트렁크 안쪽을 내려다보았다. 뭐가 문제였을까. 쉴 틈 없이 이어지는 교대근무며 잠복수사에 지쳐 벼르고 벼르다 오랜만에 겨우 한 번 낸 휴가였다. 그는 숙련된 형사답지 않게 약간은 얼이 빠진 채로 차량 번호와 트렁크를 다시 확인해보았지만, 현실은 달라지지 않았다.

채 형사의 쏘나타 트렁크 안에는, 방금까지 그들이 찾던 서범수의 시신이 들어 있었다.


4


시신을 목격한 사람들이 너나 할 것 없이 경찰에 신고 전화를 걸었지만, 최선을 다하고 있으나 퍼붓는 비 때문에 교통이 통제되어 당장은 출동이 어렵다는 답이 돌아왔다. 스피커 너머로 침착하시고 최대한 현장을 보존해달라는 당부가 흘러 나왔지만, 경찰이 바로 올 수 없다는 현실에 직면하자 그들의 혼란은 곧장 채강을 향했다.

"당신 뭐야? 왜, 당신 차 트렁크에 이 남자가 있어? 무슨 짓을 한 거야!"

"진짜, 진짜로 죽은 거예요?"

울리는 빗소리를 뚫고 사방에서 아우성이 터져 나왔다. 수색에 합류하지 않고 방에 있던 사람들까지 몽땅 나와 이 광경을 에워싸고 있었다.

"우선 진정들 하세요!"

채강이 자기가 듣기에도 설득력 없는 목소리로 말했다.

"진정은 무슨 얼어죽을 진정! 이거 당신 차잖아, 맞지? 설마, 당신이 한 짓이야?"

사람들을 제 뒤에 몰아놓은 김지욱이 채강을 경계하며 외쳤다. 그럴 만도 했다. 호우가 쏟아져 길이 다 막힌 상태에서, 느닷없이 시신을 발견하게 되었으니 말이다.

"제 차는 맞지만, 이 사람이 왜 트렁크에 들어 있는지는 나도 정말 모릅니다! 분명 누군가가 일부러 여기 두고 간 거라고요. 애초에 내가 한 짓이면 왜 먼저 이 사람을 찾자고 했겠어요?"

채강은 자신의 목소리가 아주 깊은 물 속에 빠진 사람처럼 허우적거리고 있다고 느꼈다. 발목에 끈끈하고 질긴 해초라도 엉킨 것처럼 그를 저 깊은 어둠 속으로 끌어내리고 있었다.

"기다려봐, 여보. 성내지 말고."

흥분한 남편을 달래고 침착하게 목소리를 낸 건 이혜옥이었다.

"확실히 이 남자는 식사 도중에 자리를 떴고, 그 뒤로 쭉 본 사람이 없죠. 그쪽은 이 차가 자신의 것이 맞지만 죽이지는 않았다고 하고요."

목소리는 가늘게 떨리고 있어도 사람들의 마음속에서 타고 있던 작열감을 가라앉히고 잠들어 있던 이성을 끌어내기에는 부족함이 없었다. 채강은 지금이 기회라는 걸 직감했다.

"맞습니다. 증명할 수 있어요. 나는, 펜션에서 멀리 벗어난 적이 없습니다. 식사를 마치고는 송정후 군과 뒷정리를 했고, 산책하러 나섰지만 10분도 안 되어서 송하나 양을 만나 펜션으로 돌아왔죠. 그 뒤로는 내 방에서 8시까지 있다가 재난 문자를 받고 나온 거라고요. 이 사람을 몰래 만나서 죽이고 트렁크에 은닉할 시간 자체가 없었단 말입니다."

"방에서 그냥 쉬었는지 아니면 몰래 밖에 나갔는지 어떻게 증명할 수 있죠?"

날카롭게 찔러 들어오는 송하나의 질문에 일순 말문이 막혔지만, 다시 말을 이었다.

"그렇게 따지자면 여러분은 뭘 하고 있었습니까? 다 똑같은 가능성이 있다고요."

"그게 무슨 소리야! 우릴 그쪽이랑 똑같이 취급하지 마쇼. 우린 부부끼리, 저쪽은 남매끼리 서로를 증명할 수 있으니까!"

채강은 고개를 가로저었다.

"혈연관계인 사람들의 증언은 신빙성이 떨어져요. 물론 내 알리바이도 증명하기는 힘들겠지만… 내가 정말로 이 사람을 죽이고 트렁크에 놔두었다면 상식적으로 여러분 앞에서 트렁크를 자진해서 열어볼 리가 없잖습니까. 내가 이걸 열지 않았더라면 여러분은 서범수 씨가 죽었다는 사실조차 몰랐을 텐데요."

"이 남자가 스스로 그쪽 차 트렁크를 열고 들어가 자살이라도 했단 말입니까?"

송정후가 다소 어이없다는 투로 채강에게 물었다. 채강은 트렁크 안쪽에 놓여 있는 시신을 빠르게 눈으로 훑어보았다. 후두부를 무언가로 가격당했는지, 이마 밑으로 흘러내린 선혈은 아직 마르지도 않아 보기만 해도 끈적하고 미끌거렸다. 장대비가 죽죽 내리는 습한 환경이다 보니 피가 바로 마르지 못한 것이다. 사망 직후에 여기 놓였을 수도…. 그의 눈길이 시신의 목에 난 검푸른 멍 자국으로 향했다. 검시관이 아니니 단정 할 수는 없지만 교살일 가능성도 있었다.

"이게 다 무슨 소리요?"

느닷없이 들린 제3자의 목소리에 모두 한꺼번에 고개를 돌렸다. 다 같이 공유하는 어떤 치부를 들키기라도 한 것처럼. 시선이 모인 곳에는 정자에서 자고 있던 박상수가 망연하게 그들을 바라보고 있었다. 남매가 말렸지만, 그들을 뿌리친 그가 트렁크를 확인하고야 말았다. 박상수가 시신을 향해 손을 뻗는 순간 채강이 재빨리 저지했지만, 트렁크 안을 들여다보는 것까지 막을 수는 없었다.

'주, 죽었잖아?'

박상수가 뒤돌아서 사람들의 얼굴과 시신을 번갈아 확인하며 중얼거렸다. 채강은 본능적으로 박 농부의 얼굴에서 무언가 동요하는 흔적, 놀람이나 충격을 넘어서는 미묘한 당혹감을 찾아보려고 노력했으나, 충격에 빠진 눈동자 말고는 아무것도 찾아내지 못했다. 채강은 빠르게 머리를 굴렸다.

분명 살인은 오후 6시 20분 이후에 벌어졌을 테고, 가장 신경 쓰이는 건 펜션에 있었던 사람 중에 살인자가 있다는 점이었다. 저녁 식사 중 나눴던 대화가 사실이라면, 근방에 머물 곳이라고는 이 펜션 하나뿐이어서 이곳에 농장이 있는 박상수와 황광수, 그리고 숙소를 예약하고 찾아오는 방문객을 제외하고는 오가는 사람이 없다고 해도 무방했다.

아무리 생각해도 외부인이 굳이 펜션 주차장에 무작정 들어와 빈 차에 시신을 유기했을 가능성은 없었다. 물론 자신이 입실한 펜션의 주차장에서 차량을 골라 시신을 유기했다는 발상도 부자연스럽긴 매한가지였다. 채강으로서는 왜 범인이 스스로를 우리에 가두는 행동을 선택했는지 설명할 수 없었다.

확실하게 살인 누명을 씌울 자신이 있었던 걸까?

채강이 운전석 쪽으로 가려고 몸을 움직이자, 순식간에 사람들이 험악한 눈빛으로 쏘아보았다. 그는 잠시 갈등했다. 이대로 가만히 있어야 하나. 그는 직업적인 의무를 최대한 존중하는 편이었다. 형사로서 그가 해야 할 일은 최대한 현장을 보존하고 이후 도착할 수사 기관을 믿고 그들의 수사에 협조하되 개입하지 않는 것이다.

그렇지만 아직 살인범이 돌아다니고 있었다. 여기 같이 있을 확률이 높았다. 채강이 가만히 손 놓는 사이, 범인은 트렁크에 시신을 유기한 것처럼 그를 함정에 빠트릴 또 다른 수를 쓸지도 모르고, 어쩌면 희생자가 더 나올지도 몰랐다. 범인이 누군지도 모른 채 고립된 상황에서, 마냥 경찰의 출동만 기다리는 것이 과연 현명한가?

마음을 정한 채강은 지갑을 펼쳐 사람들에게 신분증을 보여주면서 그들이 반발하지 않을 정도로만 목소리에 힘을 실었다.

"저는 울산 남부 경찰서 형사과 소속 채강입니다. 이 자리에서 제 신분을 걸고 분명히 말씀드리는 건데, 저는 이 남자를 죽이지 않았습니다. 교통 통제가 풀려 경찰이 오는 대로 조사에도 순순히 협조할 겁니다. 하지만 그전에 여러분의 안전을 위해서, 제가 이 남자를 살펴봐야겠으니, 여러분도 협조해주세요."

충격에 휩싸인 사람들이 채강의 말을 이해하는 데는 다소 시간이 필요했다.

"잠깐만요, 그 말이 맞다면 범인이 아직 여기 있다는 거예요?"

누군가가 그렇게 말하자 수군거리던 소리가 일제히 뚝 멈췄다. 아무래도 눈앞에서 흐느적거리는 경찰 신분증보다는 당장 그들 앞에 있는 시신에 대한 충격이 더 컸으리라. 김지욱이 손가락으로 채강을 똑바로 가리키며 험악하게 외쳤다.

"난 저 사람 못 믿겠어. 사람도 죽은 마당에 저게 위조된 건지 우리가 어떻게 안단 말이야? 어디다 묶어놔야 한다고!"

"맞아, 우릴 안심시켜놓고 도망갈 수도 있잖아요. 저기 산속이라든가."

사람이 너무 충격적인 상황에 놓이게 되면 모든 걸 의심하는 지경에 이른다. 이대로라면 수사는커녕 사람들에게 결박되어 경찰이 올 때까지 창고에 처박힐 수도 있다는 사실에 채강은 식은땀을 흘렸다. 이미 몸이 몽땅 젖었는데도 등 뒤와 목덜미가 유난히 끈적하게 느껴졌다.

한 발짝 뒤로 물러서서 상황을 지켜보던 이혜옥이 침착하게 말했다.

"그쪽이 형사라는 사실은 차치하더라도, 본인에게 불리한 트렁크를 우리에게 굳이 열어줄 필요가 없었다는 말은 확실히 일리가 있어요. 그래서, 어떻게 하겠다는 건가요, 형사분께서는?"

채강은 트렁크 안에서 굳어가는 서범수의 시신을 바라보면서 생각했다. 우선은 피해자에 대한 정보를 파악하는 게 먼저다.

"혹시 서범수 씨에 대해 아는 분 계십니까?"

"알긴요, 오늘 처음 봤는데."

중년 부부는 즉각적으로 대답했지만, 송 남매와 박상수는 아무 말도 하지 않았다. 채강은 노골적으로 박상수에게 물었다.

"아까 오후에 차를 끌고 나가지 않으셨습니까? 혹시 서범수와 볼일이 있었던 건 아닌가요? 분명 서범수는 볼일이 있다고 했어요. 그러면서도 차를 타고 나가지 않았고, 근처에 농장은 황광수 씨를 제외하면 당신 농장밖에 없는데, 그쪽을 만나러 간 거 아닌가요?"

박상수는 채강의 눈길을 피하지 않고, 도리어 쏘아보았다. 그렇지만 사람들의 시선을 의식했는지 말투까지 바꾸어 짤막하게 대답했다.

'그래요, 서범수랑 농장에서 만나기로 약속했어요. 하지만 만나지 못했습니다. 됐어요?"

"만나지 못했다고요?"

"그렇다니까요. 약속 시간이 지나도 안 오길래 다시 펜션에 돌아온 거라고요. 그래서 내가 물었잖습니까, 그 남자 여기 있느냐고."

"언제 만나기로 하셨죠?"

"6시 40분. 그런데 7시가 다 되어가도 안 오길래 펜션으로 올라온 거예요. 전화도 안 되고."

채강은 머릿속에 재빨리 박상수 농장의 위치를 가늠해보았다. 송정후의 말에 따르면 농장은 걸어서 20분 거리에 있으니, 시간적으로는 크게 어긋나는 부분은 없었다.

다음으로 채강은 송 남매에게 서범수를 아느냐고 물었지만, 그들은 그저 말없이 고개를 저을 뿐이었다. 아무래도 조금 있다가 사무실에 전화를 걸어 피해자에 대한 정보를 요청하는 게 나을 것 같았다. 후배 형사에게 문자를 보낸 채강은 모인 사람들의 이전 행적부터 파악하기로 했다.

채강은 송하나에게서 눈을 떼지 않으며 물었다.

"송하나 씨는 서범수 씨와 비슷한 시간에 자리에서 일어났죠. 어디서 무엇을 하고 있었습니까?"

만약 이 사건의 용의자를 고른다고 한다면 두말할 것도 없이 가장 오랜 시간 자리를 비운 박상수와 송하나다. 남동생도 같이 있으니 도움을 받기도 훨씬 쉬울 것이다.

"저는… 말한 대로 속이 좀 안 좋아서 계곡을 따라 걸었을 뿐이에요. 20분 정도 걷다가 비도 올 것 같고 그만하면 충분한 것 같아서 다시 펜션으로 돌아왔죠. 오던 길에 형사님을 만난 거고요."

"서범수 씨를 보았나요? 아마 걸어서 박상수 씨 농장에 갔을 것 같은데."

"보긴 했지만, 그냥 거리를 두고 걸었을 뿐이에요. 그러다가 난 왔던 길로 되돌아와서 그 사람이 어딜 갔는지는 모르고요."

6시 20분부터 6시 50분 사이 송하나와 박상수의 행적은 어느 정도 확인이 되었지만, 아직 7시 10분부터 8시까지의 공백이 남아 있었다. 이건 모두에게 공통된 과제였다. 저녁을 먹고 다들 쉬러 자기 방으로 들어갔을 때, 누군가는 몰래 나와서 행동을 꾀할 수도 있지 않았을까? 이럴 때 CCTV라도 멀쩡하게 작동했으면 좋으련만, 얼마 전에 고장 나서 모두 수리를 맡겼다는 말을 노인에게 이미 들은 터였다. 채강은 중년 부부에게 물었다.

"혹시 저녁 7시 이후에는 뭘 하셨습니까? 어디 외출했다거나…."

"이렇게 비가 쏟아지는데 외출은 무슨. 그냥 방에서 쉬었어요."

김지욱이 퉁명스레 대답하고는 불만스럽게 채강을 쏘아보았지만, 의외의 공격은 송정후에게서 흘러나왔다.

"수상한 건 오히려 그쪽이에요."

채강은 대답하는 대신 송정후의 말을 기다렸다. 그는 조금 머뭇거렸지만, 곧 마음을 정했는지 도전하는 듯한 목소리로 말을 이었다.

"사실 7시 20분쯤에 그… 아저씨 객실에 찾아갔어요. 수건을 좀 빌릴까 해서요. 그런데 아무 대답도 없던데요."

"내 방에요? 아, 그때는….'

채강은 침을 한 번 삼키고는 해명하기 위해 입을 열었다.

"씻고 있었어요. 물소리 안 들리던가요?"

"키가 와서 잘은 모르겠지만, 어쨌든 방에 아무도 없는 것 같아서 대신 저분들한테 빌렸어요."

"그래, 맞네, 저 청년이 와서 수건을 빌려 갔어요.'

"방에 두 분 다 계시던가요?"

"그래요."

7시 20분에 부부와 송정후가 펜션에 있었다는 확실한 알리바이가 생긴 셈이었다. 채강, 본인만 빼고.

"그러고 보니, 한 가지 좀 특이한 점이 있었어요."

이혜옥이 채강을 보면서 말했다.

"이것도 우리가 펜션에 있었다는 증거가 될지는 모르겠는데, 7시 40분 쯤에 이이가 후덥지근하다고 현관문을 한 번 열었거든요. 알다시피 우리 방이 주차장이랑 가깝잖아요?"

그녀는 이해가 가지 않는다는 듯이 공터에 주차된 차를 훑어보았다.

"분명 누군가 주차장에서 시동을 걸고 차를 움직인 것 같았거든요. 여긴 다 자갈을 깔아놔서 바퀴 소리를 분명 들은 것 같은데, 정작 나와 보니 움직인 차는 없는 것 같아서요."

약간은 아리송한 이야기였다. 알리바이를 더 확실히 하기 위해서, 확인할 수 없는 사실을 진짜인 것처럼 꾸며낸 것일까? 채강은 닫아놓았던 트렁크로 흔들리는 시선을 옮겼다. 사람들의 행적에만 의존해 범인을 잡는 것은 요원해 보였다. 원칙대로라면 지역 경찰의 수사를 방해하지 않고 현장을 보존해야 하지만, 민간인을 살인자와 같은 공간에 둘 수도 없었고, 그 자신의 결백은 둘째치더라도 어떤 위험이 발생할지 모르는 상황을 그대로 보아 넘길 순 없었다. 최대한 시신의 위치나 형태를 건드리지 않고 살펴볼 수밖에. 그는 이혜옥을 보며 정중하게 말했다.

"…제 차 조수석 글러브박스에 라텍스 장갑이 있습니다. 그걸 좀 가져다주세요. 시신을 살펴봐야 할 거 같아서."

이혜옥이 이맛살을 찌푸리며 반대했다.

"아직 그쪽의 결백이 밝혀진 건 아니에요. 7시 이후에 어떤 알리바이도 제시하지 못했고, 설령 범인이 아니라 하더라도 궁지에 몰린 사람이 다른 누군가에게 살인을 뒤집어씌우기 위해 증거를 조작할 가능성도 배제할 순 없어요."

"정 그렇다면, 여러분이 절 지켜보세요. 최대한 아무것도 건드리지 않을 테지만, 제가 허튼짓하지 않게 참관하는 거라고 생각하세요. 비위가 강한 사람이 했으면 좋겠군요."

논의 끝에 이혜옥과 송정후가 채강이 시신을 살피는 걸 감시하기로 했고, 그는 양옆에서 따가운 눈초리를 받으며 라텍스 장갑을 끼고 트렁크에 실린 사내의 시신을 살펴볼 수 있게 되었다.

서범수의 손목이나 발목을 보아서는 따로 결박한 흔적은 보이지 않았다. 두피를 살짝 헤집어 확인하니 상대는 정수리, 후두부를 강타당했는데, 너비가 좁은 것을 보니 곡괭이나 호미 같은 도구에 가격당한 것 같았다. 상처 부위가 피로 지저분하다는 건, 사후가 아닌 생전에 폭력이 가해졌다는 뜻이다. 다만 상처가 그리 깊지 않았고 목 부근에 선명하게 남아 있는 푸른 멍 자국으로 보아, 목이 졸렸을 가능성도 생각해볼 수 있을 것 같았다. 왜 그랬을까. 흉기로 가격해서 죽이려고 했으나 실패해 목을 졸랐을까?

채강은 조심스럽게 사후 경직이 얼마나 진행되었는지 알아보기 위해 시신의 얼굴과 턱 부분을 만져보다가 아래로 내려와 어깨와 팔, 무릎을 순서대로 주물러보았다. 오랜 경험으로 미루어볼 때, 서범수는 사망한 지 최스한 두 시간은 되어 보였다. 그 말은, 서범수가 아무리 늦어도 7시 이전에 살해당했다는 뜻이 된다. 그렇다면 용의자 후보군은 두 사람으로 좁혀진다. 송하나와 박상수.

채강은 등 뒤로 엇갈려 놓여 있는 손을 거의 건드리지 않고 살펴보았다. 입고 있는 옷은 채강도 보았던 캐주얼 양복이었다. 바지는 무릎과 엉덩이 부분이 온통 더러워져 있었고, 양 손톱에 새카만 이물질이 끼어 있었는데, 땅바닥을 긁으면서 낀 흙 같았다.

그렇다면 이 남자는 밭이나 농장 같은 야외에서 살해당했고, 그 후에 채강의 차 트렁크로 옮겨진 셈이다. 8시부터 9시까지는 서범수를 찾기 위해 펜션 투숙객들 대부분이 움직인 시간이다. 조금 전의 사후 경직으로 대략적인 사망 추정 시각을 계산해보자면, 서범수는 7시 이전에 살해당하고 트렁크에 옮겨졌을 것이다.

시신의 바지 뒷주머니에 꽂힌 불룩한 무언가가 눈에 띄었다. 살짝 빼내보니, 피해자의 휴대폰이었다.


5


결정적인 단서가 들었을 수도 있는 휴대폰을 손에 쥐었지만, 채강의 기분은 뒤죽박죽이었다. 만약 이게 단서라면, 범인이 절대 그냥 두고 갔을 리가 없었다. 눈에 금방 보이는 걸 시신을 유기하면서 놓쳤을 리 없다. 그는 옆에 서서 자신과 차 안을 뚫어져라 바라보는 박상수를 훔쳐보았다. 패닉에 빠졌던 게 무색하게 꽤 태연해 보였다. 서범수의 손으로 지문 잠금을 해제한 후에도 채강은 망설였다. 하지만 범인을 잡는 게 우선이라는 생각이 들자, 이혜옥과 송정후도 휴대폰 화면을 볼 수 있도록 아래쪽으로 내린 다음, 문자함과 통화 내역, 그리고 온라인 메신저를 체크했다.

서범수는 엄청난 수의 사람들과 연락을 주고받았는데 제대로 뒤지려면 최소한 이틀은 걸릴 것 같았다. 비록 오늘 누구를 만나기로 했는지 밝혀줄 증거는 찾을 수 없었지만, 피해자가 아주 막돼먹은 사기꾼이라는 걸 몇 개의 대화문을 통해 어렵지 않게 짐작할 수 있었다. 어쩌면 서범수는 보복 살해를 당한 것일 수도 있었다. 그 범인이 박상수일 수도 있고. 본인과 연관된 부분은 다 지웠을지도 모른다…. 이런 건 포렌식을 거쳐야 확실해지는데. 막힘없이 나아가던 채강의 생각을 멈춰 세운 건 하나의 발신 내역이었다.

119
발신 전화, 0분 5초
오후 7:12

오늘, 이 휴대폰에서 발신된 내역이었다. 오후 7시 12분이라면… 채강이 송하나를 만나고 정자에서 농부와 함께 있던 그때였다. 농부는 비를 맞고 온통 젖어버린 채로 채강이 건네준 수건으로 몸을 닦았고, 그 뒤로 10분 넘게 그들과 함께 있었다.

그건 박상수와 송하나를 동시에 용의선상에서 제외할 수 있을 만큼 결정적이었으나, 채강은 의심을 지우지 못했다. 약식으로 추정한 사망 시간과도 맞지 않았고, 비록 지문 인식으로 잠겨 있는 휴대폰이지만, 119와 같은 긴급 전화를 이용할 땐 굳이 잠금을 해제하지 않아도 누구나 신고할 수 있다. 만약 누군가 이 점을 노리고 알리바이를 꾸밀 요량이었다면?

예약 시간을 설정할 수 있는 문자와는 달리 119 신고는 직접 전화해야만 한다. 가설은 두 가지. 첫째, 그 시간에 피해자가 진범이 방심한 틈에 신고했다. 둘째, 범인이 일부러 그 시간에 피해자의 휴대폰으로 신고했다. 채강은 일단 범인이 계획적이라는 점을 고려해 두 번째 가설에 비중을 두었다.

고민하던 채강의 눈이 송정후와 딱 마주쳤다. 좀 전에 머릿속으로 그렸던 타임라인이 흘러갔다. 송하나와 송정후는 서로 도움을 주고받을 수 있는 관계. 만약 그들이 번갈아 가면서 일을 처리했다면?

오후에 정자에서 송하나와 박상수가 벌이던 설전이 서범수의 처분을 두고 다툰 거라면, 오히려 박상수가 서범수 살해를 반대했고 송하나가 서범수를 살해하려 했다는 시나리오도 가능하다. 왜 남자인 송정후가 아니라 송하나가 나섰는지는 잘 모르겠지만, 살의라는 것은 본래 성별에 국한되지 않는다. 게다가 서범수와 송하나의 체격 차가 크지 않아서, 도구를 동원한다면 그를 제압하는 것도 가능해 보였다.

서범수와 거의 비슷한 시간에 자리를 떠났고, 차를 타지 않고 약속 장소까지 걸어갔다면 송하나가 들키지 않게 뒤를 밟는 것도 충분히 가능한 일이었다. 송하나가 서범수를 약속 장소에 도착하기 전에 죽였고, 약속 장소에서 남자를 기다리던 박상수가 포기하고 펜션에 들러 남자의 행방을 물었던 거라면 이야기가 아주 매끄럽게 흘러간다. 그렇다면 시신은 어떻게 옮겼을까?

펜션에 있는 송정후에게 연락해 사람들 몰래 차를 가지고 오라고 해서 함께 시신을 옮겼을 수도 있다. 그렇다면 송하나는 6시 20분에서 7시 사이에 서범수를 살해하고 시신을 한적한 곳에 둔 다음 도로를 따라 걸어 올라왔을 거다. 그러다 나를 마주치는 바람에 혹시나 내가 산책하다가 서범수를 발견할까 봐 아프다는 핑계를 대고 함께 펜션으로 돌아왔고, 이후 송정후가 몰래 차를 타고 나가 시신을 싣고 119에 긴급 전화를 걸면 된다. 내가 씻는 사이, 그들이 트렁크를 열어 서범수의 시신을 옮겼을 거고, 송정후가 수건이 없다는 핑계로 7시 20분에 중년 부부의 방을 찾아가 수건을 빌리면 알리바이가 완벽해진다.

하지만 이 가설로는 7시 40분쯤에 이혜옥이 들었다는 차 소리는 해명할수 없다. 아니지, 일단은 확실한 것에만 집중하자. 비도 오는데, 이혜옥이 잘못 들었을 수도 있다. 증언이 진짜인지 아닌지는 아직 모르는 일이다.

여기까지 생각을 마친 채강은 송 남매를 향해 고개를 돌리며 말했다.

"송하나 씨, 당신을 좀 살펴봐도 되겠습니까?"

짐작대로 송하나는 주춤거리며 채강에게 다가오지 않았다. 송정후가 그들 사이를 가로막으며 말했다.

"뭘 확인하고 싶은 겁니까?"

성별을 떠나서 사람을 죽이는 것은 결코 쉬운 일이 아니다. 생존 본능이 강한, 그것도 60킬로그램에 육박하는 큰 생물체를 죽이는 건 누구에게든 힘든 일인 것이다. 설령 도구의 힘을 빌리더라도. 이 과정에서 어느 정도의 몸싸움은 피할 수 없다. 분명 서범수와 몸싸움을 벌였다면 송하나의 몸도 성치는 않을 것이다.

"하나 씨에게 상처가 있는지 확인하고 싶습니다."

채강은 단도직입적으로, 하지만 너무 공격적이거나 편향적으로 들리지 않게 주의하며 이혜옥을 지목했다. 중년 부부도 용의자 후보군이기는 하지만 적어도 채강만큼이나 우선순위가 낮은 사람들이었다.

"송하나 씨의 양 손목, 양 옷소매를 걷어서 최근에 생긴 상처나 긁힌 부분이 있는지 확인 해주세요. 참, 다리 쪽도요."

"비가 와서 여기선 쉽지 않은데… 하나 씨, 잠시만 정자 쪽으로 갈까요. 괜찮겠어요?"

송하나는 잠시 채강을 노려보았지만, 곧 순순히 고개를 끄덕이며 이혜옥과 김지욱을 따라갔다. 채강은 잠시 기대를 걸었지만, 몇 분 뒤 이혜옥이 송하나를 데리고 나오면서 작게 고개를 가로저었다.

"깨끗해요. 손톱이랑 발톱도 모두 봤어요. 긁힌 부분도, 따로 멍든 구석도 없고, 부은 데도 없어요."

채강은 점점 수렁 속으로 빠지는 기분이었다. 그는 조급하게 주위를 둘러보며 말했다. 이런 모습이 사람들에게 어떻게 보일지는 생각할 겨를이 없었다. 지금 와서 생각해보면, 범인이 어떻게 자신의 차 트렁크를 열었는지도 의문이었다. 충격 감지나 경보도 울리지 않은 걸 보아서는 억지로

연 것 같지도 않았고, 오래된 차이다 보니 굳이 블랙박스를 달아놓을 필요성을 느끼지 못해 무슨 일이 있었던 건지 확인할 길도 없었다. 나머지 차는 모두 전면 주차되어 있어 다른 차의 블랙박스도 큰 도움이 되지 않을 게 분명했다.

"여러분 차를 좀 보고 싶은데요."

사람들은 미덥지 않아 하면서도 고개를 끄덕였다. 어쩌면 그들은 채강만큼이나 이곳에 살인범이 없길 바라고 있지만, 한편으로는 채강이 살인마여서 이 복잡한 사건이 사실은 매우 단순한 것이고 그들은 지금 위험을 통제하고 있다는 안정감을 동시에 느끼고 싶어 하는 듯했다.

채강은 부부의 차부터 살펴보았다. 흙받기에 진흙이 튄 부분도 없었고, 문과 차 트렁크를 열어보았지만, 흙이나 의심할 만한 오염물은 보이지 않았다. 다음은 송 남매 차였다. 아직 이 남매가 사건에 연관되었을 가능성을 완전히 버리지 않았던 채강은 가장 먼저 타이어 부분을 살피면서 이맛살을 찌푸렸다. 예상과는 달리 타이어와 흙받기 부분이 깨끗했다.

시신을 옮기려면 비 오는 시간대에 차를 움직일 수밖에 없었다. 그 방법이 아니고서야, 서범수의 시신을 눈에 띄지 않게 옮기는 건 거의 불가능했다. 아니지, 어쩌면 일을 처리하고 나서 닦았을 수도 있다. 하지만 채강은 이미 가설이 조금씩 무너지는 걸 느낄 수 있었다. 어지간해서는 닦기 힘든 가운데 부분까지 깨끗했다. 차 문을 열자 운전석과 조수석은 흙투성이였고 뒷좌석은 깨끗했다. 트렁크에는 낫과 예초기가 실려 있었고 약간의 흙 부스러기로 지저분했다.

"아나… 내가 틀렸어."

채강은 그들이 오늘 성묘를 갔다 왔다는 말을 떠올리며 낫과 예초기를 꼼꼼히 살펴보았다. 낫에는 잔디를 베고 제대로 털지 않아 잔뿌리와 이파리가 약간 묻어 있었다. 혈흔으로 보이는 것도 없었고, 시신을 둘 자리조차 없어 보였다. 사건을 계획했다면 쓸데없이 공간을 차지하는 물건은 미리 치워놨을 것이다. 채강은 허탈하게 사람들의 차를 둘러보았다. 욱하는 마음을 도무지 풀 길이 없었다. 왜 하필 내 차에 이런 일이 생긴 걸까. 왜 하필! 하필!

울분에 찬 채강의 시선이 차 문을 닫는 송하나에게 향했다. 순간 이채가 떠올랐고 그가 다급하게 부부와 송 남매의 차로 다가가 문을 살펴보는 사이, 송정후의 휴대폰이 울렸다.

전화를 받는 송정후의 얼굴을 뚫어져라 보던 채강의 눈에는 전깃불이 튀고 있었다. 그제야 모든 일이 어떻게 된 것인지, 범인이 어떻게 트렁크를 문제없이 열고 사건에서 한 발짝 벗어날 수 있었던 건지 환하게 알아차릴 수 있었다. 핵심은 트렁크였다. 어떻게 범인이 채강의 트렁크를 열고 시신을 옮겨놓았는지 설명할 수 있다면, 범인은 자명했다.

"네… 아, 도로가 막혀서… 안 그래도 재난 문자가 계속 날아오더라고요. 아니, 잠깐 뭐 하는 짓입니까!"

채강은 번개처럼 송정후의 손목을 틀어쥐고 휴대폰을 낚아챈 다음 다급하게 외쳤다.

"연기는 그만하시죠. 애초에 시내에 내려간 적, 없잖습니까."

채강은 빗속에서 자신이 지금까지 붙들고 있던 퍼즐 조각이 딸깍이며 재조립되는 소리를 들었다. 어디선가 본 듯한 송 남매의 얼굴. 그건 바로 펜션과 농장 이름의 주인, 채강이 자신의 방에서 보았던 사진 속 여자, 황정미를 똑 닮아 있었다.

"황광수 할아버님."


6


전화기 너머로 노인의 목소리가 흘러나왔다. 채강은 스피커 모드로 바꿔놓았다. 황 노인은 갑자기 바뀐 목소리에 잠깐 멈칫하더니 태연하게 말했다.

"…무슨 말을 하는 건지 전혀 모르겠네. 내가 왜 굳이 시내에 간다고 거 짓말하고 자네에게 내 방을 내주고 나오는 번거로운 일을 한단 말인가."

"시치미 떼셔도 소용없습니다. 할아버님, 이건 살인사건이에요. 그리 고 당신에게는 서범수를 살해한 혐의가 있습니다."

"그런 말도 안 되는 소리를 지껄일 수 있는 건 자네가 형사라서인가? 약 속 때문에 시장에서 소머리국밥 먹고 있네. 지금 이쪽으로 와서 확인하면 될 거 아닌가. 주소 찍어줄 테니 오게나. 이거 원, 내가 좋은 마음으로 방을 빌려줬는데 무슨 살인사건 같은 얘길 하고 있어. 밥맛 떨어지게, 쯧."

채강은 황광수의 태연하고 막힘없는 말에도 꿋꿋하게 말을 이었다.

"가고 싶어도 저는 못 가죠. 오후 7시 30분부터 이 근방에 접근금지 조 처가 내려졌고 7시 37분부터 시내로 가는 길이 막혔어요."

"그렇다면 얘기는 다 끝난 거 아닌가? 나는 5시 30분에 이미 시내로 내 려왔어. 자네도 봤잖은가."

"아니죠. 제가 아는 건, 할아버님이 이중 주차된 제 차를 빼고 다시 주차 해 놓았던 것뿐이지 정확히 무슨 차를 끌고 언제 길을 나섰는지는 모릅니 다. 만약 할아버님께서 정말 소머리국밥 집에 있다면, 쉽게 확인할 방법 이 있습니다. 주인을 바꿔주세요. 하다못해 직원이나 만나기로 한 친구라 도. 아주 손쉽게 알리바이를 증명하실 수 있겠죠."

노인은 아무 말도 없었다. 쥐 죽은 듯이 고요한 정적으로도 북적이는 식 당에 있다는 게 거짓말이라는 걸 알 수 있었다.

"못하시겠죠. 당연히 시내가 아니니까요. 당신은 6시 35분에서 7시 사 이에 서범수를 죽이고 7시 12분에 119로 전화한 뒤, 시신을 실은 차를 몰 아 약 15분을 달려 펜션 인근까지 왔습니다. 펜션 밖에 나와 있는 사람이 있는지 없는지는 미리 알아두었겠죠. 중요한 건, 최대한 안전한 시간, 특 히 제가 객실에 들어가 있는 시간대를 노려 시신을 옮겨 두었다는 겁니 다. 이혜옥 씨가 주차장에서 들었다는 차 소리의 정체는 바로 할아버님이 었겠죠. 그때가 7시 40분, 그 후 차를 몰고 계획대로 시내로 가려고 했겠지만 여기서 시내까지는 약 40분, 아무리 빨리 달려도 그사이에 이미 길이 막혀버렸을 테니 당신은 시내에 있을 수가 없습니다. 아마 시내로 들어가는 진입로… 아니면 이 인근에 차를 세워놓고 대기하고 있겠죠. 아닌가요?"

"…아주 소설도 잘 쓰는 양반이구먼 그래? 자네 말대로라면 내가 사람을 죽이고 나서 시신이 든 차를 펜션에 주차한 다음 몰래 다른 차를 타고 빠져나온 거다, 이 말이지? 하지만 말이 안 되네. 시신이 발견된 차가 내 차인가?"

"아니요. 시신이 발견된 차는 제 차입니다. 이유는 간단해요. 왜냐면 당신이 시내로 가겠다고 끌고 나간 차는, 내 차였으니까."

잠시 휴대폰 너머로 얼음 같은 침묵이 흘렀다. 곧 유리창에 긁히는 듯한 노인의 성난 목소리가 들려왔다.

"지금 자네, 내가 자네 차를 좀 대신 몰았다고 분풀이하는 건가? 아니면 단지 노인네 손에 자네 차 키가 한번 들어왔다고 해서 무작정 의심하는 겐가? 만약 내가 자네 차를 끌고 나갔다면 그걸 바로 앞마당에 있는 자네가 몰랐다는 건데, 그 말을 과연 누가 믿어줄 것 같나?"

"예. 저도 처음엔 믿기 힘들었습니다. 저녁을 먹고 나서 제 두 눈으로 차 번호판, 주차된 위치를 보았으니까요. 정말이지 누군가가 내 차를 몰고 나갔다고는 상상도 못했다고요. 하지만 모든 게 계획적으로 꾸며진 무대라면, 두 시간 정도의 눈속임은 충분히 가능하죠."

채강은 자신의 차를 노려보며 노인에게 쏘아붙였다.

"그래요, 할아버님의 차가 제 차랑 똑같은 12년식 YF쏘나타라면, 안 될 것도 없지 않겠습니까!"

채강은 점점 사건의 진실에 제대로 접근하고 있다는 직감이 들었다.

"처음, 주차장 공터에 있던 회색 방수천으로 가려놓은 차, 그 차가 바로 황광수 당신 차 아닙니까? 처음엔 오늘 비 소식이 있어서 씌워놨다고 생각했지만, 비 오는 날에 차를 끌고 나갈 계획이었다면 그럴 필요가 없죠.

그건 오직 제가 당신 차를 못 보게 하려고, 나중에 이 일이 터졌을 때, 차가 바꿔치기당한 것도 모르게 하기 위해서였습니다."

"헛소리!"

노인도 지지 않고 맞받아쳤다.

"누굴 바보로 아나? 단순히 차가 같다고 해서 열쇠까지 같지 않다는 걸 알 텐데? 설령 내가 눈속임으로 번호판을 교체해 내 차를 자네 차처럼 보이게 했다고 치자고. 하지만 정작 차 키는 자네가 갖고 있는데 내가 무슨 수로 자네 차를 몬단 말인가? 내가 그 짧은 순간에 열쇠 출장이라도 불렀을까?"

"방금 공터에 주차된 차를 전부 확인했습니다. 제 차만 다르더군요."

채강은 다른 손님들의 차 손잡이와 자신의 차 손잡이를 머릿속으로 떠올렸다. 요즘은 대부분 스마트 키라 버튼만 누르면 트렁크든 차문이든 모두 열린다. 그러다 보니 차 문손잡이에는 열쇠 구멍이 없어지는 추세이고, 요새 나오는 신형은 문손잡이가 아예 매립되어 있어서 버튼 키로 잠금을 해제해야만 튀어나오기도 한다.

"다른 손님들의 차는 문손잡이를 아예 들어내야 열쇠 구멍이 나오는 구조인데, 제 차는 연식이 오래돼 아직 손잡이에 열쇠 구멍이 남아 있었죠. 오래된 차라 블랙박스도 없는 게 악수였습니다. 그래서 당신이 이 점을 십분 활용할 수 있었던 거죠. 당신은 제 차를 대신 운전할 때 제 차 키를 잠깐 가지고 있었고, 바로 그때 건전지가 다 되었을 때 비상용으로만 쓰는, 스마트 키 바닥에 삽입된 이 열쇠, 물리 키를 몰래 자신의 것과 바꿔둔 겁니다. 열쇠 모양은 다르겠지만, 적어도 그게 들어갈 스마트 키의 규격은 똑같을 테니까요.

당연히 제게 건네준 스마트 키는 겉으로 보기엔 별 이상 없고, 스마트 키 자체를 바꾼 게 아니니까 제가 버튼으로 열었을 때도 멀쩡히 작동한 거죠. 하지만 당신은 내 차의 기계식 열쇠를 가져갔고 그렇게 가져간 열쇠로 시동을 걸고 운전하는 것까지 모든 걸, 문제없이 해낼 수 있었던 겁니다. 이걸 증명하는 건 단순해요. 내가 지금 스마트 키에서 열쇠를 꺼내 차 문이 열린다면 제가 틀린 거겠죠. 하지만, 맞지 않는다면 순순히 제 말을 인정해야 할 겁니다.”

말을 마치고 채강은 스마트 키 밑에 삽입된 열쇠를 꺼내 천천히 자기 차에 다가갔다. 이 모든 대화에 압도된 사람들은 말리거나 제재할 생각도 하지 못하고 그의 행동을 숨죽이며 지켜보고 있었다. 채강이 열쇠를 밀어 넣었지만, 들어가지 않았다. 열쇠가, 달랐다.

“먹히지 않는군요.”

그러자 빗방울이 튄 송정후의 휴대폰이 잠잠해지더니 노인의 나직한 웃음소리가 빗소리와 스산히 섞였다.

“…내가 너무 만만하게 봤군. 놀라워, 내 예상보다 더 빨리 알아냈구먼. 천천히 알아냈으면 좋을 뻔했지만. 내 운이 여기까지인 거지.”

“할아버님?”

그의 목소리에서 심상치 않은 기색을 감지한 채강의 눈동자가 불안하게 흔들렸다. 그는 재빨리 충격으로 얼어붙은 송 남매를 눈으로 찾았다.

“가기 전에 내 딸… 정미의 복수라도 할 수 있어서 좋았네. 살인은 후회하지 않아. 딱 하나, 손주들이 내 마지막을 살인자로 기억하지 않길 바랐네만, 내 업보인 거지.”

지나치게 조용한 적막, 유난히 크게 들리는 빗소리…. 채강은 본능적으로 뒤를 돌아 송 남매를 보며 외쳤다.

“할아버님이 계실 만한 곳 압니까? 지금 어르신이 위험해요!”

“아로니아 농장이요!”

송하나가 외쳤다.

“그 농장은 사실 우리 엄마 농장이에요. 엄마가 죽은 후에는 할아버지가 관리하시는데, 늘 거기 있으면 엄마 생각이 난다고….”

“빨리 그쪽으로 갑시다! 서둘러요!”

## 7

술을 마시지 않은 송하나가 운전대를 잡았고 송정후가 조수석에, 채강이 뒷좌석에 탔다. 할아버지와 무슨 관련이 있는 건지 박상수도 뒷좌석에 합류했지만 내내 말이 없었다. 그들은 그칠 기미가 보이지 않는 물의 장막을 뚫고 어두운 산길을 곡예하듯 달려가고 있었다.

"손주 분들은 다 알고 있었습니까? 할아버지가 무슨 작정이었는지?"

채강이 차 안 손잡이를 꽉 붙들며 외쳤다. 비포장도로라 차가 속력을 이기지 못할 때마다 좌석이 들썩거렸다.

"몰랐어요! 전혀 몰랐다고요. 항상 할아버지는 그 사기꾼을 때려잡자고 하는 박상수 아저씨를 말리기만 했지, 한 번도 그런 기미를 보이지 않았다고요."

송하나가 전방을 주시한 채 맞받아쳤다. 패닉 상태에 빠지지 않으려고 다문 입술이 부르르 떨리는 게 룸미러로 보였다.

"그렇다면 왜 펜션에선 할아버지를 모르는 사이인 것처럼 대한 겁니까? 그럴 필요가 없었잖아요."

"그건 할아버지가 괜히 머무는 손님들 불편하게 한다고 펜션에서는 굳이 가족인 거 티 내지 말라고 하셔서…!"

"아무리 생각해도 이해가 안 가요. 할아버지가 그토록 치밀하게…."

조수석에 앉은 송정후가 중얼거렸다.

"서범수를 죽이려고 했다는 게요?"

채강이 대신 말을 잇자, 송정후가 아니라는 듯 고개를 저으며 말했다.

"아뇨. 남에게 누명을 씌우려고 했다는 게요. 한 번도 스스로 떳떳하지 못한 걸 받아들인 적이 없는 분이었는데, 당신 말대로라면 할아버지는 살인 누명을 씌우려고 치밀하게 계획을 짜서 차를 바꿔치기하고 시신을 봐뒀다는 거잖아요. 도저히… 차라리 그냥 할아버지가 서범수를 죽인 걸 밝혔더라면 마음이 덜 복잡했을 텐데…."

채강은 생각에 잠겼다. 맞다. 황광수는 정말로 영악하고 치밀했다. 차창에 요란하게 부딪히는 빗방울을 보다가 말했다.

"아뇨. 할아버지는 나한테 누명을 씌울 생각이 없었어요. 그 누구에게도."

송정후는 믿을 수 없다는 듯이 채강을 바라보았다.

"지금 농담하시는 거죠? 누명을 씌울 생각이 없는데 차를 바꾸고 남의 차 트렁크에 시신을 옮긴다고요?"

"만약 누군가에게 살인 누명을 떠넘겨야 한다면, 굳이 수사 과정을 다 꿰뚫고 있고 경험이 많은 형사를 고른다는 건 너무 비합리적이잖아요. 차라리 몰랐다면 모를까, 할아버지는 내가 형사라는 사실도 이미 알고 있었고."

"그것만으로는…."

"내 트렁크에서 시신이 나왔으니 경찰 조사를 받으면 불리한 입장에 있긴 하겠지만, 그렇다고 무작정 용의자로 몰리는 일은 없었을 겁니다. 기껏해야 신고자이겠죠. 수사 체계가 그렇게 호락호락하게 돌아가진 않아요. 그리고 부검을 통해 서범수의 사망 추정 시각에 내가 펜션에 있었다는 사실은 금방 밝혀질 겁니다. 거기다가 내겐 살인 동기도, 흉기도 없고요. 말 그대로 면식이 없었으니까요."

"아직 조사는 시작되지도 않았잖아요. 형사 드라마 보면 과학 수사 같은 것도 하던데 서범수한테서 자신에게 불리한 증거가 나오기라도 하면 어쩌려고요?"

"할아버님은 왜 굳이 서범수의 휴대폰으로 119에 신고해 사망 시각을 조작했을까요?"

채강은 대답 대신 질문으로 받아쳤다. 왜 진작에 깨닫지 못했을까. 신고를 한 사람이 서범수로 밝혀질 경우, 그로 인해 이득을 보는 사람은 총 네 명이다. 송정후, 송하나, 채강, 박상수. 처음엔 송정후가 송하나를 구하기 위해서라고 생각했지만, 만약 할아버지가 자기 가족과 주변인 모두를 지키기 위해서였다고 생각하면 충분히 이해할 수 있는 일이다.

"이제 남은 대답은 할아버지한테 직접 듣죠."

어느새 차는 어둠이 내려앉은 농장 입구에 도착했다. 차에서 내린 네 사람은 농장 초입에 주차된 차량을 보았다. 채강의 차와 똑같이 생긴 검은색 쏘나타였다. 문이 열려 있었지만, 안에는 아무도 없었다. 그들은 서로 갈라져서 무성하게 자란 아로니아 덤불을 헤치며 황 노인을 찾았다. 아래에 깔린 잡초 매트가 없었더라면, 아주 깊은 숲속을 헤매고 있다는 착각마저 들 정도였다.

"할아버지!"

"황광수 씨!"

앞도 제대로 보이지 않는 데다 바닥이 빗물로 미끄러워 몸의 균형을 잡기가 힘들었다. 뺨을 찔러대는 나뭇가지와 잎사귀를 옆으로 밀치며 헤쳐나가던 중 가장 먼저 채강이 바닥에 누운 노인을 발견했다. 채강은 그를 일으켜 세우려다가 셔츠 앞섶이 풀어진 채로 거의 온기가 느껴지지 않을 만큼 몸이 차갑다는 걸 알아챘다. 얼마나 오랫동안 이런 상태로 있었던 거지? 채강은 노인을 일으켜 세워보려고 끌어안았지만, 노인이 몸부림치는 바람에 어쩔 수 없이 내려놓아야 했다.

"내버려두게! 날 내버려둬! 어차피 오래 살지도 못해. 폐암 말기라더군."

노인이 입에 들이찬 빗물을 내뱉으며 쉰 목소리로 말했다.

"결국은… 그래, 이렇게 되는군. 자네도 알았는지는 모르겠지만, 서범수 그놈은 아주 악질적인 사기꾼이었어. 딸에게 아로니아 사업으로 사기를 치고 3억 5천이나 챙겨 날랐지. 그 바람에 정미는 1년을 시들시들하다 결국 말라 죽어버렸어. 이제 겨우 그 애가 행복해지려던 찰나였는데. 상수와 재혼하는 날을 기다리면서 얼마나 행복해했는지."

숏 남매를 부르려고 했지만, 노인이 힘없이 채강의 손등에 손을 얹으며 말렸다.

"계속 말하게 해주게. 계속. 지금이 아니면 안 돼."

입술에 빗물이 넘칠 만큼 고였는데도 채강은 입안이 바짝 타는 걸 느끼며 손을 마주 잡아주었다.

"꽤 많은 시간이 흘렀지. 그 애의 죽음을 마냥 슬퍼할 수만은 없었어. 아직 어린 손자 손녀도 키워야 하고, 어떻게든 농장도 살려놔야 했네. 상수가 내게 큰 도움이 됐지. 이 깡촌에 살면서 어떻게 알아낸 건지, 그놈을 죽여야 한다고 기어이 여기까지 서범수를 물고 온 것도 상수였어. 하지만 나와 손주들은 극구 말렸네. 이미 죽은 사람 안 돌아온다고. 산 사람은 살아야 하지 않겠냐고. 그렇게 겨우 설득했는데…"

채강은 힘없이 늘어지던 노인의 목소리에 바짝 독기가 서리는 걸 느꼈다. 성대에 잔뜩 힘이 들어가더니 어떤 장면이 생생하게 떠오르는 듯 어둠 속에서 핏발을 세우고 있었다.

"이상도 하지. 올해 초에 처음으로 서범수란 작자를 보았네. 제대로 본 것도 아니야. 먼발치에서 봤지. 그 순간, 서범수를 죽이려 드는 박상수를 말렸던 내가 얼마나 가증스러웠는지 자넨 짐작도 못할 거야. 산 사람은 살아야 한다니, 그건 고작 내 마음 편하게 하려고 위선을 떨었던 것일 뿐이지! 그 후로 나는 아무에게도 말하지 않고 그놈을 죽이기 위한 계획을 세웠지. 병원에서 폐암 말기라는 진단을 받고 난 뒤에는 마음이 더욱 확고해졌어. 하지만 자네와 똑같은 차를 준비해놓고 CCTV도 내리고 복수를 위한 모든 준비를 해놓고도 나는 또 한 번 흔들리는 걸 느꼈네.

그래서 상수에게 서범수란 놈이 내 펜션에 묵게 해달라고 말했네. 펜션 이름도 정미였으니까, 만약에, 만약에라도 그놈이 개과천선했다면, 내 딸의 죽음에 죄책감을 느끼는 모습이 조금이라도 보인다면, 그냥 이 모든 걸 묻을 작정이었네. 그래서 일부러 외지인을 펜션에 들이고 오늘 오후에 허튼 생각을 하는 박상수를 모르는 체하면서, 이대로 내 결심을 죽이고 싶었지. 믿지 않을지도 모르겠지만, 나는 사실 박상수를 따라가서 말릴 생각이었어.

그런데 오후에 내 딸을 말려 죽인 그놈 새끼 면상을 직접 보니까 말이네, 잘도 퍼질러 앉아서 고기며 술을 처먹고 있더라고. 내 딸은 마지막까지 밥 한술 뜨기도 힘들어했는데, 그 돼지 같은 입으로 웃으면서 잘도 처먹고 있었단 말일세."

노인의 목소리는 추위가 아닌 분노로 인해 부들부들 떨리고 있었다.

"그걸 보니 결심이 서더군. 왜 내 자식의 복수를 남에게 맡겨야 한단 말인가? 어차피 얼마 남지 않은 삶, 직접 하기로 했네. 나는 폐암 말기야, 더는 잃을 게 없어. 이제 곧 죽을 마당에, 살인자가 되더라도 상관없었네. 원래라면 병원에서 남은 생을 보내야 했지만, 고집을 부려 이렇게 밖에 있었던 거네."

노인은 핏물 섞인 기침을 내뱉었다. 채강은 묵묵히 노인의 고백을 듣다가 물었다.

"살인을 각오하셨다면 왜 굳이 이렇게 번거롭게 차를 바꿔서 트렁크에 시신이 발견되게 한 겁니까? 차라리 몰래 야산이나 밭에다 묻을 수도 있었잖아요."

노인은 잔기침과 함께 고개를 저었다.

"나는 이 일을 영원히 묻고 싶었던 게 아니네. 말했잖나. 내가 서범수를 죽였다는 게 알려지는 건 상관없네. 다만 그게 내가 죽은 후였으면 좋겠다고 생각했을 뿐이야. 그편이 좋아. 만약 자네 말대로 시신을 유기했다가 내가 죽은 후에 서범수의 시신이 발견되기라도 한다면, 그 화살이 누구에게로 향하겠는가?"

노인의 진의를 깨달은 채강이 천천히 고개를 끄덕였다. 채강과 황광수를 찾아낸 송 남매와 박상수가 서둘러 그들 곁으로 다가오는 모습이 보였다. 송하나가 다급하게 노인을 끌어안았고 노인의 파리한 입술에서는 가느다란 말이 새어 나왔다.

"웃기지 않나? 이 인생이라는 게 말이야…. 이 아로니아는 황제 취급을 받았던 적이 있었지. 모두가 그걸 보물이라고 떠받들어주고 돈을 물 쓰듯이 하던 때가 있었단 말이야. 그 새파란 등불 같은 것에 내 딸은 겁도 없이 인생을 걸었고 결국 사기꾼에게 몽땅 도둑맞았지."

"그만 말하세요. 몸이 너무 차요. 이제 곧 소방 헬기가 온대요!"

박상수가 허겁지겁 입고 있던 셔츠와 웃옷을 벗어 노인을 감싼 다음 둘러업었고, 송정후가 소방서와 통화하는 동안 송하나는 휴대폰 손전등을 켜서 허공에 빛을 뿌리고 있었다. 그 작은 혼란 속에서 노인의 눈은 꺼져가면서도 빛나고 있었다. 마치 후련하다는 듯이.

"이보게. 내 차에 서범수를 처리할 때 쓴 목장갑과 곡괭이가 있네. 자네에겐 미안하네. 자넨 이런 일을 많이 보았으니, 설령 처음엔 범인으로 몰리더라도 금방 밝혀질 거라고 생각했어. 늦지 않았다면 이제라도 모든 걸 바로잡고 싶네. 내가 하고 싶은 말은, 그게 전부네."

채강은 가만히 그의 얼굴을 바라보았지만, 모든 걸 본인이 지고 가려는 노인 앞에서 차마 고개를 끄덕일 수 없었다.


8


산사태가 나서 길이 통제되는 바람에 출동한 소방 헬기가 아로니아 농장에 도착했다. 체온이 위험할 정도로 떨어진 황광수와 보호자인 송 남매가 헬기에 탑승했고, 떠나기 전에 차 키를 박상수에게 맡겼다. 빗물이 헬기의 프로펠러에 맞아 새하얗게 부서져 내렸고 어느새 음산하게 그림자가 흔들리는 아로니아 농장에는 채강과 박상수만이 남았다.

"이제 돌아갑시다."

박상수의 목소리는 빗물이 그의 모든 기력을 씻어 내린 것처럼 힘이 하나도 없었다. 박상수가 소맷단에 빗물을 뚝뚝 떨구며 휘적휘적 앞으로 걸어갔으나, 채강의 걸음은 약간 미적거리나 싶더니 얼마 가지 않아 그 자리에 멈췄다.

"그거 압니까? 사람이 죽으면 아주, 아주 무거워집니다."

운전석에 타려던 박상수가 채강의 말을 듣고 멈칫했다.

"쇠약한 노인 혼자서 서범수의 시신을 트렁크로 옮기기는 매우 어려워요. 도와주는 사람 없이는."

"…."

"처음에는 단순히 노인이 펜션에 있을 손주들과 주변인의 알리바이를 위해 119 신고를 했다고 생각했습니다. 하지만 농장에 있는 노인이 이미 펜션에 있을 손주들과 주변인을 위해서 신고 전화를 했다는 건 아무래도 비약이 심하죠. 뭔가 더 직접적인 이유가 있었던 겁니다. 할아버지는 현장에 함께 있던 박상수, 당신을 위해 신고를 한 겁니다. 당신을 펜션으로 보내고 그곳에 도착할 시간에 맞춰 신고한 거죠."

고개를 들고 박상수를 보는 채강의 눈빛은 싸늘하게 빛나고 있었다.

"서범수가 당신의 농장에 오지 않았다는 건 거짓말입니다."

박상수의 흉부가 한 번 크게 부풀었다가 이내 어깨를 포함한 상체가 천천히 가라앉았다. 그는 그대로 서서 심호흡하는가 싶더니 채강을 똑바로 바라보았다. 결연한 표정과 달리 그의 목소리는 죄책감과 두려움으로 탁했다.

"좋아요. 맞습니다. 예, 내가 서범수를 죽이려고 했습니다. 나름대로 신중히 처리하기 위해서 문자를 쓰지 않고 대포폰으로만 얘기를 나눴죠. 농장을 보여주기로 약속해놓은 다음 만반의 준비를 하고 기다렸습니다. 남들은 다 용서해도, 나는 그 작자를 용서할 수 없었으니까요. 이제야 날 제대로 봐주는 사람이 나타났는데, 남은 인생을 평생 함께하기로 마음먹었는데 그 문턱을 코앞에 두고 그 사람이 그렇게 가버린 건, 다 그 사기꾼 놈 때문이니까."

단번에 소리치듯 말을 마친 그의 얼굴이 빗물로 번들거렸다.

"그런데 거기서 아버님이 끼어든 겁니다. 맞아요, 난 사실 마음을 독하게 먹었다고 생각했는데, 막상 곡괭이를 들고 사람을 죽이려고 내리치려니까 손이 후들후들 떨리더군요."

박상수는 손에 남은 감각을 지워버리고 싶은 듯이 손바닥으로 허벅지를 세게 문지르며 말했다.

"혹시 들어본 적 있어요? 아로니아가 영어로 뭔지."

채강은 작게 고개를 저었다.

"블랙초크베리black choke berry. 목이 졸릴 만큼 쓰다고 붙여진 이름이라더군요. 아버님이 말해줬어요."

채강은 서범수의 두상과 정수리에 찍힌 듯한 상흔과 함께 목에 남아 있던 시퍼런 멍 자국을 떠올렸다. 곡괭이로 내리찍은 상흔은 그리 깊지 않았으나, 있는 힘껏 조른 듯한 액살의 흔적은 달랐다.

"목에 있던 자국은…."

"아버님이 내가 못다 한 마무리를 지은 거죠. 대신 목장갑과 곡괭이를 쥐고, 그놈을 한번 후려친 다음 목 졸라 죽인 겁니다."

"그렇군요. 역시… 그랬어."

한동안 두 남자는 쏟아지는 빗속에 말없이 서 있었다. 채강은 상대의 얼굴을 보며 무언가를 골몰히 생각하는 듯하더니 곧 박상수를 지나쳐 앞으로 걸어갔다. 박상수가 어정쩡하게 차 문을 붙든 채로 다급하게 소리쳤다.

"말하실 겁니까? 경찰에!"

채강은 그를 돌아보았다. 법으로도 풀리지 않는 원망, 세대를 이어 내려오는 오래된 연쇄의 고리를 끊을 방법을 그로서는 알지 못했다. 하지만 적어도 이 상황에서 어떻게 해야 할지는 알았다. 그는 우두커니 서서 희미하게 미소를 지었다.

"잊으셨나 본데, 나는 지금 형사가 아닌 사건 관계인으로 있는 겁니다. 현재 직무 수행 중도 아닐뿐더러…."

채강은 쏟아지는 비를 맞으면서 주변을 훑어보더니 어깨를 으쓱했다. 빗소리가 시끄러우면서도 적막하게 모든 소음을 먹어치우는 가운데, 그의 목소리만이 또렷하게 울려 퍼졌다.

"여기는 내 관할구도 아니고요. 수사에는 협조하겠지만, 진상을 얼마만큼 알아내는지는 이쪽 수사 기관의 문제죠."

말을 마친 그는 펜션으로 돌아가기 위해 산에 난 도로를 따라 터벅터벅 걸었다. 빛 한 점 들지 않는 밤은 유난히 길고, 걸어가는 길은 멀었다. 채강은 하늘에서 먹먹하게 내리는 빗물이 꼭 미지근한 눈물과 비슷하다고 생각하며 온몸이 푹 젖게 내버려두었다.

상주의 한 시골 마을에서 일어난 살인사건은 황광수의 차에서 나온 증거물과 손주들의 증언, 무엇보다 노인의 자백이 결정적인 역할을 해 거침없이 진행되었다. 그러나 결국 경찰이 기소하기 전에 노인이 죽으면서 용의자 사망으로 인한 공소권 없음으로 종결 처리되었다.

휴가를 마치고 복귀한 채강은 그 후론 주말농장 근처에도 가지 않았지만, 종종 노인이 얼마나 그 아로니아 농장을 혐오했을지, 그러면서 또 애틋하게 여겼을지 상상해보곤 했다.

**은혜성** 1997년생. 스스로를 만족시킬 수 있는 글을 쓰기 위해 이 여정에 올랐다. 다양한 인간관계가 빚어내는 구원과 파멸에 관심이 많다. 세계 각국을 배경으로 아무 때나 꺼내 읽어도 흥미진진하고 재미있는 글을 쓰는 것이 목표다.

# 심사평

《계간 미스터리》 신인상 심사위원

　　'반전의 제왕'이라 불리는 나카야마 시치리는 (정작 본인은 어쩌다 붙여진 별명일 뿐 반전은 없어도 그만이라고 생각한다고 한다) 직장인으로 살다가 마흔여덟 살의 늦깎이로 미스터리 작가가 되었다. 최근 번역 출간된 《합리적인 미스터리를 쓰는 법》에 직장인이었다가 작가가 된 이후의 변화를 이렇게 쓰고 있다.

　　"직장인 때는 하루에 세 번 식사하고 적절한 수면을 유지하는 인간다운 생활을 유지했습니다. 작가가 되고 2년, 전업 작가가 되면서부터 다 포기했습니다. 작가는 사람들이 동경하는 직업 가운데 하나입니다. 자기만의 상상을 문장으로 써서 출판하면 사람들이 사주니까요. 보통 사람들은 하고 싶어도 할 수 없는 일입니다. 그러므로 평범한 사람이 누리는 당연한 행복은 버리자고 결심했습니다. 그렇지 않으면 불공평하다고 생각했습니다. 이후로는 제대로 자지도 먹지도 않습니다. 대신 계속 원고를 쓰고 있답니다."

　　극단적인 예이긴 하지만, 이 정도 결기가 없으면 살아남기 힘든 직업인 건 맞다. 그럼에도 남몰래 습작에 구슬땀을 흘리는 작가(라 생각하고 지망생이라 불리는)들에게는 아직 따지 못한 탐스러운 열매인 것도 맞다.

　　이번 《계간 미스터리》 신인상에도 많은 작품이 응모되었다. 특히 예심에서 평소보다 수준 높은 작품들이 눈에 띄었는데, 〈범인의 시선〉, 〈심판관〉, 〈아로니아 농장 살인〉, 〈옥상의 개구리〉 네 편이 본심에 진출했다.

　　먼저 〈범인의 시선〉은 미스터리 장르에서 보기 드문 이인칭 시점을 활용한 작품이었다. 차별점을 두려고 노력한 점은 좋았지만, 효과적이었는가 하는 점에서는 의문이었다. '죽은 시체를 매달아놓았는가?'라는 질문 하나만으로 범인을 짐작한다는 게 이해하기 어려웠고, 현대물이 아니라 고어를 많이 쓰려고 했지만 '쇠고랑으로 긁는 것처럼' 같이 엉뚱한 단어를 사용한 곳이 종종 보였다(쇠고랑은 '수갑'을 속되게 이르는 말이다). 소설에서 시점은 대단히 중요하다. 효과적으로 다룰 자신이 없다면 실험 정신은 뒤로 미루는 것이 낫다.

〈옥상의 개구리〉는 미스터리 요소가 골고루 포진된 작품으로 단편이 추구해야 할 굵고 짧은 재미를 주었다는 점에서 좋은 평가를 받았다. 하지만 범인이 어떻게 우연을 가장해 피해자의 스마트폰을 훔쳤는지, 부담스러워하며 거리를 두려 했던 피해자를 어떻게 저녁 시간에 한적한 공원으로 유인해서 살해했는지, 살인의 결정적 증거인 스마트폰을 왜 자기 책상 서랍에 넣어두었는지 논리적인 설명이 부족했다. 더군다나 사망 추정 시각이 30분 단위인 건 현실적이지 않다. 좀 더 많은 자료 조사와 치열한 고민이 필요하다.

〈심판관〉은 인도를 배경으로 삼아 이국적인 분위기를 물씬 풍기는 작품으로 몰입감 있는 전개가 흥미로웠고 문장도 안정적이었다. 하지만 가장 중요한 '심판'을 다루는 방식에서 설득력이 떨어졌다. 작품의 배경이 된 시간은, 9/11 테러가 벌어진 직후라 전 세계에서 공항 검색이 강화된 상황이다. 해외 출장이 잦아 그것을 잘 알고 있는 주인공이 하세가와를 죽이고 빼앗은 크리슈나 조각상(헤로인을 감춘)을 버젓이 비행기에 들고 탄다는 것은 이해가 되지 않는다. 작가는 편할지 몰라도 독자는 '멍청한' 주인공이 불편하다.

〈아로니아 농장 살인〉은 변형된 클로즈드 서클 작품으로, 미스터리 장르에 관한 이해도가 가장 높은 작품이었다. 물론 사건 발생 전 관계자를 설명하고 상황을 세팅하는 빌드업이 너무 길고 지루하게 느껴진다는 것, 시체를 유기하는 장소로 더 쉬운 곳이 있지 않을까 하는 의문이 든다는 지적도 있었다. 하지만 앞서 말한 대로 가장 미스터리다운 작품으로 밀폐된 장소, 한정된 용의자, 시간을 이용한 알리바이 조작, 떡밥의 회수, 결말 이후의 반전, 설득력 있는 범행 동기 등을 골고루 갖춘 작품이었다. 심사위원들은 큰 이견 없이 〈아로니아 농장 살인〉를 신인상으로 선정했다.

기왕에 나카야마 시치리를 언급했으니 같은 책에 나온 '원고 집필 중 졸음 방지 대책'에 관한 이야기로 마무리할까 한다.

"요즘은 집필하다가 졸음을 쫓을 때 계속 에너지 음료를 마십니다. 데뷔 전, 지금처럼 에너지 음료가 많지 않았던 13년 전에는 컴퍼스 바늘로 발바닥을 찔러 졸음을 쫓았습니다. 그렇게 간신히 원고를 완성하고 신발을 신고 회사에 가려고 하면 걸을 때마다 철벅철벅 소리가 났습니다. 무슨 일인가 보면 발바닥이 피투성이였죠. 당시에는 아직 사람이 덜되어서 계속 수마가 덮쳐왔고 그때마다 발바닥을 찔러야 했습니다."

당선자든 낙선자든 건투를 빈다.

신인상 수상자 은혜성

# 수상자 인터뷰
《계간 미스터리》편집부

당신은《계간 미스터리》신인상에 응모할 글을 쓰고 있다. 행복하다. 출품만 하면 수상은 따놓은 당상이라고 생각한다. 무슨 일을 할 때 행복한 것은, 초심자일 때뿐이다. 숙련도가 올라갈수록 서투른 것이 보인다. 어디가 문제인지 알지만 어떻게 고쳐야 할지 모를 때는 지옥이 시작된다. 깜박이는 커서와 하얀 모니터로 이루어진 불면의 밤이 찾아온다. 하지만 기뻐하라. 이제야 비로소 제대로 가고 있다. 몇 번의 고배를 마시고 절치부심 신인상에 당선된 은혜성 작가와 인터뷰를 나누었다.

**신인상 당선을 축하합니다. 블라인드 심사에서 나이가 어느 정도 있는 분이 아니냐는 의견이 있었습니다. 생각 외로 젊은 분이어서 깜짝 놀랐습니다. 먼저 간단한 자기소개 부탁드립니다.**

안녕하세요, 영어영문학과를 졸업해 현재는 교육계에 종사하고 있는 은혜성이라고 합니다. 어떤 상황에서도 언제나 글을 쓰겠다는 마음으로 집필을 이어왔는데 아직 부족하지만, 이른 보답을 받은 것 같아 기쁩니다.

**당선작 〈아로니아 농장 살인〉은 정통 미스터리 문법에 충실한 작품입니다. 어떻게 구상하게 되셨나요?**

지난 봄호에 투고했던 〈IJK의 삼각형〉이 낙선했다는 걸 잡지를 통해 알았습니다. 그걸 확인한 날, 곧바로 카페에 앉아 여름호에 투고할 원고 구상에 들어갔습니다. 여름이니 습하고 우울한 녹색으로 이미지를 잡고 노트테이킹을 하면서 사건 개요를 작성하던 게 기억납니다. 충격적인 도입부, 별다른 배경지식 없이도 독자들이 단번에 이야기에 집중할 요소로 무엇이 있을까 생각하다가 주인공 형사가 자기 차 안에서 시신을 발견하는 장면을 떠올리게 되었습니다. 이후 바깥 풍경을 보다가 도로변에 주차된 차량에서 스마트 키에 내장된 물리 키를 이용하는 법을 떠올렸고 엘러리 퀸의 유명한 중편에서 착안해 트릭을 완성하게 되었습니다(스포일러가 될 수 있으니 자세한 이야기는 생략하겠습니다). 앉은 자리에서 개요를 쓰고, 이후 집으로 돌아와 열심히 썼습니다.

**〈IJK의 삼각형〉에 대해 제가 했던 평은 함구하겠습니다. (웃음) 미스터리 소설을 써야겠다고 결심하게 된 계기가 있나요?**

가장 힘들었던 유년기를 버틸 수 있게 도와준 책이 학교 도서관에 있던 청소년용 셜록 홈스 전집이었습니다. 그때의 기억이 강렬해서인지 여러 분야의 책을 읽으면서도 가장 즐거운 독서 경험에는 언제나 미스터리 장르가 있었습니다. 그래서 글을 쓰기로 마음먹었을 때, 장르에 대한 고민은 단 한 번도 하지 않았습니다.

**심사평에서도 미스터리에 대한 이해도가 가장 높다는 평이 있었는데요, 이건 많은 작품을 읽지 않으면 습득하기 어려운 일입니다. 어떤 작품을 주로 읽으셨나요? 미스터리 장르에서 전범으로 삼고 싶은 작가와 작품이 있다면 소개해주세요. 다른 장르도 괜찮습니다.**

일본의 본격 미스터리보다는 영미권 소설을 더 선호하는 편입니다. 최근에 나오는 스티븐 킹이나 마이클 코넬리의 작품, 도메스틱 스릴러, 심리 스릴러도 가리지 않고 읽지만, 사실 고전을 더 좋아합니다. 전범으로 삼고 싶은 작가는 에드거 앨런 포입니다. 미스터리와 호러, SF의 경계를 넘나들며 광기에 가까운 상상력을 보여주면서도, 다른 쪽으로는 광기를 날카롭게 벼리는 논리성을 보여줍니다. 19세기 사람이라고는 믿기지 않을 정도죠. 〈갈까마귀〉나 〈어셔가의 몰락〉을 보면 포가 얼마나 장면과 호흡을 계산해서 글을 쓰는지, 광기와 이성이 균형을 잡고 문장으로 전개될 때 얼마나 우아한지 알 수 있습니다. 전범으로 삼고 싶은 작가가 포라면, 작품은 엘러리 퀸의 《이집트 십자가의 비밀》입니다. 완벽한 작품이어서가 아니라 작품이 가진 모든 단점을 단번에 상쇄할 만큼 제게는 충격적인 작품이었어요. 미스터리 소설을 써야 한다면 일생에 한 번은 이런 글을 쓰고 싶다는 생각이 들게 했던 작품입니다.

**저도 엘러리 퀸을 좋아합니다. 어린 시절에 읽었던 《로마 모자 미스터리》의 충격은 대단했죠. 이후 국명 시리즈를 찾아 헌책방을 샅샅이 뒤졌던 기억이 납니다. 작가님이 생각하시는 미스터리 장르의 매력은 무엇인가요?**

미스터리 장르의 매력은 다음 장을 기대하게 만드는 힘이라고 생각합니다. 불가능해 보이는 복잡한 수수께끼를 직면했을 때의 막막함, 그 밑에 숨겨진 진상을 알고자 하는 기대감은 결국 우리가 불확실하고 때로는 두렵기까지 한 내일을 꿈꾸는 것과 동일한 뿌리를 공유한다고 생각합니다. 그리스인들이 타인의 비극을 통해 영혼을 정화하는 수동적인 카타르시스를 느꼈다면, 반대로 미스터리는 독자가 타인의 문제와 비극에 합류해 문제를 해결하려고 분투하는 능동적인 카타르시스를 느끼게 한다는 점도 무척 매력적입니다.

**인쇄본에는 빠졌습니다만, 투고 작품 끝에 꼼꼼히 소설을 감수해준 형사 K님께 감사의 말을 남기셨는데 어떤 인연으로 조언을 받게 되었나요? 작품을 위한 조사는 어떻게 진행하시나요?**

이전에 두 번 정도 《계간 미스터리》에 응모했고 두 작품 모두 최종심에서 탈락했습니다. 심사평에 항상 일관된 지적이 있었는데 바로 수사의 현실성, 핍진성이 부족하다는 평이었습니다. 사실 그 점을 보완하는 게 집필보다 훨씬 더 어렵고 막막했어요. 법조계나 경찰 쪽 지인이라도 있으면 좋겠지만 그런 인맥은 전혀 없었고, 이전 두 작품 다 제 나름대로 책과 인터넷 뉴스를 조사해서 썼지만, 그걸로는 부족하다는 생각이 들었습니다. 여러 사이트를 돌며 형사 체계에 관해 알아보다가, 우연히 K 형사님의 연락처를 발견했죠. 난생처음으로 염치 불고하고 소설 감수를 부탁하는 내용으로 연락했습니다. 다행히 K 형사님께서 갑작스러운 부탁을 친절히 받아주셨고 제가 놓쳤던 부분을 정말 꼼꼼히, 정성껏 봐주셨습니다. 아마 그분이 아니었더라면 또 고배를 마시고 있었을지도 모르겠어요. 무엇이든 얻고자 하는 자는 그에 상응하는 발품을 팔아야 한다는 걸 다시 한번 깨달은 값진 순간이었습니다.

**인터넷이나 챗GPT로 얻은 자료는 누구나 쉽게 얻을 수 있기 때문에 큰 매력을 주지 못하죠. 현장에서 직접 뛰는 분들에게 발품을 팔아 얻은 디테일이 작품을 빛나게 합니다.**

**집필하는 데 도움을 받은 다른 분이 있나요?**

먼저 언제나 진지한 첫 독자가 되어주시는 제 어머니, 조명옥 님. 그리고 최근 글에 대한 애정으로 편집자가 되어, 작품을 다각도에서 바라보고 여러 가지 아이디어를 주는 소중한 친구 고지은 님, 마지막으로 〈아로니아 농장 살인〉이 더 현실감을 입고 단단해질 수 있도록 아낌없이 조언을 해주신 K(강동호) 형사님께 이 자리를 빌려 다시 한번 감사의 인사를 전합니다. 그리고 이 길을 걸어간 무수한 미스터리 작가들에게도.

**같은 길을 먼저 걸어간 무수한 미스터리 작가들에게 감사를 표하신 김에, 생존 여부에 상관없이 단 한 명의 작가를 만날 수 있다면 누구를 만나고 싶으신가요? 만나서 무엇을 물어보시겠어요?**

단 한 명만을 만날 수 있다면, 비록 추리소설은 아니지만 인생 작품으로 꼽는《폭풍의 언덕》의 작가 에밀리 브론테를 만나고 싶습니다. 코난 도일이나 엘러리 퀸, 에드거 앨런 포와 같은 작가들도 놓치고 싶진 않지만, 에밀리 브론테는 요절했기에 남아 있는 자료가 많지 않아서 더 만나고 싶어요. 여러 편의 시를 남겼지만 소설은《폭풍의 언덕》이 처음이자 마지막이라서, 하늘이 너무 빨리 데려간 거장이라고 생각해요. 어떻게 그토록 보수적이고 폐쇄적인 환경에서 세기에 남을 강렬하고 생생한 인물을 창조할 수 있었는지, 대체 그런 플롯은 어떻게 떠올린 건지 묻고 싶어요. 그리고 집필 계획이 있었다면 앞으로 어떤 작품을 쓸 생각이었는지도 듣고 싶네요.

**그동안 여러 신인상 당선자에게 같은 질문을 드렸는데, 에밀리 브론테를 언급한 분은 처음입니다. (웃음) 평소에 어떤 방식으로 집필하시나요? 특별한 루틴이 있으신가요?**

보통은 어떤 장면이나 메시지를 위해서 글을 쓰는지 스스로 명확하게 다잡고 들어가는 과정을 중요시합니다. 결정적인 순간이 제 안에 뚜렷하게 있어야 독자들에게도 전달하고자 하는 부분이 생생하게 다가간다고 여기기 때문이에요. 특별한 루틴은 없지만, 써야 할 상황이 생기면 단 한 문장이라도 꾸준히 거르지 않고 쓰는 편입니다.

**앞으로의 계획에 대해 듣고 싶습니다.**

오래전부터 쓰고 싶었던 단편과 장편이 하나씩 있었습니다. 그 작품들을 아주 멋지게 마무리할 수 있다면 더할 나위 없이 좋을 것 같아요. 그중 하나는 고전 작품을 저만의 미스터리 형식으로 재해석하는 작품인데 (비록 원형은 거의 찾아볼 수 없지만) 아주 재밌을 것 같아요. 다양한 언어로 번역된 제

책을 볼 수 있을 만큼 열심히 써보는 게 목표라면 목표입니다.

**얼마 전에 읽은 바버라 킹솔버의 《내 이름은 데몬 코퍼헤드》도 찰스 디킨스의 《데이비드 코퍼필드》를 현대적으로 재해석한 작품으로, 2023년 퓰리처상 수상작으로 선정되었죠. 단편과 장편 모두 기대됩니다. 끝으로 당선 소감 부탁드릴게요.**

예전엔 작가는 가만히 앉아 이따금 사색을 즐기며 자신만의 세계에 몰두할 수 있는 직업이라고 생각했습니다. 하지만 막상 집필이란 걸 해보니 좋은 작품이란 결코 혼자만의 공간에 웅크리고 있다고 해서 나오는 게 아니라는 것, 결국 다양한 사람들과 소통하고 여러 사람의 관점에서 바라보아야 더욱 다채로워지고 완전해진다는 점을 새로이 깨달았습니다. 《계간 미스터리》에서 좋은 기회를 주신 덕에, 많은 독자분, 그리고 작가분과 소통하고 교류할 수 있는 창구가 생긴 것 같아 기쁩니다. 멈추지 않겠습니다. 감사합니다.

"예술은 마라톤과 같다. 결승선을 통과해도 선수 목에 메달을 걸어주기는커녕 경기 진행자가 선수를 또 다른 경기의 출발선으로 데려간다." 작가이자 마케터, 미디어 전략가인 라이언 홀리데이의 말(《창작의 블랙홀을 건너는 크리에이터를 위한 안내서》)이다. 모든 예술가는 "반복적으로 그 능력을 시험" 받는다. 이번 작품이 훌륭하다고 해서 다음 작품도 그러리란 확신은 어디에도 없다. 《계간 미스터리》 신인상을 받는 건 결승선을 통과한 것이 아니다. 새로운 출발선에 선다는 뜻이다. 운동화 끈을 졸라매고 다시 뛰려고 준비하는 은혜성 작가에게 박수를 보낸다.

# 단편소설

# 나는 맥주를 좋아하지 않아     류재이

눈앞에 범인을 두고 있자니 기분이 묘했다. 대면을 한 건 실로 오랜만이었으니까. 그것도 살인사건의 범인과.

"…왜 그랬어?"

시무룩한 얼굴 속 두 눈이 그를 힐끔 바라보다, 다시 바닥으로 내려앉았다. 사람을 죽일 정도의 공격성은 보이지 않는다. 순하고 얌전하다. 어쩌면, 내내 억눌린 분노를 다 토해낸 뒤이기 때문인지도 몰랐다. 멀찍이 떨어져 있던 그가 범인에게 가까이 다가갔다. 범인의 목에는 쇠사슬이 감겨 있다. 범인은 목을 길게 내빼더니 뒷걸음질 쳤다.

"너도, 네가 잘못한 걸 아나 보지?"

낑낑거리는 소리가 흘러나왔다. 맞다, 범인은 개다. 가까이서 들여다보니, 입가는 물론 등허리, 머리까지 죽은 남자의 것으로 추정되는 혈흔이 묻어 있다. 풍산개의 일종인데 잡종인 듯하다. 무릎 정도 높이에 길이는 1.5미터 정도로 꽤 큰 편이다. 개는 구석으로 가 몸을 웅크렸다. 더는 가까이 다가오지 말라는 듯. 창고는 녹슨 농기구와 잡동사니들이 아무렇게나 널려 있고 오랫동안 환기가 되지 않은 탓인지 공기가 텁텁했다. 면사무소 직원이 임시로 마련한 격리실이었다. 그가 몸을 일으키자 개도 따라 일어섰다.

'이제 저는 어떻게 되나요?'

피의자들이 자주 던지는 말이었다. 개는 마치 질문하듯 그를 물끄러미 바라보고 있었다.

그가 문을 열고 나가자 기다렸다는 듯 직원이 따라붙었다.

"공 법무사님, 혹시 이런 거 해보신 적 있으세요?"

직원이 말하는 이런 거란, 개가 사람을 물어 죽인 사건을 처리해본 적이 있느냐는 말일 것이다. 당연히, 없다. 하지만 이곳에서 그가 못하는 일이란 거의 없다, 아니 없어야 한다. 시골 사람들에게 그는 법률 전문가이자 해결사니까. 그렇기에, 사건하고 상관도 없는 그가 불쑥 개를 보겠다고 했는데도 아무 제지 없이 들여보내주지 않았던가. 내심 도움을 받을 수 있을 거란 기대감도 한몫했을 것이다. 아직 앳된 얼굴의 직원은 식은땀까지 흘리며 쓸모없어 보이는 서류 뭉치를 들고 서 있었다.

"혼자 끙끙대지 마시고, 시청에 먼저 문의해보세요. 아예 처음부터 위에서 지시받는 게 낫습니다. 언론보도도 됐으니까요."

직원이 고개를 끄덕였다.

"관련된 지침이나 매뉴얼 있으면 그것도 보내달라고 하세요. 대책보고서 같은 거 쓸 때 필요할 거예요."

감사하다며 고개를 숙이는 직원에게 간단히 눈인사하고 걸음을 옮기려는데 직원이 들릴 듯 말 듯한 목소리로 중얼거렸다.

"그럼, 저 개는…."

공 법무사가 어깨를 으쓱했다.

"현재로서는 현행법이 없어요. 죽이느냐 살리느냐로 한동안 시끌시끌할 거예요."

사건 발생 2일 전.

준비는 마쳤어. 아버지의 코 고는 소리가 여기까지 들려. 오늘도 술을 마셨거든. 나도 곁에서 같이 마시며 장단 맞춰주느라 정신이 알딸딸하네. 이제는 제법 마실 수 있게 됐어. 대단하지? 아버지는 내가 맥주 마시는 걸 좋아해. 자기를 닮았다면서. 웃겨, 이런 거 닮은 게 뭐가 자랑이라고. 트로트도 지겨울 정도로 들어. 전주만 들어도 가수 이름과 제목을 알아맞힐 정도야. 너도 트로트 좋아했었나?

오늘은 예행연습 마지막 날이었어. 위시가 흥분을 감추지 못해서 달래는 데 애를 먹었지만 그래도 예상했던 대로 된 것 같아. 그 사람이 위시한테 발길질한 것만 빼면 말이야.

아버지가 처음으로 너에 관해 묻더라. 내 휴대폰 배경 화면 속에 있는 네가 궁금했나 봐. 나는 보육원 때부터 함께 자란 가족 같은 동생이라고 말했어. 언제 한번 데려오라고 하기에 그냥 알겠다고 했지. 이름까지 물어봤지만 대답은 하지 않았어. 알려주기 싫었거든.

여기까지 오는 데 힘들지 않았다고 하면 거짓말이야. 앞으로 어떤 일이 벌어질지 두려운 것도 사실이고. 그렇지만, 포기하지 않을 거야. 반드시 해내고 말게. 네가 남기고 간 버킷리스트를 생각하며.

근데 술 마시면 기분이 좋아진다고 하지 않았어? 나는 정반대야. 한없이 기분이 가라앉아. 그리고 슬퍼져. 이럴 땐 어떻게 해야 해? 뭐든 알려주던 네가 없으니까, 바보가 된 것 같아. 이런 나를 두고 왜 그렇게 가버린 거야? 나빠.

*

법무사 사무실에 모여 있는 마을 사람들의 모습을 통창 너머로 확인한 공 법무사는 잠시 망설였다. 들어갈 것이냐, 말 것이냐 고민하고 있는데 박 실장과 눈이 딱 마주치고 말았다. 그녀가 그를 가리키자, 사람들이 일제히 뒤를 돌아보며 반색했다. 그가 무겁게 문을 젖히고 들어갔다.

"아이고, 우리 법무사님 이제 오시네."

"어디 갔다 오신대요, 면사무소 갔다 오셔요? 이거 빨리 작성해야 하는데."

"지금 동네가 난리예요. 이거 때문에 내가 사기로 고소한 사건 밀리는 거 아녀요? 그 돈 빨리 받아야 하는데. 경찰서에 전화 좀 해볼까요?"

"등기부터 빨리 처리해주쇼."

익숙한 풍경이다. 그가 말없이 책상으로 걸어가자, 박 실장이 손뼉을 짝, 짝, 짝짝짝! 친다. 제 할 말만 하던 사람들이 일순 조용해진다.

"자, 오신 순서대로 한 분씩 얘기하세요!"

공 법무사가 손님들을 차례로 상대하고 있을 때, 박 실장은 마을 사람들과 차를 마시며 수다를 떨었다. 박 실장은 베테랑이다. 성과 없는 수다는 떨지 않는다. 분명, 정보를 얻고 있는 것이리라. 그녀는 어느덧 예순 살을 바라보고 있다. 법무사 업계에서는 공 법무사보다 경력도 훨씬 오래됐다. 그래서인지 그녀에 대한 마을 사람들의 신뢰도도 높았다. 영업이나 마케팅 따위는 젬병인 그가 빠르게 정착할 수 있었던 이유도 박 실장의 공이 컸다.

검찰수사관으로 근무할 당시 입었던 정장을 아직도 입고 다니는 공 법무사와 달리 박 실장은 신상은 무조건 사입고 보는 스타일로, 다채롭고 화려한 패션을 선호했다. 언제나 새빨간 립스틱을 짙게 발랐고, 키가 작아 하이힐을 신고 다녔는데, 주된 이유는 관공서 직원한테 무시당하지 않기 위해서라고 했다. 그는 일리 있는 이유라고 생각했다.

한참 뒤에야 공 법무사는 한숨을 돌릴 수 있었다. 마지막 손님을 배웅하고 들어오는 박 실장을 향해 그가 물었다.

"개 사고 난 것 때문에 말이 많죠?"

박 실장의 표정이 금세 어두워졌다.

"말도 마세요. 이게 다 무슨 일이래요."

공 법무사는 보정명령 건으로 면사무소에 들은 김에 그 개를 봤다는 말을 일부러 하지 않았다. 대신 커피잔을 들어 한 모금 들이켰다. 그건, 박 실장의 말을 들을 준비가 되어 있다는 신호였다. 박 실장이 벽시계를 흘끔거리더니 사무실을 정리하면서 말을 이었다.

"법무사님도 아시겠지만, 탁 아저씨가 워낙에 한량에다가 마을에서 골칫덩이였잖아요. 그래도 뒤늦게 찾아온 딸 만나서 모처럼 새사람 되나 싶더니만…. 그렇게 가버릴 줄 누가 알았겠어요? 개새끼가 뭘 잘못 먹고 돌았는지. 아니 어떻게 사람을 죽일 정도로 물어 재낄 수가 있어요?"

그가 커피를 죽 들이켰다. 빠른 손놀림으로 접대용 테이블과 소파를 정리한 박 실장은 자신의 자리로 돌아가 퇴근 준비를 했다.

"개가 원래 좀 난폭했어요?"

그가 몸을 박 실장 쪽으로 향하며 물었다.

"아뇨, 전혀요. 되레 겁이 너무 많아서 문제였죠. 법무사님도 몇 번 보지 않으셨어요? 떠돌이 개였잖아요. 포도 농장 하는 아지매가 개를 좋아해서 데려다가 키워보려고도 했는데 번번이 실패했어요. 하도 도망을 다녀서. 아무래도 주인한테 상처받은 모양이에요. 근데 신기하게 탁씨네 딸이 오고 난 뒤로는 개만 졸졸 쫓아다녔어요. 비슷한 처지라 서로 마음이 통했던 건지. 딸이 시내 편의점에서 아르바이트하잖아요. 일 끝나고 개 데리고 여기저기 돌아다니는 거 저도 몇 번 봤는걸요. 주인이나 다름없지, 뭐."

그도 시내에 있는 편의점을 몇 번 간 적이 있었지만, 딸의 얼굴은 기억나지 않았다.

"주로 어디를 돌아다녔어요?"

얇은 재킷을 팔목에 걸치고 가방을 메던 박 실장이 동작을 멈추고 기억을 더듬는지 고개를 천장으로 들어올렸다.

"정확히 기억은 안 나는데…. 제가 본 건 등산로 쪽이었던 것 같아요. 보통 퇴근하고 저녁밥 먹고 난 다음에 운동하러 나가니까…. 한참을 걷고 있는데 갑자기 개 짖는 소리가 여러 번 나서 깜짝 놀랐던 적이 있어요. 하여튼 그 딸이랑 있으면서 개가 달라졌죠. 활발해졌다고나 할까."

박 실장이 "그러면 뭐 해요, 사람 죽인 개인데. 하여튼 내일 봬요, 법무사님." 하며 재빨리 사무실을 빠져나갔다. 공 법무사는 손을 흔들어 보이고 다시 모니터를 바라보았다. 파산신청란에 머물러 있는 커서는 좀처럼 움직이지 않았다. 그는 오래도록 묻어두었던 감정이 조금씩 되살아나는 걸 느꼈다. 한동안 잊고 살았던 것. 그건 일종의 직감이자, 무의식에 내재한 경험칙 같은 것이었다. 어딘가에 거짓이 도사리고 있다는 느낌.

그는 잠시 한숨을 내쉬며 사무실을 둘러보았다. 그러다 그의 프로필이 담긴 액자 속 한 줄에 시선이 닿았다.

2007. 2. 17.~2009. 6. 19. 서울중앙지방검찰청 특수1부.

한때 수사에 대한 열의로 온몸이 달아올랐던 적이 있었다. 밤새워 근무해도 피곤함을 느낄 수조차 없던 시간. 실체적 진실에 한 걸음씩 다가갈 때마다 차오르는 확신과 수사관으로서 잘 해내고 있다는 자부심으로 똘똘 뭉쳐 있던 젊은 시절. 문득 특수부에서 일했던 시간이 아득한 꿈처럼 느껴졌다. 그 경험이 진짜였나 싶을 정도로. 마치 놀리기라도 하듯, 직감은 계속해서 그를 떠보고 있었다.

멍하니, 액자만 바라보고 있던 그의 눈빛이 서서히 달라졌다. 그는 황급히 파일 창을 닫고 컴퓨터를 껐다.

"나도 산책이나 해볼까."

수첩과 볼펜을 챙기고 옷걸이에 걸려 있던 코트를 입고 사무실을 나가는 그의 얼굴에 모처럼 미소가 번졌다.

즉은 탁씨의 집 주변에는 아무도 없었다. 빨리 어두워지는 시골 특성상 기자들도 일찌감치 떠난 모양이었다. 대문에 붙어 있었을 폴리스라인은 한쪽이 떨어진 채 대롱거렸다. 담벼락 너머로 집 안을 살피자, 아무도 없는 듯 불이 꺼져 있었다. 공 법무사가 대문을 살짝 밀자, 문이 스르르 열렸다. 영장 없이 남의 집에 들어가 본 적 없던 그였지만, 그는 이제 공무원이 아니었다. 각종 규제나 증거능력 때문에 몸을 사리거나, 마냥 기다리지 않아도 된다는 소리였다. 어쩌면 시골이기에 가능한 일이기도 했다.

"실례합니다."

그가 어둠이 내려앉은 마당으로 들어섰다. 조용했다. 불을 어디서 켜는지 몰라 휴대폰을 찾아 플래시 라이트를 켰다. 동그란 빛 속에 참혹했던 현장의 일부가 담겼다. 가장 먼저 눈에 들어오는 건, 붉은 기가 남아 있는 혈흔이었다. 자국은 마루까지 이어졌고, 탁씨가 어디에서 개에게 물렸는지 알 수 있을 정도로 마루 일부가 피로 덮여 있었다. 이어지는 벽에도 다량의 비산 혈흔 자국이 있었다.

"이곳에서 목을 물린 모양이군."

피의 형태를 빠르게 훑어보며 그는 당시의 상황을 추측해나가기 시작했다. 뒤집힌 개다리소반, 여기저기 흩어져 있는 맥주병, 깨진 그릇, 김치 조각. 그는 수첩을 꺼내 '목(동맥파열, 선상분출혈), 맥주, 김치 안주'라고 휘갈겼다.

라이트를 마당 쪽으로 돌리자, 구석에 설치된 수도꼭지에 개를 산책시킬 때 쓰는 목줄이 감겨 있는 게 보였다. 개가 묶여 있던 곳일 터였다. 그는 수돗가로 걸음을 옮겼다. 재킷 안주머니에서 하늘색 손수건을 꺼내 쭈그리고 앉아 목줄을 집어들었다. 손가락 한 마디 정도의 너비에 골판지 정도의 두께로 제법 탄탄한 편이었다. 목줄을 잡은 채 팔을 뻗는데, 얼마 못가 목줄이 툭 끊어졌다. 라이트를 가까이 대고 목줄의 끊긴 부분을 유심히 살펴보던 공 법무사는 수도꼭지의 아래쪽 이곳저곳까지 마저 확인했다. 그가 끙 소리를 내며 일어서는데, 무릎에서 우두둑 소리가 났다.

그는 '수도꼭지, 목줄, 끊긴 자국'이라고 쓰고 '끊긴 자국' 글자 위에 동그라미를 쳤다.

개는 불상의 이유로 남자에게 달려들었다. 왜? 탁씨가 위협을 가해서? 술주정이 심하기로 소문났던 자이니 그랬을 가능성도 있었다. 탁씨는 마루 위에 앉아 있다가 기습을 당했으니, 위협을 가했다면 앉아서 했을 것이다. 수돗가 주위를 둘러보았지만, 개를 향해 탁씨가 던졌을 법한 물건은 보이지 않았다.

그가 마당을 가로질러 다시 마루로 다가서는데, 딱딱한 것이 발에 챘다. 아날로그 라디오였다. 다시 손수건을 꺼내 그것을 들어올렸다. 라디오에도 피가 묻어 있었다. 아마 개가 탁씨의 목을 물고 흔들 때 흩날렸으리라. 라디오를 구석구석 살폈다. 직사각형의 레트로한 디자인인데 낡은 느낌은 없었다. 요즘에는 보기 힘든 안테나까지 달려 있었다. 안테나는 제법 길게 뻗쳤다. 앞면에 주파수와 볼륨 조절 다이얼이 있고 뒷면에는 FM, AM을 선택할 수 있는 버튼이 있었다. 그리고 그 옆에 BT라는 글자가 하나 더 있었다. 스위치는 BT에 맞춰져 있었다. '이탈 혈흔, 라디오(블루투스 기능)'.

아마도 탁씨는 노래를 들으며 맥주를 마셨을 것이다. 그는 무슨 노래를 들었을까. 이 라디오와는 어떤 연관이 있을까. 이런 게 의미가 있기는 한 걸까. 그는 마지막으로 수첩에 물음표를 그려놓고 탁씨의 집을 빠져나왔다.

*

"법무사님, 탁씨 아저씨 장례식에 가실 거예요?"

검은 정장을 차려입고 온 박 실장이 물었다. 그는 어제 마무리하지 못한 서류를 작성하던 중이었다. 잠시 고민한 뒤 고개를 끄덕였다. 박 실장이 일어서며 말했다.

"제 차 타고 같이 가요. 간 김에 점심도 거기서 먹어요."

탁 실장은 장례식장까지 가는 길에 두 명을 더 태웠다. 농협 직원 서씨와 공인중개사 송씨였다. 서씨는 금색 테두리 안경에, 양 볼이 움푹 팰 정도로 마른 스타일이었지만, 목소리만큼은 시원시원했다. 깐깐한 인상이 은행원인 직업과 잘 어울리는 여자였다. 그녀는 차에 올라타자마자 떠들기 시작했다.

"다들 소문 들었어요? 탁씨네 딸이 거액의 보험금을 노렸다는 소문? 아니 탁씨가 술만 마시면 그렇게 자랑했다는 거예요. 딸이 자기보험을 여러 개 들어줬다고. 평생 보험 한번 들어본 적 없던 양반이라 그런지 딸이 보험 넣어준 게 그렇게 감동스러웠나 봐요. 일부러 병원까지 가서 자기도 이제 뭐든 진료받을 수 있다고 큰소리까지 쳤다나요. 백살까지 살 거라면서."

서글서글한 인상에 각진 얼굴의 송씨가 귀를 후비며 받아쳤다.

"그래봤자 실비 보험이나 그런 거였겠지. 그 딸 아르바이트비가 얼마나 된다고. 둘이 생활하기에도 빠듯했을 것 같은데."

백미러를 힐끔거리던 박 실장이 송씨를 거들었다.

"맞아요. 그 댁이 뭔 돈이 있어서 거액 보험에 가입했겠어요. 그것도 아무나 못하는 거예요. 납부할 돈이 있어야 하는 거지. 그리고 듣기로 아버지한테 그렇게 잘했다면서요. 탁씨 아저씨 성미가 보통이에요? 그 비위다 맞춘다던데요. 건너 사는 박 아저씨가 비 오는 날 둘이 마루에 앉아서 파전에 술 한 잔씩 하면서 트로트 크게 틀어놓고 같이 노래 부르고 한다면서 얼마나 부러워했는데요. 요즘 자식들이 어디 이런 시골에서 부모랑 같이 살 생각이나 해요? 어휴. 남은 딸만 불쌍하죠."

입이 샐쭉해진 서씨가 볼멘소리를 냈다.

단편소설

115

"다 큰 성인인데, 모아뒀던 돈이 있을지도 모르죠. 맘만 먹으면 뭔들 못해요. 요즘은 젊은 애들이 더 무섭다잖아요."

박 실장이 고개를 살짝 끄덕였지만 이내 반문했다.

"설사 그렇다고 쳐요. 근데 탁씨 아저씨는 개한테 물려 죽었잖아요. 딸은 시내에서 아르바이트하고 있었고. 알리바이가 확실하잖아."

송씨가 장난스러운 어투로 박 실장의 말을 이어받았다.

"개새끼한테 '저 사람 죽여라, 죽여라' 주문이라도 걸었을까 봐요? 그런 방법으로 사람 죽일 것 같았으면 벌써 여럿 죽었겠죠. 당장 나부터도 써먹겠구먼. 허허허."

그의 말에 서씨가 바짝 세웠던 몸을 뒤로 빼며 화제를 돌렸다.

"그나저나 그 딸이 탁씨 찾아왔던 게 언제였죠?"

박 실장은 숨을 한 번 깊게 들이마신 뒤 말했다.

"한…1년 정도 됐나? 작년 이맘때쯤이었던 것 같은데요?"

송씨가 몸을 앞으로 하며 입술을 혀로 한번 핥았다. 자신이 내막을 모두 안다는 제스처였다.

"자, 잘들 들어봐요. 탁씨가 동거하던 여자가 있었는데 그 여자가 애 낳은 지 얼마 되지도 않아서 도망을 갔어. 탁씨도 맨 처음에는 키워보려고 했겠지. 근데 남자 혼자 핏덩이 키우기가 어디 쉽나? 변변한 직장이 있어, 뭐가 있어. 자기 형한테 잠깐만 맡아달라고 애를 맡겨놓고는 줄행랑을 쳤다는 거야. 그 뒤로 탁씨는 형이랑도 연락을 끊어버렸고. 그런데 어느 날 모르는 번호로 전화가 와서 받아보니 형이더래. 초등학교 동창 통해서 연락처를 알아냈다고 하면서. 그러더니만 대뜸 자기 집으로 네 딸이 찾아왔다고 하더라는 거야. 형 집을 어떻게 알고 가냐 했더니 그 딸이 글쎄 주민등록 초본을 떼어봤다나 뭐라나. 형네가 키워보려고 전입신고까지 했다가 결국 포기하고 보육원에 보냈었나 보더라고. 근데 형네도 이사 한 번 안 가고 평생을 그 주소에서 그대로 살았으니, 성인이 된 딸이 반신반의하며 찾았다가 만난 거겠지 뭐.

너 딸 한번 만나볼래? 하고 형이 물었는데 자기는 싫다고 했대. 이제 와서 무슨 소용이냐고. 그렇게 끝난 줄 알았는데 얼마 안 돼서 정말로 딸한테서 전화가 왔더라는 거야. 그래서 자기는 딸 둔 적 없다며 끊었는데 몇 달 뒤 집 앞까지 찾아왔다는 거지."

다들 숨을 죽이고 송씨의 이야기를 들었다. 차 안에는 적막이 맴돌았다.

"…대단하네요."

박 실장이 주차장에 차를 세우며 나지막이 내뱉었다. 차에서 내리면서 서씨가 두 눈을 가느다랗게 뜨며 물었다.

"근데 그렇게까지 해서 찾고 싶었을까요? 나 같으면 아버지의 아 자도 듣기 싫었을 것 같은데요."

장례식장은 한산했다. 전광판에는 고故탁인기라는 이름이, 그 아래 상주란에는 딸 탁선혜의 이름이 떠 있었다. 구석에서 상복을 입고 앉아 있던 젊은 여자가 우리가 다가가자 천천히 일어섰다. 박 실장이 공 법무사에게 앞장서라는 듯, 옆으로 살짝 비켜섰다. 얼떨결에 나서게 된 그는 목례부터 했다. 젊은 여자도 그를 따라 했다. 옆에서 그들을 지켜보고 있던 박 실장이 젊은 여자의 어깨를 쓰다듬으며 말했다.

"많이 놀랐죠. 그래도 선혜 씨 덕분에… 아버지가 참 행복했을 거예요. 아, 이분은 공무석 법무사님. 그리고 여기는 농협에서 과장님으로 계시는 서화란 씨. 그리고 공인중개사 송영길 씨. 그리고 저는 법무사 사무장 박연홍이에요."

한 명 한 명 인사를 주고받은 탁선혜는 "찾아와주셔서 감사합니다"라고 말하며 다시 한번 고개를 숙였다. 그녀는 젊은 여성이라기보다는 고등학생 같았다. 상중임을 고려하더라도 어두운 인상이었다. 긴장한 탓인지 계속해서 손등을 긁었다.

탁씨의 영정 사진은 집에서 아무렇게나 찍은 사진을 확대한 것이었다. 사진 속 그는 입을 벌리고 있었다. 마치 무언가를 말하고 있는 것처럼.

각자 분향과 절을 마쳤는데도 탁선혜는 멍하니 영정 사진만을 바라보고 있었다. 서화란이 그런 선혜를 향해 '밥 먹고 가도 되죠?'라고 물은 뒤에야 탁선혜는 그들을 식당으로 안내했다.

혼자서 반찬과 육개장을 나르는 탁선혜를 보던 박 실장이 그녀를 거들었다.

"그러지 말고, 여기 좀 앉아서 같이 들어요."

송영길이 탁선혜를 붙잡았다. 그녀는 우물쭈물하다 마지못해 테이블 가에 앉았다. 세 사람은 누가 먼저랄 것도 없이 묻기 시작했다.

"아버지 쪽 가족은 왔어요?"

"며칠 같이 지낼 친구나 지인은 있어요?"

"계속 여기서 지낼 거죠?"

모든 물음에 탁선혜는 연신 고개를 저었다. 박 실장이 다시 한번 "이사 갈 거예요?"라고 묻자, 그녀는 "잘 모르겠어요"라며 기어들어가는 목소리로 대답했다.

"하긴, 지금 정신도 없을 텐데. 그건 나중 일이죠."

서화란이 멋쩍은 웃음을 흘렸다. 그녀는 가장 묻고 싶은 건 따로 있었지만, 눈치를 살피고 있는 듯했다. 공 법무사는 벌게진 탁선혜의 손등을 바라보며 처음으로 입을 뗐다.

"그만 긁어요. 상처 나겠어요."

그의 말에 탁선혜가 움찔하며 손동작을 멈췄다. 그때 장례식장 입구 쪽에서 웅성거리는 소리가 들렸다. 송영길이 입구 쪽을 살피다 "어이쿠, 이장님 오셨네" 하며 자리에서 일어섰다. 탁선혜도 일어서더니 천천히 이장을 맞이하러 갔다. 공 법무사가 육개장을 마저 퍼먹으려는데, 바닥에서 진동이 느껴졌다. 탁선혜가 앉았던 자리에 휴대폰이 울리고 있었다. 그가 액정 화면을 보니 '뉴라이프 보험회사 직원'으로 입력된 번호가 떴다. 공 법무사가 전화번호를 외워야 하나 잠시 고민하는 사이 부재중 전화 표시로 넘어갔고 화면에는 탁선혜와 또 다른 여성이 나란히 얼굴을 맞대고 있는 사진이 나타났다. 사진 속 탁선혜는 미소를 짓고 있었다.

"법무사님!"

뒤늦게 박 실장의 외침을 알아차린 공 법무사가 고개를 들자, 이장 옆에서 박 실장이 빨리 오라며 손짓하고 있었다. 그는 탁선혜의 휴대폰을 집어들고 천천히 일어섰다. 이장에게 다가가 인사를 나눈 뒤 탁선혜에게 휴대폰을 건넸다. 탁선혜가 "아, 고맙습니다." 하며 받아 들고는 곧바로 화면을 켰다. 부재중 전화를 확인한 그녀는 어깨를 움츠린 채 황급히 장례식장을 빠져나갔다.

*

사건 발생 1일 전.

긴장해서일까? 악몽을 꿨어.

나는 현관문을 열고 집으로 들어가. 너를 찾지만, 어디에도 너는 없어. 어디 간 거야? 방 한구석에 네가 마신 맥주 캔이 여러 개 굴러다니고 있어. 몸에 좋지도 않은 걸 왜 자꾸 마시는 거야. 이게 뭐가 그렇게 좋다고. 나는 너를 부르며 화장실로 가. 화장실 문을 열어 너를 확인해. 너는 공중에 떠 있어. 정신없이 네게 달려가서 너의 몸을 붙잡아. 온기가 느껴지지 않는 너를. 수없이 너를 불러보지만, 너는 대답이 없어. 나를 두고 가면 어떻게 해. 혼자가 어떤 기분인지 누구보다 잘 안다고 했잖아.

보육원에서 단체로 계곡에 갔을 때, 갑자기 깊어진 수심에 나는 물 속에서 허우적대고 있었어. 아무리 발버둥을 쳐봐도 바닥에 닿는 것은 없었고, 두 팔을 휘둘러도 무엇 하나 손에 잡히는 게 없었지. 아무도 모르게 나는 가라앉고 있었어. 매일 죽음을 생각했었는데, 막상 죽음의 문턱에 들어서니 무서웠어. 그때 네가 날 부르는 소리가 들렸어.

그토록 싫던 내 이름이 그때는 얼마나 반가웠는지. 날 계속 불러줘, 빨리 다가와줘, 더 불러줘, 내가 정신을 잃기 전에…. 그리고 마침내 너의 손이 나를 붙잡는 걸 느꼈어. 다시 들이마시게 된 세상의 숨은 이전과는 분명 달랐어.

그런데 나는 너를 어찌하지도 못한 채 주저앉아 울고만 있어. 이번엔 내 차례인데. 내가 너를 구해줘야 하는데. 그러다 세면대에 놓인 너의 휴대폰을 집어들어. 배경 화면에 뜬 우리의 모습을 봐. 내가 이렇게 웃고 있는 건 다 네 덕분인데. 하염없이 우리의 사진을 보고 또 봐. 우리가 나눈 수많은 메시지와 통화도. 통화 목록에는 내가 모르는 번호도 있어. 하나씩 하나씩 자동 녹음된 통화 목록을 틀어 모두 들어봐. 네가 내 옆에 있는데 너의 목소리는 이제 녹음을 통해서만 들을 수 있다는 게 서글퍼서 다시 울어.

메모장에는 네가 적어놓은 버킷리스트도 있어. 함께 살면서도 미처 몰랐어. 네가 원하는 것들을. 뭐든 함께하자면서, 같이 이루었으면 좋았잖아. 이렇게 하고 싶은 것이 많은데, 왜 이런 짓을 한 거야.

어떻게 네게 보답해야 할까?

나는 제일 먼저 너의 소지품을 챙겨. 우리가 따로 모아뒀던 자립 청소년 정착금도 챙겨야겠지. 다른 사람에게 들키기 전에 얼른 여길 떠나야 해. 근데 너를 두고 내가 갈 수 있을까? 너 없이 세상으로 나갈 수 있을까?

밖으로 나갔다가 돌아오기를 반복해. 그럴 때마다 네가 변해가. 내가 알던 너의 모습이 아니라 무서워. 이럴 땐 어떻게 해야 해? 제발 올바른 방법 좀 알려줘.

*

장례식장을 나온 공 법무사는 박 실장에게 들를 데가 있다고 말한 뒤 무리에서 떨어져 나왔다. 그는 마을회관 근처에 있는 등산로로 걸음을 옮겼다. 코스가 완만하지 않고 길도 제대로 정비되지 않아 몇몇 마을 주민만 이용하는 곳이었다. 공 법무사도 마을에 처음 왔을 때 한두 번 이용하고는 발길을 끊은 지 오래였다.

등산로는 예나 지금이나 별 차이가 없었다. 사람은 한 명도 없었다. 그는 입구 쪽에서 두툼하고 긴 나뭇가지를 찾아 집어들었다. 추측이 맞다면 분명 흔적이 있을 터였다. 그는 나뭇가지로 바닥에 쌓인 낙엽들과 자라나기 시작하는 수풀을 헤치며 천천히 걸어 올라갔다.

탁선혜는 편의점 아르바이트가 끝난 후 개를 데리고 이곳을 산책했다고 했다. 과연 산책뿐이었을까. 그는 탁선혜가 걸었던 길을 따라 연신 주위를 두리번거렸다. 오르막길이 계속 이어졌다. 이마에 땀이 뱄다. 일도 내팽개치고 뭐 하는 것인가, 스스로 웃음이 나왔다. 직감, 수사 경력이 이제 와 무슨 소용이며, 어쭙잖은 탐정 놀이에 시간과 몸만 축내는 것은 아닌지 씁쓸한 마음까지 밀려들기 시작했다. 등산로가 마지막이야, 그는 스스로에게 다짐하듯 중얼거렸다.

반환점을 돌아 내리막길로 진입하는데, 녹슨 드럼통 두 개가 눈에 들어왔다. 쓰레기를 태우는 소각로인 듯했다. 그는 드럼통이 있는 곳을 향해 걸음을 재촉했다. 쓰레기통, 하수구, 변기…. 소위 지저분한 곳은 증거를 찾는 그에게는 보물창고나 다름없었다.

드럼통 주위에는 쓰레기들이 산재해 있었다. 나뭇가지로 그것들을 뒤적거렸다. 생수병, 각종 과채 껍질, 고춧대, 비닐하우스 폐비닐…. 바닥에 떨어진 쓰레기들을 모두 뒤진 다음 드럼통 두 개도 차례로 뒤집어엎었다. 조금 전까지의 후회는 어디 가고 누구보다 집중해 있었다. 흙으로 더러워진 봉제 인형들이 떨어져 나왔다. 인형들은 곳곳이 터져 솜이 비어져 나와 있었다. 인형은 얼추 열 개 정도였는데, 검게 타버려 형체를 알아보기 힘든 것들이 절반 정도였다. 비슷하게 두 번째 드럼통에서는 미용실이나 옷 가게에서 썼을 법한 마네킹도 있었다. 어떤 것은 머리만 있고 어떤 것은 몸통만 있었다. 마네킹들 역시 상태가 좋지 않았다. 그는 습관적으로 사진을 찍어댔다. 계속 굽은 자세로 있었던 탓인지 허리가 뻐근했다. 드럼통 하나에 봉제 인형과 마네킹들만을 넣어둔 채 근처에 있는 비닐하우스 폐비닐로 덮어두었다. 예상이 맞아떨어졌다고, 그는 생각했다. 다리는 후들거렸지만, 가슴은 쿵쾅거렸다. 이제 단 하나의 의문만을 남겨놓고 있었다.

*

다시 찾은 탁씨의 집 대문은 굳게 닫혀 있었다. 공 법무사는 초인종을 눌렀다. 대답이 없었다.

"실례합니다."

그가 목소리를 높였다. 집 안쪽에서 "누구세요?" 하는 가냘픈 목소리가 들렸다.

"공무석 법무사입니다."

한참 만에야 문이 열렸다. 마당에는 상자 여러 개가 나와 있었다.

"결국 떠나기로 하셨군요."

갑작스러운 방문에 그녀의 얼굴은 경계심으로 가득했다.

"다름이 아니라… 뭐라고 했나요?"

대뜸 그가 물었다. 맥락 없는 질문을 받은 그녀의 두 눈이 커졌다. 그러나 이내 눈빛이 차갑게 변했다.

"…무슨 말씀이죠?"

"뭐라고 했습니까…. 개한테."

그녀는 입을 다물었다.

"묵비권이군요. 아, 참고로 저는 수사기관하고는 아무런 상관이 없습니다. 그럴 권리도 없고요. 경찰은 당신 아버지의 사건을 변사로 종결했습니다. 유족의 동의도 없고, 개 물림으로 인한 사망이 명백하니 부검도 안 했죠. 그래서 장례도 무사히 마칠 수 있지 않았습니까."

그가 말을 고르는 듯 잠시 망설이더니 이내 힘주어 말했다.

"저는 그저… 진실을 알고 싶을 뿐입니다."

그녀는 눈 한 번 깜빡이지 않고 그를 바라보기만 했다.

"…당신은 개를 훈련했어요."

그는 휴대폰 화면을 그녀의 얼굴 앞으로 내밀었다. 탁선혜의 표정은 변화가 없었다.

"등산로에 있던 드럼통에서 발견한 겁니다. 인형뿐만 아니라 마네킹도 있더군요. 죄다 터지거나 우그러졌어요. 개가 문 겁니다. 당신은 아르바이트가 끝난 뒤 개를 데리고 등산로로 자주 산책을 했지요? 그건 산책이 아니었어요. 일종의 훈련이었습니다. 당신이 명령을 내리면 개가 공격하도록. 제 말이 맞지요?"

탁선혜가 낮은 음성으로 대답했다.

"무슨 말씀을 하시는지 모르겠네요. 제가 드릴 수 있는 말은, 아버지가 사고를 당하신 시간에 저는 아르바이트를 하고 있었다는 것뿐입니다."

곤 법무사가 옅게 미소를 지었다.

"예, 압니다. 알리바이가 확실하다는 것을요. 그런데요, 개를 이용하면 꼭 같은 시간, 같은 장소에 있지 않아도 됩니다. 이곳 어딘가에 있을 텐데요. 아니면 버렸으려나요? 블루투스 기능이 탑재된 라디오 말입니다."

그녀의 미간이 순식간에 팽팽해졌다. 그녀는 또다시 손톱으로 손등을 긁기 시작했다.

"탁인기 씨가 트로트를 좋아하는 건 마을 사람들 모두가 알 겁니다. 당신은 아버지의 휴대폰을 라디오와 페어링 했어요. 아버지가 좋아하는 트로트만 선별해서 별도의 플레이리스트를 만들었겠죠. 술을 마시면서 좋아하는 트로트만 들을 수 있도록. 그리고 아버지가 어느 정도 취했을 시간대에 전화를 건 겁니다. 블루투스를 연결하고 해제하는 조작법에 익숙지 않았을 당신의 아버지는 라디오 스피커를 통해서 당신과 통화를 했을 거예요. 당신의 음성은 마당 전체에 퍼졌겠죠. 그걸 저기 수도꼭지에 묶여 있던 개가 똑같이 들었을 겁니다."

그가 수돗가를 가리켰지만 탁선혜는 시선을 돌리지 않았다.

"당신은 블루투스 스피커를 통해 개한테 살인을 명령한 거예요. 상대를 공격하는 훈련을 받은 개는 명령어를 듣자마자 반응했을 겁니다. 근데 개는 묶여 있었죠. 그런데요, 끊긴 줄을 보니 누군가가 예리한 도구로 3분의 1 정도 비스듬하게 잘라놓았더군요. 당신의 계속된 명령은 개를 극도의 흥분상태로 몰고 갔을 겁니다. 개는 눈앞의 목표물, 다시 말해 당신의 아버지를 향해 계속해서 달려들었겠죠. 개가 여러 번 힘을 줬다는 건, 수도관이 기울었다는 것과 수도관을 고정해놓은 시멘트 부분에 금이 간 것을 보면 알 수 있습니다. 마침내 줄이 끊어지자 개는 당신의 아버지를 향해 돌진했을 거고요."

그의 추리를 듣는 탁선혜의 몸이 희미하게 떨리고 있었다. 그녀가 긁어댄 손등은 어느새 벌겋게 달아올라 있었다.

"범행 수법을 알아낸 뒤 저는 곧바로 격리실로 달려갔습니다. 그리고 개를 향해 수없이 외쳤죠. 죽여, 공격, 물어, 싫어, 가라, 고, 실시, 시작, 스타트, 킬, 아빠, 아버지, 심지어 당신 아버지의 성함 탁인기까지. 개는 어느 것에도 반응하지 않았습니다. 결국 저는 살인 명령어가 무엇인지 알아내지 못했습니다."

탁선혜가 침을 꿀꺽 삼켰다.

"무슨 말씀을 하시는 건지 정말 모르겠습니다."

그녀는 같은 말만 반복했다. 공 법무사가 그녀를 쏘아보았다.

"다시 한번 말하지만, 저는 수사관이 아닙니다. 당신의 죄를 심판하고 벌을 주는 것도 제 몫이 아니죠. 당신의 개는 안락사가 될 수도 있어요. 그러면 진실을 밝혀줄 물적 증거는 영영 사라지겠죠. 그러나 제가 알기로 죄는 사라지는 게 아닙니다. 잠시 감춰지고 덮어질 수는 있어도 사라질 수는 없습니다. 언젠가는 반드시 드러나게 되어 있고 그에 상응하는 벌을 받습니다. 어쩌면 이 사실을 누군가가 알고 있다는 것만으로도 벌이 될 수 있겠군요."

그가 깊게 숨을 들이마셨다가 천천히 내뱉었다. 그리고 말했다.

"제게 사실대로 말한다고 해서 수사기관에 고발하거나 하지는 않겠습니다. 그건 당신의 몫으로 남겨두죠. 마지막으로 묻겠습니다. 뭐라고 명령하셨습니까?"

그의 말을 듣는 그녀의 두 눈에 푸른 불꽃이 일었다. 마치 다른 사람을 보는 것 같았다. 학생 같은 앳된 모습이 아닌, 악에 받친 한 여인의 얼굴이었다. 더는 접근하지 말고 이만 물러서라는 경고의 기운을, 그녀는 온몸으로 내뿜었다.

공 법무사가 마지못해 고개를 끄덕였다.

"…어디로 이사 가시나요?"

그녀는 대답하지 않았다. 그가 뒤돌아 대문을 나서려다 갑자기 생각났다는 듯 물었다.

"아, 휴대폰 배경 화면에 있는 분은 누구죠?"

대답을 기대하고 물은 건 아니었다. 그가 대문 밖으로 나서는데 뒤에서 "동생이요" 하는 대답이 돌아왔다.

*

"승객 여러분, 하와이까지 가는 스카이항공 B747편 곧 출발하겠습니다."

인생 첫 비행기야. 무려 퍼스트클래스. 믿어져? 자리는 딱 여섯 개밖에 없는 것 같아. 나 포함해서 노부부와 남자 두 명이 탔는데 자리가 하나 남았어. 같이 왔으면 그 자리에 앉았을 텐데, 아쉬워. 여기서 내가 제일 어린 것 같아. 아, 위시도 같이 왔어. 물론 화물칸에 있지만. 아마 그 아이도 인생 첫 비행기이지 않을까?

위시는 유기 동물보호소로 옮겨지기 직전이었어. 잘못하면 안락사 당할 뻔했더라고. 여론이 안 좋았어. 다행히 면사무소 관리인한테 500만 원을 주니까 데리고 갈 수 있게 해줬어. 어차피 죽을 개인데 내가 데리고 가면 되지 않냐, 나는 마을을 떠날 것이고, 위시도 다시는 이 마을에 오지 못하게 하겠다, 어차피 다들 얼마 안 가 금방 잊어버릴 거다…. 그렇게 길게 설득했는데도 꿈쩍도 하지 않더니 500만 원에 순순히 위시를 내줬어. 아들 대학 등록금을 내야 한다고 했어. 정말 간편하지?

위기가 없었던 건 아니야. 웬 아저씨가 집까지 찾아와서 범행 수법을 알아냈다나. 위시한테 뭐라고 명령했냐고 계속 캐물었어. 법 관련된 일을 하는 사람이라 그랬는데 변호사는 아닌 것 같았어. 근데 내가 계속 대답을 안 하니까 그냥 갔어. 그럴 거면 도대체 뭐 하러 찾아오고 물어본 걸까? 그 사람은 자기가 모든 걸 알아차린 듯 잘난 척을 했지만, 우리의 관계는 눈치채지 못한 것 같아. 아마 내가 죽을 때까지 모르겠지. 아니, 죽어서도 모르지 않을까? 때로는 드러나지 않는 진실도 있으니까.

그 마을을 떠나길 잘했어. 애초부터 오래 있을 생각도 아니었지만.

아, 비행기에서 만난 사람들은 참 친절해. 아까도 노부부가 나를 흐뭇하게 쳐다보며 인사를 건넸어. 처음 보는 사이고, 서로 알지도 못하는데 말이야. 승무원도 내게 이것저것 불편한 건 없는지 물어봐줬어. 누군가가 나를 이렇게 대했던 적이 없어서 그런지 뭐라고 대답해야 할지 모르겠더라. 차차 익숙해지겠지?

자리는 일부러 창가 쪽으로 예약했어. 버스 타고 다닐 때면 언제나 창가 자리에 앉았었잖아. 창 너머 보는 풍경이 좋다고 했지. 난 그 옆에 나란히 앉는 게 좋았고. 하늘에서 보는 바깥 풍경은 분명 색다를 거니까 기대해.

비행기가 이륙하고 있어. 무서우니까 두 눈을 꼭 감아야지. 엉덩이 쪽에서부터 묵직한 진동이 느껴져. 하늘 높이 떠오르는 순간 지난날은 모두 다 잊어버리는 거야. 잊어, 하나도 남김없이 모두….

*

사건 당일.

"아버지, 뭐 해요?"

"딸! 노래 듣고 있지. 곤-드레 만-드레 나는 취해버렸어! 날씨가 얼마나 좋으냐! 근데 뭔 일이야? 일하는 중 아니여? 한참 클라이맥스였는데 노래 끊기게 하고 지랄이여 지랄은."

"…."

"아 왜 전화했냐고! 그리고 저 개-새끼는 왜 저기다 묶어놨어. 시끄럽게!"

"…."

"얼레? 끊어졌나? 여보세요, 왜 대답이 없어?"

"…왜 그랬어?"

"뭐라고?"

"왜 그랬냐고."

"뭘 왜 그래 이년아!"

"당신한테 전화했을 때, 왜 딸 둔 적 없다고 했어? 왜 다시는 전화하지 말-고 했어?"

"야 잊어버리고 산 세월이 얼만데…. 갑자기 이제 와서 딸이랍시고 전화하면 나보고 어떡하라고?"

"그게 아버지라는 사람이 할 소리야?"

"염병, 너 왜 그래? 뭐 잘못 먹었어? 갑자기 왜 그러는 거야?"

"당신 때문에 죽은 거야."

"뭐? 이년이 지금 뭐라는 거야? 누가 왜 죽어?"

"너도 똑같이 당해봐."

"뭐라 그랬어, 지금! 이 쌍노무시키가 어디 버르장머리 없이!"

“위시야.”

“멍!”

“야 이년아, 다시 말해봐!”

“버려!”

“월! 으르르--- 컹, 컹! 컹-컹-컹!”

“저 개-새끼는 또 왜 저러는 거여, 야 이년아 뭐라는 거야, 도대체!”

“너도 철저히 버림당해 봐. 위시야! 어서 버려! 버려, 버려, 당장 버려! 제발!”

“으르르--- 컹! 그르릉, 컹! 컹! 컹!”

“어, 어, 저 개새, 으…으악! 야 이 썹새끼야, 이 개새…으…윽…사…사람 살….”


*


후-.

비행기가 하늘에 뜬 것 같아. 창밖 좀 봐! 건물과 집들이 정말 작게 보여. 예전에는 왜 그렇게 크고 무섭게 보였을까? 아 맞다, 버킷리스트!


한강에서 라면 먹기

바리스타 자격증 따기

아버지 만나기

아버지랑 술 마시기

하와이 여행 가기

오마카세 먹어보기

베스트 드라이버 되기

나는야 커리어우먼

예쁜 가정 이루기

좋은 부모 되기


이제 하와이 여행 가기도 성공이야. 남은 버킷리스트를 다 이룰 때까지 살아낼 생각이니까, 나중에 만나면 고생했다고 해줘야 해.

승무원 언니가 마실 것 필요 없냐고 물어봐서 화이트와인하고 맥주를 달라고 했어. 난 이제 맥주 안 마실 거거든. 자, 플라스틱 컵에 네가 좋아하는 맥주 가득 따라줄게. 여권도 처음 보지? 옆에 같이 놔둘게. 내 거 아니니깐.

저 구름 좀 봐. 하얗다, 눈부실 정도로. 정말이야. 눈부실 정도로 세상이 아름다워….


하늘에서 마시는 맥주 맛이 어때, 선혜 언니?


**류재이** 2022년 《계간 미스터리》 겨울호에 〈검은 눈물〉로 신인상을 받으며 등단했다. 인간의 내면, 그중에서도 악한 면에 관심이 많다. 이러한 관심이 검찰수사관으로, 이제는 미스터리 소설을 쓰는 작가로 이어지고 있다. 악한 면에만 치중하여 세상이 흑백으로만 느껴질 때면, 마음 따뜻해지는 것들을 찾아 색깔을 채워 넣는다.

# 서핑 더 비어

박향래

힝주어 열쇠를 돌리자, 오랫동안 닫혀 있던 유리문이 끼이익 열렸다. 신음 같기도, 한숨 같기도 한 낯선 소리에 태민은 발을 들여놓기가 주저되었다. 한때는 제 집이나 다름없었다. 그러나 15년 만에 열어본 문 안쪽은 낯설기 그지없었다. 깊이 숨을 들이쉬고, 태민은 안으로 들어가 문을 닫았다. 오래 머무른 공기에서는 텁텁한 곰팡내가 났다. 하지만 그 사이로 달콤한 맥아 즙과 씁쓸한 홉의 향기도 희미하게 남아 있었다. 태민은 그제야 긴장이 풀리며 울컥, 그리움 섞인 안도감이 올라왔다.

15년 전에는 제법 세련되었던 인테리어가 빛바랜 채 그대로 남아 있었다. 윤이 나던 나무 바닥에는 부드러운 먼지가 켜켜이 쌓였다. 구석마다 거미줄이 내려앉았고, 벽에는 색바랜 포스터들이 고정된 시간처럼 붙어 있었다. '오늘의 맥주!'라고 쓰인 낯익은 글씨체의 메뉴판이 삐딱하게 흘러내려 있다. 의자들은 테이블 아래 고르게 밀어 넣어져 있었다. 바 테이블에는 여전히 코스터가 차곡차곡 쌓여 있고, 선반에는 맥주잔이 뒤집힌 채 가지런히 놓여 있다. 공간에는 아직 정중한 질서가 남아 있었다. 다시는 열지 않을 가게를 정갈하게 정리해둔 것은 아버지의 성정 그대로이다.

창은 모두 블라인드로 가려져 있었다. 태민은 조심스럽게 블라인드를 걷어 올렸다. 덜컥거리는 쇳소리와 함께, 눈부신 햇빛이 가게 안으로 쏟아졌다. 먼지 입자들이 빛을 머금고 허공에 떠올랐다. 금세 실내는 금빛으로 물들었다. 창밖은 그리운 풍경이었다. 언덕 아래로 비탈진 좁은 골목길 끝에 바다가 있었다. 경쾌한 파랑. 그 위로 흰 거품이 부서지고, 미끄러지듯 물 위를 가르는 서퍼들의 실루엣이 보였다. 검고 유연한 젊은 몸들이 파도를 따라 미끄러졌다가 다시 솟구쳤다. 휘청거리고, 균형을 잡고, 이내 파도를 탄다. 젖은 머리칼, 높은 웃음, 들뜬 외침. 바람에 흔들리는 간판들 사이로 서프보드를 든 사람들이 바다로 내려간다. 젖은 모래 위에 맥주 캔을 든 그림자가 드문드문 섞여 있었다.

태민은 창밖의 풍경을 한참 바라보았다. 기억 속의 풍경도 다르지 않았다. 오후 4시, 첫 번째 서퍼들이 '서핑 더 비어'라고 쓰인 유리문을 밀고 들어오던 시간. 물에 젖은 바지가 바닥을 적시고, 태양에 달궈진 피부가 맥주잔 위로 기울어지던 순간들. 바다 냄새와 땀 냄새와 홉의 냄새가 뒤섞이는 시간. 콸콸콸 넘치던 맥주와 시끄러운 록 음악 그리고 그보다 더 시끄러운 웃음소리, 웃음소리.

퍼뜩 현실로 돌아온 듯, 태민은 고개를 젓고 지하 양조장으로 내려갔다. 여전히 서늘한 기운이 감돌고 있다. 어린 태민의 눈에 마치 만화영화에 나오는 과학 실험실 같았던 공간이다. 스테인리스 스틸로 마감한 벽과 바닥에는 이제 알 수 없는 얼룩이 져 있지만, 한때는 거울로 사용해도 될 만큼 반짝반짝 빛이 났었다. 나란히 놓인 발효기와 브라이트 탱크, 탱크의 온도와 발효 상태를 표시하는 디지털 모니터, 벽면에 부착된 운반용 소형 엘리베이터까지, 당시로서는 최신식의 정밀한 자동화 시스템이었다. 아마 지금도 규모만 작을 뿐 웬만한 브랜드 양조장 못지않을 것이다. 태민은 먼지 쌓인 탱크를 천천히 손으로 쓸어보았다.

양조장 맨 안쪽 구석에 놓인 철제 책상으로 다가갔다. 서랍에는 여전히 아버지의 손때 묻은 노트가 들어 있었다. 아버지의 다양한 레시피와 실험 기록이 빼곡히 적힌 노트. 아버지가 이 양조장의 모든 것이라고 부르던 노트다. 특히 '서핑 더 비어'라는 레시피는 펍의 대표 메뉴였는데, 여러 번 수정해서 업그레이드된 버전이 몇 개나 있었다. 여백에는 '바다의 향!'이라는 메모가 적혀 있다. 이 맥주가 매일 몇 갤런씩 빚어지던 때에 태민은 초등학생이었기 때문에 제대로 마셔볼 수 없었다. 앞으로도 영원히 바다의 향을 맛볼 수 없으리라는 것이 새삼 서운했다. 책상 위 벽에는 아버지가 직접 그린 맥주 스타일 차트와 홉의 종류별 특징, 다양한 부재료의 풍미가 정리된 포스터가 붙어 있었다. 아버지는 물론 이 포스터의 내용을 토씨 하나 틀리지 않고 머릿속에 담고 있었다. 이 포스터는 아마 언젠가 강신의 아들이 이 가게를 물려받길 바라는 마음에서 붙여놓은 것이 아닐까? 아버지가 아직 초등학생에 불과한 태민을 자주 양조장에 불러들여 맥주 빚는 모습을 보여주고 어머니 몰래 한 모금씩 맛도 보게 해주던 것이 떠올랐다.

태민은 양조장을 둘러보며 다시 한번 아버지가 얼마나 이 일에 몰두했는지를 느꼈다. 아버지의 손끝에서부터 맥주 한 잔까지, 모든 것이 정성과 열정이었다.

책상 서랍을 닫던 태민은 책상과 벽 사이의 어두운 틈새에 뭔가가 놓여 있는 것을 보았다. 허리를 숙여 그것을 꺼냈다. 커다란 캔버스였다. 테두리는 낡고 찌그러져 있었고, 표면에는 찢긴 자국이 나 있다. 먼지를 털어내고 뒤집은 순간, 태민의 표정이 굳었다.

그 그림이다.

황금빛 파도가 치는 거대한 맥주잔에서 붉은 서프보드를 탄 서퍼가 아슬아슬하게 균형을 잡고 있는 그림.

태민은 찢긴 캔버스를 손바닥으로 쓸어 맞춰보았다. 찢어진 선들이 겹치자, 여전히 그림은 제 형태를 갖추고 있었다. 팝아트 스타일의 역동적이고 호쾌한 그림은 펍의 입구를 지키던 상징이었다. 아버지가 이 가게를 처음 열었을 때 진우 삼촌이 직접 그려서 선물한 그림이다.

꼬박꼬박 월급이 나오는 대기업을 때려치우고 연고도 없는 한적한 어촌마을 바닷가에, 당시로서는 생소한 수제 맥주 가게를 차린 아버지는 어린 태민이 보기에도 지나치게 들뜨고, 지나치게 불안하고, 지나치게 의욕적이었다가, 지나치게 의기소침해지곤 했다. 그때 어머니가 늘 미대 오빠라고 부르던 진우 삼촌이 이 그림을 들고 왔다.

"떼돈 벌어라, 인마."

진우 삼촌은 찢어진 청바지에 찢어진 슬리퍼를 끌고, 하얀 반팔 티셔츠 아래 까맣게 탄 굵은 두 팔로 캔버스를 안은 채 싱글싱글 웃었다. 그림을 본 순간, 아버지는 말이 없었다. 한참을 가만히 바라보다가 숨을 깊게 들이쉬더니 입구 벽을 가리켰다.

"저거 당장 떼어버리고 이거 걸어야겠어."

입구에 이미 걸려 있던 비싼 액자를 떼어버리고 이 그림을 걸었다. 단지 가장 친한 친구가 그려준 그림이어서가 아니었다.

"바다와 파도, 서퍼와 맥주. 이게 바로 내가 하고 싶은 거야."

한동안 아버지는 달뜬 표정으로 그림을 바라보곤 했다. 자신도 너무 무모한 도전이라고 불안해했었는데, 이 그림을 얻은 후에 뭔가 신의 계시 같은, 확신을 얻었다고 드라마에나 나올 법한 말을 했었다. 그런 그림이, 아버지가 그토록 좋아했던, 꿈의 얼굴 같던 그림이, 갈가리 찢긴 채 버려져 있었다. 그 난리가 났던 걸 참작해도 이 그림이 이렇게 찢길 일은 없었다. 아버지가 아니고서는 이 그림을 갈가리 찢을 수 있는 사람도 없다.

'아버지가!'

그 순간부터 태민의 가슴에 불안한 느낌표가 번졌다.


20년 전 아직 서핑도, 수제 맥주도 생소하던 시절이었다. 해란海瀾은 그저 조용하고 작은 어촌마을이었고, 파도가 좋다는 소문을 듣고 찾아오는 서퍼도 몇 안 됐다. 아버지가 안정적인 직장에 다니면서 특유의 모범생다운 성실함으로 일정을 조절해가며 꾸준히 서핑 동호회와 수제 맥주 동호회를 즐기던 시절이기도 했다. 대학원에서 국문학을 공부하며 서핑 동호회에서 활동하던 어머니와 연애하던 때이기도 했다. 아버지는, 결혼 후에 태민을 낳고 초보 엄마 노릇에 정신이 없는 아내를 해란에 데려가 한숨 돌리게 해주는 좋은 남편이기도 했지만, 해란에 서핑하러 가는 것은 좋아도 살러 가는 것은 싫다는 서울 토박이 어머니를 설득해 살림을 옮긴 고집쟁이 가장이기도 했다.

좋아하는 일이라면 푹 빠져드는 타입이면서도 철저히 이성적이던 아버지는, 앞으로는 서핑이 스키만큼 인기를 끌 것이고, 그러면 해란이 가장 인기 있는 서핑의 성지가 될 것이고, 자유로운 서퍼라면 격렬한 서핑 뒤에 개성 있는 수제 맥주를 기꺼이 들이켤 것이라는 나름의 선견지명으로 해란을 눈여겨보았다. 결국 아버지는 서핑 성지 해란시에 최초의 수제 맥주 펍을 차렸다. 이름은 '서핑 더 비어'.

곧이어 진우 삼촌도 해란으로 내려왔다. 아버지의 대학 동기이자 서핑 동호회 친구인 삼촌은 프리랜서 디자이너 겸 화가로, 항상 자기도 서핑 더 비어에 일정 지분이 있다고 농담했다. 아닌 게 아니라 진우 삼촌이 아니었으면 펍의 인테리어와 로고, 메뉴판이 그토록 예술적이고 세련되지는 않았을 것이다. 진우 삼촌은 본업이 늘 한가했으므로 자주 서핑 더 비어에서 일을 도왔다. 태민은 진우 삼촌을 정말 좋아했는데, 삼촌이 세상에서 제일 멋진 남자라고 생각했기 때문이다. 진우 삼촌을 생각하면 늘 무언가를 타거나 그리거나 만들거나 하는 모습, 그리고 호탕하게 웃는 선 굵은 얼굴이 떠올랐다. 특히 햇살이 따뜻하고 파도가 적당하던 어느 오후가 자주 생각났다.

그날, 진우 삼촌은 펍의 뒷마당에서 낡고 작은 서프보드를 손질하고 있었다. 그을린 탄탄한 팔근육의 꿈틀거림 하나하나가 태민에게는 영화 속 장면처럼 박혀 있다.

"삼촌, 이거 삼촌 거예요? 좀 작은데?"

"아, 이거? 이건 내가 직접 만든 보드야."

"엥? 진짜 삼촌이 만든 거예요?"

"그럼. 예전에 대학 다닐 때 여자 친구 주려고 만들었지. 다 만들기도 전에 헤어졌지만, 큭."

"와, 완전 멋지다…. 삼촌은 이런 거 어떻게 혼자 만들어요?"

"마, 내가 못하는 게 있든? 근데 이 보드 태민이 너 가질래?"

"어? 정말요? 이거 가져도 돼요?"

"그럼. 어차피 나한텐 너무 작아. 뭐, 좋은 건 아니니까 그냥 연습용으로 써."

"아니에요. 완전 좋아요! 완전 멋있어요. 삼촌은 진짜 뭐든 다 할 줄 아는 것 같아요."

삼촌은 쿡 웃으며 태민의 머리를 쓰다듬었다. 그때, 펍의 옆문이 열리고 어머니가 나왔다. 보드 슈트를 입고 손에는 자신의 보드를 들고 있었다.

"오, 민정이 보드 타러 가나?"

진우 삼촌이 어머니를 보고 물었다.

"네, 오랜만에 가게도 쉬니까. 파도도 좋아 보이고. 오빠도 같이 갈래요?"

"그래? 그러면 상민이도 같이 가자고 할까?"

어머니는 잠시 펍 쪽을 돌아봤다. 아버지는 양조실에서 발효탱크를 돌보거나, 레시피 노트를 펴놓고 수치를 계산하고 있을 것이다. 모두의 시선이 펍 쪽을 향했다.

"그 사람은 맥주에 파묻혀 있어요. 아마 파도 소리도 못 들을걸요."

"그게 상민이지. 뭐 하나 빠지면 아예 딴 세상으로 가버리는 놈."

진우 삼촌이 웃으며 일어났다.

"그럼, 오늘은 우리 둘이? 집에 들러서 보드 챙겨가야겠네."

어머니와 진우 삼촌이 나란히 섰다. 삼촌이 뭐라고 했는지, 어머니가 깔깔 웃었다. 삼촌이 어머니의 귀에 뭔가를 속삭였고, 어머니는 눈을 흘기며 삼촌의 팔을 가볍게 쳤다. 두 사람은 웃음을 흘리며 밖으로 향했다.

태민은 두 사람을 따라가 서핑을 연습할 요량으로 서프보드 쪽으로 몸을 돌렸다. 그때, 지하 양조장으로 이어지는 바깥 계단에 서 있는 아버지를 보았다. 어둠에 가려 얼굴은 보이지 않았지만, 거기에 서 있을 사람은 아버지밖에 없다. 새로 만든 레시피의 시음용 맥주일 것이 틀림없을 작은 케그를 들고, 아버지는 우뚝 멈춰 있었다. 태민이 부르기 전에 아버지는 도로 계단을 내려가버렸다. 태민은 잠시 아버지를 바라보았으나, 이내 서프보드를 들고 어머니와 진우 삼촌을 쫓아 나갔다.

"엄마, 삼촌이 이거 나 줬어요. 나 이거 타봐도 되죠?"

어머니가 부드러운 미소를 지었다.

"엄마, 삼촌은 진짜 세상에서 제일 멋져요."

어머니는 짧게 숨을 쉬고는, 고개를 끄덕였다.

"응, 멋있지. 원래 멋있는 사람이야, 진우 오빠는."

세 사람이 바다로 향하던 그날 오후를 떠올릴 때마다, 태민은 그때 우리 셋이 마치 가족 같았다고 생각했다.


서핑 더 비어는 승승장구했다. 그때는 몰랐지만, 지금 생각하면 아버지는 정말 펍을 잘 운영해나갔다. 바다에서 갓 나온 서퍼들이 거센 파도와 싸운 몸을 말리며 맥주를 즐기기에 더할 나위 없는 맛과 분위기를 만들었다. 아버지는 고집이 있었고, 단지 맥주 만드는 사람이 아니라 연구하는 사람이었다. 언제나 새 레시피를 개발하고 수십 번 반복해서 시음해 보고, 적어도 본인이 고개를 끄덕일 수 있기 전에는 단 한 방울도 팔지 않았다.

'해란에 힙한 펍이 있대. 맥주가 좀 특이하다던데.'

'서핑 더 비어? 나 거기 가봤어. 맥주 진짜 죽여. 인생 펍임.'

'죽기 전에 가봐야 할 단 하나의 펍!'

SNS 커뮤니티를 타고 돌기 시작한 소문이 손님들을 몰고 왔다.

하지만 인기의 진짜 요인은 개성 있고 맛있는 맥주였다. 캐러멜 몰트의 깊은 단맛, 해안가 허브를 넣은 가벼운 페일에일, 그리고 직접 로스팅한 커피를 넣은 스타우트. 아버지의 맥주는 언제나 그날의 파도를 닮아 있었다. 짠 내음과 햇빛 아래 부서지는 거품처럼 청량한 위트비어, 파도처럼 쌈싸래한 홉 향이 살아 있는 IPA, 그리고 폭풍 전야처럼 묵직하고 검은 포터. 각기 다른 색과 향, 온도로 완성된, 복잡하고도 깔끔한 맛의 맥주가 유리잔 안에서 파도쳤다.

손님이 늘어 줄을 서기까지는 얼마 걸리지 않았다. 그러자 지역 잡지에서 인터뷰 요청이 들어왔다. 진우 삼촌의 그림 밑에서 포즈를 취한 아버지의 사진 밑에 핵심을 비껴간 기사 제목이 찍혔다.

"잘나가던 대기업도 때려치우고 수제 맥주에 빠졌죠."

행복했던 날들의 어느 오후에, 드물게 보는 양복쟁이 두 명이 찾아왔던 것도 기억난다. 태민도 알고 있는 회사의 명함을 들고 온 두 사람은, 아버지의 펍을 전국적인 프랜차이즈로, 거대 브랜드로 키워보자고 제안했다. 태민과 어머니가 한쪽 테이블에서 흘끔흘끔 쳐다보며 귀를 기울이는 동안, 아버지는 조용히 미소를 지으며 그들에게 맥주를 한 잔씩 따라줬다.

"우린 맛을 확장하지 않아요. 깊게 파죠."

누군가는 아버지를 고집쟁이라 했고, 누군가는 예술가라 했다. 하지만 모두가 인정하는 건 서핑 더 비어에서 파는 맥주를 마시는 것은 술을 마시는 것이 아니라 파도를 마시는 것 같았다는 것이다.


모두가 한껏 하늘 높이 떠 있었던 것 같다. 사업이 승승장구하던 아버지도, 사모님 소리를 들으며 해란에 정을 붙이기 시작한 어머니도, 펍에서 나오는 안정적인 수입으로 그림과 서핑과 맥주를 마음껏 즐기는 진우 삼촌도, 바닷가에서 친구들과 뛰어놀며 동네에서 제일 잘나가는 아버지를 둔 태민도 말이다. 하늘 높은 곳에서 밑바닥으로 내동댕이쳐지는 것은 예기치 못한 한순간이었다.

15년 전 월요일 오후.

일주일에 하루, 펍이 문을 닫는 한적한 시간이었다. 태민은 테이블에 엎드려 숙제를 하다가 졸다가 하고 있었다. 아버지는 여전히 양조장에서 뭔가 연구 중이었고, 어머니와 진우 삼촌은 테이블에 앉아 일주일치 장부를 정리하고 있었다. 둘은 그날도 평소처럼 맥주를 기울이며 장부를 넘기고 있었다.

"새로 만든 레시피는 잘나가는데 대신 블루마린 매출이 줄었네."

어머니가 진지한 표정으로 장부를 살피며 말했다.

"믝, 하나가 늘면 하나는 줄어드는 거지."

진우 삼촌은 의자에 한껏 기대 맥주를 한 잔 더 들이켰다.

"그래도 이제 곧 날이 더워지면, 손님이 더 늘 거야. 걱정할 것 없어."

"응. 올여름에 새 레시피가 잘 먹혔으면 좋겠다."

어머니가 말하며 맥주를 한 모금 더 마셨다.

"봐라, 이게 얼마나 맛있는지. 보나 마나 잘나갈 거야."

진우 삼촌이 마시던 맥주잔을 들어올렸다. 그러다가 어처구니없게 떨어뜨렸다. 두꺼운 맥주잔이 바닥에 부딪혀 산산조각 나면서 엄청난 굉음이 울렸다. 태민이 깜짝 놀라 잠에서 깼다.

"이거, 이거…."

진우 삼촌의 목소리가 떨렸다. 깨진 유리잔을 멍하니 바라보던 태민이 고개를 들어 진우 삼촌을 바라보았을 때, 이미 얼굴이 창백해지고 있었다.

"진우 오빠, 괜찮아?"

어머니가 엉거주춤 일어났다. 그러나 진우 삼촌은 대답하지 않고 그대로 의자에서 미끄러져 바닥으로 쓰러졌다. 깨진 유리잔 위에 삼촌의 거구가 널브러졌다. 어머니는 깜짝 놀라 일어났다.

"진우 오빠!"

어머니는 얼떨결에 진우 삼촌을 부축하려 했지만, 무릎이 꺾이며 바닥에 주저앉았다. 공포와 고통이 가득한 표정으로 몸을 감싸고 옆으로 쓰러졌다. 모든 것이 태민에게는 슬로비디오처럼 보였다.

"엄마!"

태민은 의자를 넘어뜨리며 일어나 달려갔다.

"엄마! 삼촌! 왜, 왜 그래!"

태민은 엄마를 흔들었다가 진우 삼촌을 흔들었다가 했다. 어머니는 가쁘게 숨을 몰아쉬고 있었고, 진우 삼촌은 이미 반응이 없었다.

"엄마! 삼촌!"

태민이 다시 울부짖었다. 그때 아버지가 양조장에서 급히 뛰어 올라왔다.

"뭐야? 태민아, 이게 무슨 일이야? 여보? 진우야!"

아버지는 당황해서 허둥지둥했다. 겨우 니트릴 장갑을 벗고 휴대폰을 꺼내 119에 전화를 걸었다.

"여기, 서핑 더 비어, 술집이에요. 네네, 거기. 사람이, 두 사람이, 맥주를 마시고 쓰러졌어요. 네네, 방금요. 빨리요, 빨리 좀 와주세요. 네네. 빨리 좀…."

떨리던 아버지의 목소리가 생생하다. 구급차가 언제 왔는지, 어머니와 진우 삼촌이 어떻게 어느 병원으로 옮겨졌는지, 그동안 태민은 어디에서 뭘 했는지 아무것도 기억나지 않지만, 바닥에 흥건한 황금빛 액체, 그 위에 나뒹굴던 두 사람, 연신 머리를 쓸어올리며 119에 전화하던 아버지의 모습만은 생생하다. 그날의 기억은 아주 이상하고, 이상하고, 이상했다.


진우 삼촌은 병원에 도착하기도 전에 사망했다. 어머니는 목숨을 건졌지만 실명했다. 다음 날 경찰이 아버지의 양조장에 들이닥쳐 맥주를 거둬 갔고, 며칠 후에는 아버지를 체포했다. 어머니와 진우 삼촌이 마신 맥주는 아버지가 손수 만든 것이었고, 거기에서 치사량의 메탄올이 검출되었기 대문이다.

"실수였습니다. 절대 고의가 아니었습니다. 하지만, 역시 제가 실수한 거니까… 제가 죽인 거지요….'

손가락 마디가 하얘질 정도로 주먹을 꽉 � 아버지가 비통하게 입을 열었다. 마주 앉은 형사가 조용히 고개를 끄덕이자, 아버지가 말을 이었다.

"그 맥주에 들어간 재료는 모두 유기농 밀과 보리였고, 마침 신제품의 레시피를 이렇게 저렇게 바꿔보고 있던 중이었습니다. 기존보다 발효 시간을 길게 잡았고, 효모도 야생 효모를 일부 혼합해봤어요. 문제는, 원료 중에 감귤 껍질에서 유래된 펙틴이 있었는데 야생 효모가 펙틴을 분해하는 효소를 생성했고, 그래서, 그래서 메탄올이 생성된 것 같습니다."

형사는 눈썹을 찡그렸다.

"맥주에서 메탄올이요? 저절로?"

"네, 일반적인 맥주 양조에서는 메탄올이 아주 극미량만 나옵니다. 하지만 감귤류나 과일 껍질같이 펙틴이 많은 원료를 쓰면, 펙틴이 효소에 의해 분해되며 메탄올이 다량 생성될 수 있어요. 그게 아니면 설명할 방법이….'

"그걸 몰랐단 말입니까, 수제 맥주 전문가가?"

형사가 이죽거렸다.

"기존에는 그런 부재료를 열처리하거나 말린 껍질을 썼기 때문에 문제가 없었어요. 그런데 이번에는 생과일 껍질을 그냥 써봤습니다. 향을 더 살리고 싶어서요. 저도 이런 방식은 처음이라… 발효 과정에서 그 껍질 속 펙틴이 그렇게까지 반응할 줄 몰랐어요….'

아버지는 말을 잇지 못하고 고개를 숙였다.

"그리고 야생 효모를 제대로 몰랐던 것도 제 실수입니다. 어떤 균주는 술을 메탄올로 바꿀 수도 있는데…. 통상적인 알코올 도수와 산도를 확인했고, 당도도 정상이라 문제가 없다고 생각했어요. 생각도 못 했어요, 그

안에 메탄올이 그렇게 많이 만들어졌을 줄은….”

나중에, 아버지가 진술한 내용을 다 이해할 만큼 자란 후에, 태민은 이 장면을 몇 번이나 상상해보았다. 펙틴과 야생 효모, 높은 발효 온도와 긴 발효 시간. 그중에 어느 하나만 막을 수 있었어도….

태민이 부질없는 상상을 하는 동안 아버지는 과실치사로 2년의 집행유예를 받았고, 시력을 잃은 어머니는 두 번의 자살 시도 끝에 정신병원에 입원했다. 서핑 더 비어는 문을 닫았고, 아버지는 다시는 서핑을 하지도, 맥주를 만들지도 않았다. 아버지는 어머니를 정신병원에 입원시킨 후 집을 나갔다가 자살했다. 태민은 할머니 댁에서 고아로 자랐다. 태민의 가족은 아주 호되게 바닥으로 떨어졌다.


한때 펍의 상징이었던 그림은 이제 갈가리 찢어진 태민의 가족을 상징하는 것 같았다. 태민은 집에 갈 때 그림을 가져가 폐기해야겠다고 생각했다. 이제 이 그림은 불길하다. 그림을 책상 위에 내려놓고 다시 한번 양조장을 둘러보았다. 아버지가 뭔가 남겼다면 여기에 있을 수밖에 없을 텐데. 레시피 노트를 다시 한번 꼼꼼히 살펴보고 서랍을 다 뒤져본 후, 발효기와 탱크 안도 살펴보았다. 쌉쌀한 향기 말고는 아무것도 없었다. 의자에 망연히 주저앉아 있자니 벽에 걸린 달력이 눈에 들어왔다. 15년 전에 멈춘 달력. 발효에 들어간 날짜, 숙성에 들어간 날짜, 실온에 꺼내야 하는 날짜, 원료를 주문한 날짜 등을 표시해둔 달력이었다. 태민은 벌떡 일어나 달력을 벽에서 떼어냈다.

있었다, 휘갈겨 쓴, 아버지의 마지막 레시피가, 15년 전 5월 달력 뒷장에.

‘recipe for them: 몰트 ○kg, 옥수수 전분 ○kg, XX산 natural yeast ○○g, XXX산 오렌지 생껍질 + 감 ○○○g, 자연 발효 28도 ○○일 → 증류 시 초두액 폐기하지 말 것.’

낯선 조합, 고온 발효, 게다가 메탄올이 주성분인 초두액을 버리지 말라?

태민은 레시피가 적힌 달력을 뚫어지게 쳐다보았다. 잊을 수 없는 날의 기억 속에 항상 희미하게 느껴지던 위화감이 정체를 드러냈다. 그날, 아버지는 119에 주저 없이 말했었다.

"사람이, 두 사람이, 맥주를 마시고 쓰러졌어요."

아버지는 내내 지하 양조장에 있었는데. 두 사람이 맥주를 마시는 것도, 쓰러지는 장면도 보지 못했는데. 아버지는 어떻게 두 사람이 맥주 때문에 쓰러졌다는 것을 알고 있었을까?

이제는 정신이 오락가락하는 어머니의 말이 다르게 들렸다.

"난 네 아버지 원망하지 않는다. 잘못은 우리에게 있고, 그건 우리 둘에게 마땅한 레시피였으니까."

태민은 어머니가 말한 '우리'가 아버지와 어머니라고 생각해왔었다. 그러나 이제 생각하니…, 그 레시피는 이름 그대로 그들을 위한 레시피였다.

태민은 레시피가 적힌 달력을 찢어냈다.


한 달 뒤, 태민은 서핑 더 비어의 유리문을 영원히 잠갔다. 이제 정말로 다시는 여기에 올 일이 없을 것이다. 차에 올라 내비게이션 화면을 훑어 전화번호를 찾았다. 통화 버튼을 누르자 상대가 금방 전화를 받았다.

"어, 현우냐? 어디야? 저녁에 우리 집에 와라. 내가 근사한 맥주 구해놨어. … 그래, 야, 이게 얼마나 비싼 맥준데. 널 위해 특별히 준비했지. … 내가 벌써 와이프한테 너 온다고 안주 기차게 준비해놓으라고 했다. 셋이서 죽자고 마셔보자. 하하하… 그래, 그래. 난 두 시간이면 집에 들어가니까, 너도 시간 맞춰서 와. 알았지?"

전화를 끊고 태민은 룸미러를 힐끗 보았다. 뒷자리에 5리터짜리 케그와 찢어진 캔버스가 얌전히 앉아 있다. 태민은 차창을 내렸다. 자잘하게 찢은 달력 종이를 바람에 날려 보냈다. 그들을 위한 아버지의 마지막 맥주가 오늘 밤 다시 제 역할을 할 것이다.

**박향래** 2018년 단편 〈마지막 통화〉로 《계간 미스터리》 신인상을 받았습니다. 발표작으로 단편 〈꽃밭에 죽다〉, 〈다섯 살〉, 〈심청전〉, 장편 《소년 검돌이, 조선을 깨우다》가 있습니다. 두 아이의 엄마와 약사로 일하며 틈틈이 좋아하는 추리소설을 씁니다. 온라인 소설 플랫폼 '브릿G'에서도 작품을 보실 수 있습니다.

타오

나비클럽 소설선
기괴한 진화 3

nabiclub

# 시초에 맥주가 있었다　　한이

"아파트 헌 옷 수거함에 못 신는 욕실 슬리퍼, 털 실내화, 남자 구두 등 신발 일곱 켤레를 넣으신 세대는 경비실 입구에서 찾아가셔서 종량제 봉투어 넣어 배출해주시길 바랍니다. 다시 한번 말씀드립니다. 아파트 헌 옷 수거함에….

방송을 마친 나종복은 고릿한 냄새가 나는 신발들을 경비실 벽에 기대두었다. 양심 없는 작자들이 재활용할 수 있는 신발만 넣어야 한다는 것을 알면서도 쓰레기나 다름없는 걸 버젓이 수거함에 던져 넣고는 했다. 방송은 했지만 작자가 나타날 것이라는 기대는 높지 않았다. 지은 지 30년이 넘은 아파트라 CCTV가 충분하지 않다는 점을 악용하곤 했다.

종복은 이마에 흐르는 땀을 닦으며 경비실 옆 주차장으로 잰걸음을 옮겼다.

그가 일하는 유성아파트의 재활용 수거일은 일요일 오전 8시부터 다음 날 오전 9시까지였다. 따로 공간이 없어서 차량 네 대의 주차 공간을 비워 항공 마대 여섯 개를 투명 페트병, 플라스틱, 종이, 스티로폼, 비닐 등으로 분리 배출하게 놓아두었다. 제대로 넣으면 좋으련만 대충대충 던지고 가는 인간이 많아서 일일이 손을 대야만 했다. 종복은 목에 걸친 수건으로

땀을 닦으며 종이상자를 접어서 차곡차곡 쌓고, 플라스틱 마대에 들어간 스티로폼을 빼내 따로 정리했다.

투명 페트병을 두드리는 빗소리에 얼른 경비실로 들어갔다. 경비실은 펼치기 전의 쌍안경 같은 모양으로 출입구 쪽 원형 공간이 경비실, 다른 쪽이 휴게실 겸 숙소였다. 숙소라고 해봤자 두 평 정도 되는 공간에 간단한 침구와 라면을 끓일 수 있는 전기냄비, 커피포트가 전부였다. 종복은 경비실 모니터로 주차장 입구와 출구를 들여다보았다. 가끔 지하 주차장 진입로의 차단기가 작동하지 않아 경비실을 호출하는 경우가 있었다. 지하 주차장에 다른 CCTV는 없었다.

한참 내릴 듯 퍼붓던 소나기는 5분 만에 마른하늘을 드러냈다. 비가 그치니 습도와 열기가 뒤섞여 찜질방 못잖은 찜통이 되었다. 그나마 낡은 에어컨이라도 돌아가는 경비실에 있고 싶었지만, 지금 분리수거를 거들지 않으면 마대 바닥 쪽까지 뒤적여 다시 분리해야 한다. 종복은 축축 늘어지는 몸을 일으켜 밖으로 나갔다.

냄새나는 신발 더미는 여전히 경비실 벽에 기대어 있었다. 정확하게는 숙소 벽이었다.

땀이 뚝뚝 떨어졌다. 이마는 얼마나 훔쳐댔는지 벌겋게 달아올라 쓰라렸다. 어제 빨아서 입고 온 제복에 허옇게 소금기가 올라왔다. 저녁 생각도 없었다. 그저 맥주 생각뿐이었다. 냉장고에서 갓 꺼내서 표면에 물방울이 맺힌 병맥주. 집에서라면 컵도 차갑게 얼려두겠지만, 근무 중 음주가 금지된 경비실에서는 사치다. 호쾌하게 뚜껑을 따고 시원한 병을 잡고 나발을 분다. 탄산이 목에 차오를 때까지 꿀꺽꿀꺽 삼킨다. 한계까지 들이마시고 트림 한 번이면 고단한 노동이 한 방에 날아갈 것 같았다.

언젠가 TV에서 〈쇼생크 탈출〉이라는 영화를 본 적이 있었다. 누명을 쓰고 교도소에 갇힌 주인공이 교도관의 세금 문제를 해결해주고 요구한 것은, 일인당 맥주 세 병이었다. 무더위에 작업을 하던 재소자들은 옥상에 앉아 웃고 떠들며 맥주를 마신다. 병맥주. 지금 종복에게 필요한 것이 바로 그것이었다.

맥주를 생각하자 반사적으로 목울대가 꿀렁이고 어금니에 침이 고였다. 하지만 관리소장이 퇴근하기 전까지는 참아야 한다. 새로 온 소장은 종복보다 스무 살 정도 어렸는데 주택관리사 자격증을 따서 처음으로 맡은 아파트라 의욕이 넘쳤다. 대형 폐기물 배출을 경비들이 맡아서 처리하고 1, 2천 원이라도 남겨서 맥주나 담뱃값으로 쓰곤 했는데 그것마저도 각 가정에서 신고하는 방식으로 바꿔놓았다.

오후에 신발을 찾아가라고 한 번 더 방송했지만, 예상대로 저녁까지 아무도 나타나지 않았다.

종복은 라면과 편의점에서 사온 삼각김밥으로 저녁을 해결했다. 입이 깔깔해서 시원한 맥주 한잔했으면 하는 마음이 간절했으나 미지근한 생수로 참았다. 퇴직하고 이것저것 해본다고 의욕적으로 시도하다가 경기 침체로 빚만 남았다. 관리소장의 눈 밖에 나서 잘리기라도 하면 정말 폐지라도 주워야 하는 형편이었다. 식사를 마친 종복은 드러누워 잠깐 잠을 청했다. 노곤한 육체는 금세 코를 골며 잠에 빠져들었다.

10시. 여전히 신발 더미는 그 자리에 있었다. 아무래도 내일 한 번 더 방송해보고 종량제 봉투에 담아 처리해야 할 모양이었다. 한숨을 내쉰 종복은 지상과 지하의 주차장을 순찰하기 위해 경비실을 나섰다. 가끔 거주자가 아닌데 무단으로 주차하는 차량이 있으면 연락해서 차를 빼라고 하거나 주차 위반 경고장을 부착했다. 지상을 거쳐 지하로 내려갔다. 낡은 아파트인데도 꽤 고급 차량이 눈에 띈다. 지하 기둥에 따라 주차 폭이 들쑥날쑥해서 SUV처럼 큰 차는 그나마 주차선이 넓은 자리를 차지하느라 눈치 싸움을 벌였다. 최근 등록된 흰색 토레스는 가장 넓은 자리를 차지하고 있었는데, 그제도 그 자리에 있었던 걸 보면 잘 움직이지 않는 것 같다. 무리해서 사놓고 흠집 생길까 겁나는 건가. 종복은 콧방귀를 뀌었다.

11시. 공식적인 근무가 끝나려면 30분 정도 남았지만 더 이상 참기 어려웠다. 편의점에서 시원한 카스 한 병과 짭짤한 야채 크래커를 사서 들고 간 검은 봉지에 담았다. 술을 산 걸 알면 괜한 트집을 잡을지 몰랐다.

휴게실 문을 닫고 선풍기를 틀었다. 후덥지근한 바람이 불었다. 땀에 찌든 제복을 벗고 러닝셔츠 바람으로 바닥에 앉았다. 크래커 봉지를 뜯고 수저로 맥주병 뚜껑을 땄다. 경쾌한 소리와 함께 뚜껑이 날아갔다. 뚜껑은 나중에 찾기로 하고 허겁지겁 맥주를 들이켰다. 머리가 아플 정도로 시원한 맥주가 식도를 타고 넘어가며 하루의 피로를 씻어 내렸다. 단숨에 640밀리리터 절반 정도가 사라졌다. 안주로 크래커 하나를 집어들려고 할 때 경비실 볼록 거울에 누군가의 모습이 보였다. 종복은 러닝셔츠 바람이라는 것도 잊은 채 문을 벌컥 열었다. 30대 중반 정도 되어 보이는 남자가 조심스럽게 비닐봉지에 신발을 담고 있다가 화들짝 놀랐다.

"신발 버린 세대십니까?"

종복이 대뜸 물었다.

"아, 네. 다른 경비 아저씨한테 물어보니까 헌 옷 수거함에 넣어도 된다고 해서."

남자가 쭈뼛거리며 대답했다.

"그거야 재활용이 가능할 때 얘기죠. 이런 다 떨어진 헌 신짝을 신을 수 있겠어요?"

"죄송합니다."

"거, 알 만한 분이 왜 그러셨습니까."

"아니. 말씀이 심하시네요. 제가 일부러 그런 것도 아니고 몰라서 그런 거잖아요. 게다가 경비 아저씨가 그래도 된다고 해서 버린 거고."

"규정이 그렇다는 겁니다."

"규정? 그럼 근무 시간에 술 마시는 건 괜찮은 건가요?"

남자의 손가락은 급하게 나온다고 미처 닫지 못한 휴게실 안쪽 맥주병을 가리키고 있었다. 종복은 아차 싶었다.

"이, 이건 근무 시간 끝나고 마시는 겁니다."

"지금 11시 18분. 규정 근무 시간은 11시 30분까지인 걸로 알고 있는데요. 이 신발은 제가 갖고 가서 종량제 봉투에 처리하겠습니다. 대신 내일 관리사무소 소장님한테 정식으로 근무 규정 위반에 대해 진정하겠습니다.'

"서, 선생님! 제가 뭐라고 하려던 것이 아니라."

"뭐가 아니에요. 일부러 확 튀어나와서 개쪽 주려고 하신 거잖아요."

"시, 신발은 그냥 놔두세요. 제가 처리하겠습니다. 그러니 그냥 좀 넘어가주시면 안 되겠습니까? 날이 너무 더워서 그랬습니다. 제발 부탁드립니다."

종복은 그 뒤로도 한참을 애걸복걸하고 나서야 봐주겠다는 답변을 들을 수 있었다. 다시 들이켠 맥주는 밍밍하게 식어 있었다.


엄기준은 요즘 행복했다. 얼마 전 경비 아저씨 때문에 기분 잡칠 뻔했을 때도 기지를 발휘해 코를 납작하게 만들어줬다. 나이 먹고 연신 굽실거리는 모습을 보자니 짠하기는 했어도 통쾌한 마음도 있었다. 무엇보다 기준을 행복하게 하는 것은 지하 주차장에 있었다.

기준은 스마트키를 만지작거리며 계단을 내려갔다. 주차장 방화문을 열면 바로 보이는 신형 흰색 토레스가 기준의 차였다. 앞으로 할부가 32개월이 남아 있긴 해도 말이다. 회사에서는 서열이 낮아 주차 공간이 없어 지하철로 출퇴근해도, 주말이면 매끈한 이 녀석을 끌고 돌아다니는 것이 요즘 기준의 최대 행복이었다.

스마트키로 열림 버튼을 누르고 운전석 손잡이를 당겼다. 뭔가 끈적한 게 느껴졌다. 스마트폰 플래시를 켜고 손바닥을 보니 노란 게 묻어 있었다. 냄새를 맡자 시큼했다. 플래시를 켜고 토레스를 한 바퀴 돌았다. 운전석 손잡이, 뒤 유리창, 조수석 유리창, 전면 유리에 침을 뱉은 자국이 있었다.

"어떤 개새끼가!"

기준은 관리사무소로 뛰어 올라갔다. 집수리 때문에 몇 번 만난 적이 있는 소장이 그를 맞았다. 기준은 자초지종을 설명하고 소장과 함께 지하 주차장으로 내려갔다.

"이 새끼 잡을 수 있는 거죠?"

"쉽진 않을 것 같은데요."

"CCTV 있잖아요."

"원래 지하 주차장은 입구하고 출구에만 있어요. 최근에 전기 자동차 충전기를 설치하면서 그쪽으로 하나 더 부착하기는 했는데, 여긴 사각지대라서요."

"그러면 방법이 없단 말입니까?"

"방송을 할 수 있기는 한데 얼마나 효과가 있을지는…. 어쨌든 방송도 하고 순찰도 좀 더 자주 돌라고 지시하겠습니다."

소장은 형식적인 말만 늘어놓고 꽁무니를 뺐다.

'순찰하는 놈이 범인이라면?'

기준은 토레스에 비치해둔 물티슈로 침을 닦으면서 생각했다. 유성아파트로 이사 온 지 몇 달 되지도 않았고 그동안 특별히 척을 진 사람도 없었다. 아니, 아예 이웃과 교류가 없었다. 어머니야 아파트 경로당에서 만나는 분이나 황톳길 맨발 걷기 하면서 마주치는 사람들이 있다고 하지만, 출퇴근이 전부인 기준과는 안면 자체가 없었다.

혹시나 해서 토레스 주변과 맞은편에 주차된 차를 둘러보았다. 다른 차에는 침을 뱉은 자국이 없었다. 그렇다면 토레스가 기준의 차라는 걸 알고 있는 누군가가 고의로 침을 뱉었을 가능성이 높았다. 침을 자세히 살펴보니, 한 번에 뱉은 게 아니라 시간을 두고 여러 번에 걸쳐서 뱉은 게 분명했다. 마른 정도가 미묘하게 차이가 있었다.

아무리 생각해봐도 범인은 한 명뿐이었다. 최근에 기준과 다툼이 있었고, 토레스 차주가 누군지 쉽게 정보를 입수할 수 있으며, 지하 주차장에 밤늦은 시간에 드나들어도 아무도 의심하지 않을 사람. 이름은 모르지만 러닝셔츠 바람으로 경비 휴게실에서 나왔던 늙은이였다. 기준은 이번에야말로 확실한 증거를 잡아서 잘라버려야겠다고 다짐했다.

던저 근처에 사는 친구에게 전화를 걸었다.

"성민이냐? 부탁 하나만 하자. 너 집에서 놀리는 아이써티 있지?"

"있는데 왜?"

"그거 전면에 블랙박스 있냐?"

"이 새끼가. 새 차 샀다고 아이써티 무시하냐? 그 정도는 있어 인마."

"너 그거 좀 끌고 우리 집으로 와라. 차량 번호 알려주면 방문객으로 등록해놓을게."

성민이 차를 몰고 지하 주차장으로 들어오는 것을 보고 기준은 토레스와 정면으로 마주하고 있는 주차 공간을 가리켰다. 주차가 끝나고 기준은 조수석으로 들어갔다.

"무슨 일인데?" 성민이 물었다.

"어떤 새끼가 내 차에 침을 뱉었어. 잡아서 끝장을 내주려고."

"하. 미친 새끼. 또 이상한 데서 승부욕 발동했네. 어떻게 잡게?"

"이게 블랙박스냐?"

룸미러 앞에 달린 성냥갑 크기의 기기를 두드리니 화면이 켜졌다. 화면에는 토레스가 선명하게 보였다.

"이거 24시간 녹화되는 거 맞지?"

기준의 물음에 그제야 계획을 알아차린 성민이 실소를 흘렸다.

이후로 며칠 동안 기준은 매일 출근 전과 퇴근 후에 토레스를 살펴보며 새로운 침 자국이 생기기만을 기다렸다. 그리고 마침내 원하는 게 생겼을 때, 블랙박스 영상을 확인했다. 범인이 선명하게 찍힌 걸 확인한 기준은 큰 소리로 웃음을 터뜨렸다.

"무슨 좋은 일이라도 있니?"

어머니가 물었다. 몇 해 전 아버지가 돌아가시고 기준은 어머니와 집을 합쳤다. 어머니가 유난히 적적해하기도 했고, 당분간은 결혼 계획도 없는

지라 경제적인 면으로도 이득이었다. 그렇게 혼자 살면서 나가던 월세를 모아 토레스 계약금을 냈다.

기준은 어머니에게 자초지종을 설명하고 필요한 부분만 잘라낸 영상을 보여주었다.

"그래서 어떻게 하려고 그러니?"

"관리소장에게 말해야죠."

"문제가 커질 텐데. 그냥 당사자에게 경고하는 걸로 그치는 것이 어떻겠니?"

"안 돼요. 보는 사람이 없다고 침을 뱉을 수 있다면 다음에 송곳으로 긁을지 어떻게 알아요. 막말로 브레이크를 건드리거나 타이어에 구멍을 낼 수도 있죠. 바늘 도둑이 소도둑 된다고 작은 악의를 그냥 내버려두면 큰 문제가 되는 거예요. 처음부터 싹을 잘라야 해요."

"그래도 난 네가 그렇게까지 하지 않으면 좋겠어."

"제가 알아서 할 테니 어머니는 신경 쓰지 마세요."

"에효. 알았다. 근데 너 천변 산책길에 황토 새로 깐 거 아니? 요즘에 새벽마다 가는데 너무 좋아. 토요일에 너도 같이 가자."

"멀쩡한 산책로에다 황토를 덮어서 비만 오면 아주 난리예요. 돈이 썩어나는지. 얼마나 효능이 있는지도 모르는데 공연히 발바닥에 상처라도 나면 큰일 나요."

"나도 내가 알아서 해. 그거 하고 나서 얼마나 몸이 가뿐한데 타박이니?"

기준은 대충 어머니의 투정을 받아주었다. 머릿속엔 온통 관리사무소를 찾아가서 어떻게 할지 하는 생각뿐이었다.

주말이 지나고 범인이 출근하는 날이라는 것을 확인한 기준은 회사에 반차를 냈다. 간편한 옷으로 갈아입고 관리사무소를 찾았다.

"제 차에 침 뱉는 인간은 찾으셨어요?"

"그게 아직…."

대답하는 관리소장의 표정은 미안함보다는 귀찮아하는 기색이 역력했다. 기준은 역시 직접 움직이길 잘했다고 생각했다.

"오늘 근무 중인 경비 아저씨 좀 불러주시죠."

"나종복 씨요? 무슨 일로 그러시나요?"

"일단 불러주세요."

소장은 미심쩍어하면서도 기준이 워낙 강경하게 말하니 인터폰으로 경비실을 호출했다. 잠시 뒤 러닝셔츠 차림으로 맥주를 마시던 경비가 쭈뼛거리며 사무실 안으로 들어왔다. 종복은 소장과 나란히 앉아 있는 기준을 보고 멈칫했다.

"왜 그러셨어요?"

기준이 다짜고짜 물었다.

"네? 무슨 말씀인지…."

종복이 당황한 표정으로 대답했다.

"정말 몰라서 그래요?"

"저, 그때 밤에 맥주를 마신 것 때문이라면…."

"경비실에서 술을 마셨어요?"

소장이 대뜸 나서서 소리쳤다.

종복의 얼굴에 아차 싶은 표정이 스쳤다.

"그건 소장님하고 따로 정산하시고. 제 차에 지속적으로 침을 뱉으셨잖아요."

기준의 말을 듣고 소장이 뜨악한 표정을 지었다.

"네? 저, 저, 아닙니다."

"정말 아니에요?"

"제가 왜 그런 짓을 하겠습니까?"

"그러면 이건 뭐예요?"

기준은 들고 간 태블릿 PC로 블랙박스 영상을 재생했다. 편집한 영상에는 클립보드를 든 종복이 지하 주차장 차량을 확인하다가 토레스 앞에서 주변을 둘러본 후 침을 뱉는 모습이 선명하게 찍혀 있었다.

"이래도 발뺌하실 거예요?"

기준은 연신 고개를 숙이며 사과하는 관리소장과 종복을 냉담하게 바라봤다.

"제가 원하는 만큼 징계가 이뤄지지 않으면 이 영상 SNS에 뿌리겠습니다. 요즘 네티즌 수사대 엄청난 거 아시죠? 대충해서 올려도 어디 아파튼지 누가 관리를 소홀히 했는지 다 알아낼 거예요."

기준은 더 볼 필요도 없다는 듯이 관리사무소를 나왔다. 문 안에서는 소장의 고함과 종복의 애걸하는 소리가 쩌렁쩌렁 울리고 있었다. 성민한테 아이써티 갖다주고 시원한 생맥주에 치킨이나 뜯을까. 기준은 다시 행복해졌다.



종복은 유성아파트에서 해고되었다. 다른 곳에 지원서를 넣어봤지만, 인근에는 입주민 차에 침 뱉은 경비원이란 소문이 나서 면접 보러 오라는 곳도 없었다. 아파트 경비원들 사이에도 일종의 커뮤니티가 있어서 일자리를 소개해주거나 각종 정보를 주고받았다. 많은 도움을 받았던 곳이었는데 이제는 스스로 판 무덤이 되었다. 노인 일자리도 알아봤지만, 그것도 아주 나이가 많거나 50대의 비교적 젊은 사람들에게 먼저 돌아가고 종복의 몫은 없었다.

"준우야, 왜 학교 안 가고 집에 있어."

아내가 집에 있는 종복에게 채근했다. 종복은 그런 아내를 물끄러미 바라보았다.

"열심히 공부해야 훌륭한 사람이 되고 돈도 많이 버는 거야. 그래야 예쁜 색시도 얻지."

"알았어, 엄마. 공부 열심히 할게."

아내는 모은 돈을 몽땅 날린 종복이 아파트 경비원으로 취직할 때쯤 치매 판정을 받았다. 차츰차츰 기억을 잃어가더니 요즘엔 남편인 종복을 아들로 착각하는 일이 잦아졌다. 아파트 경비를 나갈 때는 문을 잠그고 가고 쉬는 날에는 온종일 아내를 돌봤다. 그나마 하루는 숨통이 트였는데 하루 종일 집에 함께 있자니 숨이 막혔다. 게다가 약값, 생활비, 공과금, 숨만 쉬어도 돈이 줄줄 새는지라 서둘러 일자리를 찾아야 했다. 종복이 아무리 읍소를 해도 소장은 자진 퇴사로 서류를 작성했고 실업급여는 물 건너갔다.

기세등등하게 영상을 들이밀던 젊은 놈의 얼굴이 떠올라 울화가 치밀었다. 가끔 새벽에 퇴근할 때 맨발 걷기 하러 가는 녀석의 어머니와 인사를 나누곤 했었다. 어머니는 늘 인사를 빼놓는 법이 없었는데, 자식은 달랐다. 뺀질거리는 녀석의 낯짝을 후려갈기고 싶었지만, 할 수 있는 건 초라한 구걸뿐이었다. 종복은 인생 전체가 나락으로 떨어진 기분이었다.

"준우야, 왜 학교 안 가고 집에 있어. 열심히 공부해야 훌륭한 사람이 되고 돈도 많이 버는 거야. 그래야 예쁜 색시도 얻지."

벌써 몇 번째 똑같은 말을 반복하는지 모른다.

"알았어, 엄마. 공부 열심히 할게, 는 씨부럴. 이놈의 여편네야. 아들이 아니라 당신 남편이라고. 그렇게 공부 열심히 하라던 자식새끼는 음주 운전하다가 담벼락 들이받고 일찌감치 뒈졌다고. 알겠어? 속만 지지리도 썩이던 호래자식은 애저녁에 황천길로 갔다고."

종복은 아내에게 한바탕 퍼붓고 밖으로 나왔다.

"여보, 그게 무슨 말이야? 우리 준우가 죽다니."

뒤에서 아내가 외치는 소리는 들리지도 않았다.

이리저리 방황하다 동네 공원에 앉았다. 폭염은 계속되고 땀은 줄줄 흘렀다.

공원 한구석에 손가락 굵기의 전선을 앞에 두고 한 남자가 뒹굴고 있었다. 종복이 자리에서 일어나 일으켜주러 가다 멈칫했다. 남자는 어떤 장애를 겪고 있는지 팔다리가 정상적이지 않은 방향으로 뒤틀려 있었다. 그런 손으로 전선을 잡고 이빨로 피복을 벗기고 있었다. 수많은 헛손질이 있었지만, 아무런 도구도 없이 오직 이빨과 손만으로 작업을 이어나갔다. 벌레처럼 꿈틀거리면서 전선 속의 구리를 캐내는 남자를 종복은 한참 동안 바라보았다.

동네 고물상에 가서 물어보니 신원만 확실하면 리어카는 빌려준다고 했다. 주민등록번호와 전화번호를 남기고 리어카를 끌고 나왔다. 바퀴가 틀어졌는지 움직일 때마다 삐걱거렸다.

고물상 주인은 구리, 알루미늄 캔이 가장 비싸고, 헌 옷이나 종이는 가격이 많이 내려갔다고 했다. 소주병이나 맥주병도 받기는 하는데 편의점이나 마트처럼 공병 가격을 제대로 주는 것이 아니라서 가게로 갖고 가는 게 나을 것이라고 했다.

종복은 리어카를 끌고 동네를 돌아다녔다. 종이상자가 보이면 차곡차곡 접어서 리어카에 싣고, 쓰레기 봉지를 뒤져 음료수 캔이나 맥주 캔이 보이면 얼른 챙겼다. 돈이 될 만한 것이 보일까 눈에 불을 켜고 살폈다. 어느 정도 리어카가 차자 폐타이어를 찢어 만든 줄로 단단히 묶었다. 고물상에 가서 무게를 재고 돈을 받았다. 4300원. 반나절을 뙤약볕 아래 온 동네를 휘젓고 돌아다닌 보상이었다. 헛웃음이 나왔다. 온몸의 수분이 말라 가뭄에 쩍쩍 갈라진 논두렁 같았다.

종복은 마트 앞에 리어카를 받쳐두고 맥주 한 병을 샀다. 공병 보증금 130원. 다 마시고 바로 돌려달라고 하면 될까. 리어카 모서리에 뚜껑을 대고 툭 쳐서 땄다. 거품이 흘러내리기 전에 시원하게 들이켰다. 아무리 세상이 거지같아도 맥주는 여전히 맛있었다. 한참을 들이켜는데 누군가 머리를 호되게 때렸다. 골이 울리면서 삐 하는 이명이 들렸다. 깊은 물속에 들어가 있는 것처럼 상대방의 목소리가 잘 들리지 않았다.

"야, 이 쌍놈의 새끼야. 누군데 남의 구역에서 도둑질이야? 한번 뒈져볼래?"

사륜구동 오토바이에 파지를 줍는 녀석이었다. 그러고 보니 가끔 동네에서 본 적이 있었다. 녀석의 대거리는 귀에 들어오지 않았다. 종복의 눈에는 바닥에 떨어져 박살이 난, 피 같은 거품을 줄줄 흘리며 산산조각이 난 맥주병만 들어왔다.


기준이 병원에서 어머니가 많이 다쳤다는 연락을 받은 건 화요일 오전 11시경이었다. 황망한 마음에 회사를 나와 병원으로 향했다.

어머니는 손과 발에 붕대를 칭칭 감고 있었다. 붕대 곳곳에 붉은 피가 배어 있었다. 초췌한 모습으로 진통제를 맞고 있는 어머니 옆에서 의사에게 자초지종을 물었다.

"유리 조각을 밟으셨어요. 넘어지면서 땅을 짚어 손바닥까지 수십 군데를 찔리셨고요. 손과 발에 박힌 유리 조각은 모두 제거했고 상처가 크게 벌어진 곳은 꿰맸습니다. 유리에 찔린 곳이 맨발 걷기 황톳길이라 파상풍 주사를 놓긴 했습니다만, 한동안은 세심하게 지켜봐야 할 것 같습니다."

의사가 나가고 기준은 버럭 화부터 냈다.

"그러니까 제가 그놈의 맨발 걷긴지 뭔지 위험하다고 했잖아요."

"그만해. 그러잖아도 아파 죽겠어."

"어떻게 되신 거예요?"

"모르겠어. 여느 때처럼 신발을 벗고 맨발로 얼마쯤 걸었는데 갑자기 발바닥에 끔찍한 통증이 오는 거야. 깜짝 놀라 엎어지면서 손을 짚었는데 손바닥까지 이 모양이야. 병 조각이 잘게 뿌려져 있었대."

"갠날 걷던 곳 아니에요?"

"맞아. 어제까지만 해도 멀쩡했거든."

"걸으실 때 뭔가 이상한 건 없었어요?"

"특별한 건 없었어."

"그래도 잘 생각해보세요. 평소와 다른 뭔가가 없었는지."

"아, 그러고 보니 아는 사람을 만났어. 얼마 전에 아파트 경비 그만둔 아저씨."

"내 차에 침 뱉은 인간이요?"

"확실하진 않아. 평소라면 내가 인사하면 반갑게 받았거든. 그런데 쌩하니 지나쳐 가더라고."

"뭔가 이상한 점은 없었어요?"

"특별히 이상한 건 없었는데. 아! 그런 생각은 했어. 맨발 걷기 코스인데 왜 신발을 신었지? 하는 생각."

기준은 어머니의 말을 듣자마자 병원을 빠져나왔다. 관리소장을 찾아가 최근에 그만둔 나종복 씨의 주소지를 물었다. 나이도 있는 분인데 그렇게 그만두게 해서 죄책감이 든다, 사죄의 의미로 과일이라도 배달시키려고 한다, 일전의 영상은 아직도 내가 잘 갖고 있다며 채근했다. 개인정보 보호법 운운하며 거절하던 소장이 슬그머니 주소지를 알려주었다.

지하 주차장에서 토레스를 빼내 주소지로 달렸다. 멀지 않은 곳이라 10분도 채 걸리지 않았다.

인근 노동청에 차를 주차하고 주소지를 찾아갔다. 코에서 더운 김이 쏟아졌고, 심장은 쉴 새 없이 쿵쾅거렸다. 이층짜리 단독 주택이었다. 계단을 올라 현관을 두들겼다. 낡은 문이 부서질 듯 흔들렸다.

"누구요?"

"택배입니다."

"시킨 것 없수."

"나종복 씨 댁 아닌가요?"

"보낼 사람 없대도."

문이 열리고 러닝셔츠 차림의 종복이 모습을 드러냈다.

기준은 종복의 가슴을 밀치며 집 안으로 몸을 들이밀었다. 거실 바닥에는 빈 맥주병 서너 개가 뒹굴고 있었다.

"너! 뭐야?"

"씨발. 너냐? 네가 유리를 뿌렸냐?"

"자식 놈이 길길이 뛰는 걸 보니 정말 그 노인네가 걸린 모양이네."

기준은 종복을 소파로 밀치고 목을 움켜쥐었다. 놈의 입에서 컥컥거리는 소리가 비어져 나왔다.

"왜 그랬어? 왜?"

"넌 왜 그랬냐? 맥주 한 병 마신 게 그렇게 잘못한 거냐? 고작 그걸로 다른 사람 인생을 끝장내?"

"뭔 개소리야!"

기준은 종복의 목을 감싼 손에 더욱 힘을 주었다. 놈의 눈알이 핏줄이 터지며 시뻘겋게 변했다. 발버둥 때문에 소파에서 굴러 떨어졌지만, 목을 움켜쥔 손은 놓치지 않았다.

"너 때문에 내 인생은 끝났다고!"

종복이 악을 쓰더니 바닥에 굴러다니는 맥주병을 잡고 기준을 후려갈겼다. 살짝 빗맞긴 했지만, 턱이 얼얼했다. 기준은 종복의 손에서 맥주병을 빼앗으려 했고, 종복은 어떻게든 기준을 가격하려고 안간힘을 썼다. 부둥켜안고 한참을 구르던 게임의 승자는 젊고 체력이 좋은 기준이었다. 맥주병을 빼앗은 기준은 있는 힘껏 종복의 머리를 향해 휘둘렀다. 둔탁한 소리와 함께 맥주병이 깨졌다. 바닥에 누운 종복은 사지를 부들부들 떨고 있었고, 머리에서는 피가 터져 나왔다.

벌떡 일어난 기준은 주변을 두리번거렸다.

어떻게 수습해야 할지 머리를 굴려보려고 했으나 아무 생각도 나지 않았다. 그러다가 처음에는 흥분해서 보지 못한 안방을 보게 되었다. 문틀 철봉이 설치되어 있었고 하얀 잠옷을 입은 노부인이 대롱거리며 매달려 있었다. 작은 키의 노인은 마치 빨아서 말리려고 빨랫줄에 걸어둔 인형 같았다.

기준은 주둥이만 남은 맥주병을 바닥에 떨어뜨렸다.

무슨 일이 벌어진 건지 필사적으로 답을 찾는 중에도 이제 맥주는 다 마셨구나, 하는 어이없는 생각이 뇌리를 스쳤다.

**한이** 만여 권의 책을 읽고서야 아는 게 없다는 것을 깨달은 둔재(鈍才). 많은 직업을 거치고 작가가 되었고, 여러 부캐로 다양한 글을 쓰고 있다. 2017, 2021년에 한국추리문학상 황금펜상을 받았고, 2019년부터 한국추리작가협회 회장으로 활동하고 있다.

추리소설로 철학하기

에드거 앨런 포에서 정유정까지

백휴 지음

나비클럽

# 마스터플롯으로 읽는 장르문학 :
# ② 가족 로망스, 가족 이상의
# 가족 이야기

✦ 박인성

# 오이디푸스 콤플렉스라는 허구

프로이트가 주창한 '오이디푸스 콤플렉스'는 기본적으로 근대적 주체를 구성하는 허구적 시나리오로서 의미가 있다. 오이디푸스 콤플렉스에서 이야기하는 '원장면'primal scene, 즉 아이가 부모의 성관계 장면을 목격하는 트라우마적 기억에 관한 이야기를 실제로 일어난 과거의 진실이라고 보기는 어렵다. 오이디푸스 콤플렉스를 실제 인간 정신의 기초로 진지하게 생각하면 함정에 빠지게 된다. 허구임에도 불구하고 인간의 문화적 전승을 통해 각인된 내러티브 구조로 보는 것이 좋다. 실제로 프로이트는 나중에 자신의 주장을 수정함으로써, 원장면을 포함하는 과거의 기억이 객관적 진실이기에 중요한 것이 아니라 허구적인 진실이기에 중요하다는 방식으로 입장을 전환했다.

오이디푸스 콤플렉스를 간략하게 설명하면 소위 '남근기'에 해당하는 3~5세 아동을 대상으로 구성된 가족 내부의 삼각형 모델이다. 여기서는 아이가 느끼는 남근적 쾌감을 어머니에 대한 성애적 사랑과 결부하며, 이를 방해하는 아버지에게 무의식적 적대감을 가진다고 상정한다. 아버지의 방해로 인해 좌절된 아이의 욕망은 '억압'되고 '무의식'으로 가라앉게 되며, 아이가 느끼는 아버지에 대한 위협은 '거세 콤플렉스'로 이어지게 된다. 어머니에 대한 욕망의 금지를 통해 아이는 자신에게 '허용된' 대상을 향해 욕망을 옮긴다. 이것이 사춘기에 확보되는 새로운 성 대상으로서 '어머니가 아닌 여성'에의 욕망으로 변화한다. 즉 오이디푸스 콤플렉스는 하나의 은유적 모델이며, 실제 우리가 가지고 있을지도 모르는 근친상간의 욕망을 다루는 것이 아니라, 가장 원초적인 형태의 금기와 죄에 대한 이해를 모델화한 것이다. 원시 부족사회에서 원초적인 아버지는 금기를 지정하는 사람으로서, 아들에게 '여분의 욕망'을 지시한다. 이때 억압된 금기는 무의식이 되며 아들은 그러한 욕망이 없더라도 금기를 어길지도 모른다는 죄의식을 환기한다.

오이디푸스 콤플렉스의 고착에서 벗어나면서 아이는 아버지의 금지를 통해 자신이 사회에서 떠맡아야 하는 이상적인 자아상과 함께, 아버지처럼 권위를 가지고 다른 가족 구성원에게 명령을 내릴 수 있는 초월적인 역할에 대한 선망까지도 받아들인다. 이처럼 사회화 과정이란 아버지의 이름(법)으로 대변되는 사회적 금기를 내면화하는 과정이면서, 동시에 불문율로 이해되는 아버지의 은밀한 목소리를 내면화하는 과정이기도 하다. 프로이트가 인간 정신의 구성요소 중 하나로 언급한 초자아super-ego는 인간 내면에서 자연스럽게 형성된 것이 아니라, 철저하게 사회나 공동체의 요구 및 제도화된 규율에 의해서 형성되는 것이다. 초자아는 단순히 도덕이나 양심이 아니라, 가족을 통해서 학습되는 규율과 명령이라고 할 수 있으며 그 변형으로서 다양한 사회 공동체 내부에서 작동하는 불문율을 포함하기도 한다.

군대의 군기 문화만큼이나, 불문율이 사회적인 폭력 혹은 외설적인 명령이 될 수 있다는 사실은 많은 사람이 알고 있는 바이다. 사이비 종교는 물론이고, 각종 음모론에 이르면 초자아의 문제는 오늘날 심각한 사회적 갈등을 유발하고 개인을 지배하는 암묵적인 명령에 가깝다. 이처럼 초자아는 이드의 내면적 요구를 교묘하게 도덕의 이름으로 요구하여, 자아에 외부에 대한 폭력을 강요하기도 한다. 슬라보예 지젝이 '외설적 초자아'라고 부르는 개념은 집단과 사회 공동체는 때때로 성문화되지 않은 형태의 불문율을 통해서 움직이며, 주체를 욕망과 금기를 통해서 욕망의 대상으로 나아가게 함으로써, 그를 주체화한다. 가족 역시 마찬가지로, 가족이라는 이름으로 이뤄지는 부모와 자식 사이의 관계는 기본적으로 많은 불문율로 이루어져 있으며 아이는 질문보다는 명령 속에서 자라나는 존재다. 우리는 경험적으로 가족이 결코 개인에게 긍정적이고 온화한 제도가 아니라는 사실을 안다.

따라서 가족은 언제나 우리 사회의 증상을 압축하고, 개인의 내면 및 정체성의 문제에 있어서 가장 큰 구조적 출발점이다. 프로이트가 큰 틀의 마스터플롯으로 제시하고 있는 '가족 로망스' 역시 아이를 주인공으로 하는 주체화의 서사를 다룬다. 아이는 외부화된 결핍과 억압을 통해서 자신의 욕망과 주체화의 방향을 경험하게 되며, 가족과의 관계 속에서 느끼는 자기 존재의 탄생과 수수께끼에 관한 질문을 외부의 응답을 향해서 발전시켜 나간다. 따라서 수많은 가족 로망스는 순수하게 가족 내부의 이야기만이 아니라 아이의 성장과 관련된 주체화 과정 전반을 다룬다.

오이디푸스 콤플렉스는 기본적으로 남자아이를 중심으로 한 남성 주체화를 설명하는 이야기 모델이다. '긍정적인positive' 오이디푸스 단계란 남자아이가 이성애자의 역할모델을 발견하기 위한 불가피한 조건이며, 구체적으로는 남자아이가 아버지와 동성애적인 동일화를, 아버지에 대한 여성적 종속을 수행하는 것이다. 이 이론에 따르면 남자아이가 역으로 동성애자가 되는 것은 아버지의 부재, 혹은 아버지와의 소원한 관계, 덧붙여 남자아이가 이상하리만치 극도로 어머니와의 동일시를 겪어 그 동일시로 아버지를 대신하는 것을 필요조건으로 한다.

르네 지라르René Girard의 모방 이론에서 제시하는 '욕망의 삼각형' 또한 오이디푸스 콤플렉스의 삼각 구도의 변형에 가깝다. 남성 주체의 욕망의 대상에 대한 접근은 언제나 그것을 방해하는 라이벌 남성의 출현으로 명확해진다. 달리 말하자면 언제나 남성의 욕망은 또 다른 매력적인 남성의 욕망이라는 반사판을 통해서만 대상을 발견한다. 따라서 남성이 주체화를 수행하는 데 필요한 것은 욕망의 대상이라기보다 욕망을 지시해주는 또 다른 남성이다. 이브 세지윅Eve Kosofsky Sedgwick은 이러한 점에 착안하여, 여성이라는 파이프를 통해서만 남성적 유대는 구체화된다고 주장한다. 근대적 가족 로망스는 분명 젠더적으로 비대칭적인 형태로 구성된 이야기 구조이며, 사회의 주류 이데올로기를 반영하고 있다.

앞서 언급한 것처럼 프로이트의 원장면은 그것이 물질적인 사실인지 아닌지 더 이상 중요하지 않다. 원초적 장면의 의미는 어디까지나 아이가 그 장면을 보았다고 상정했을 때 생겨나는 트라우마적 효과에 있다. 원장면은 근본적인 존재론적 질문으로 작동하며, 아이가 자기 정체성에 대해 평생 되묻는 자기 발전의 원천으로서 의미가 있다. 이 환상 속에 여성은 주체로서 존재하지 않으며, 어디까지나 아버지가 소유한 권위의 징표인 남근으로서 존재한다. 남성성이란 언제나 남성의 눈을 가리는 눈가리개이자 자기 자신에 대한 속임수로 작동한다.

　　아버지를 찾아가는 업둥이(낭만주의)와 아버지와 갈등하는 사생아(사실주의) 서사는 가족 로망스의 큰 틀을 형성하며, 모든 종류의 근대적 서사는 사실상 가족 로망스의 범주에 속한다. 헨리 필딩의 소설《업둥이 톰 존스 이야기The History of Tom Jones, A Foundling》(1749)에서 부모를 찾아 여행을 떠나는 톰 존스는 모든 근대적 주체의 정체성을 압축적으로 보여준다. 이 소설에서 톰 존스는 미혼모의 사생아로 발견되어 올워디 경에게 입양된 아이로, 집에서 쫓겨난 이후 온갖 모험을 거치고 자신의 진정한 정체성을 찾아나선다. 이 과정에서 톰은 자신이 올워디 경의 조카이자 정당한 상속자임을 확인하게 되며, 단지 '사생아'가 아닌 운명적 주인공임을 증명하는 방식으로 자기 발견의 정점에 도달한다. 이는 결핍과 결여로부터 시작된 자기 발견의 여정이 근본적으로 자기 정체성의 해답에 도달한다는 근대소설의 서사적 동력을 보여주었다.

　　이처럼 근대적 서사에서 가족 로망스는 주체의 구성과 발전의 원초적 환상이 된다. 아버지가 존재하든 부재하든 간에, 어떤 의미에서든 업둥이와 사생아는 아버지와 갈등하고 경쟁하며, 결국에는 부권적 권위와의 대결 속에서 성장한다. 이러한 가족 로망스의 갈등은 아버지에게는 있고 아들에게는 없는 그 무엇(남근, 권위, 남성성)을 소유하기 위한 갈등이며, 이 갈등은 모든 시련과 여행을 아들이 획득하는 새로운 권위의 상징물로 만든다. 아들의 결핍이란 예정되고 노정된 결핍이며, 따라서 그에 걸맞은 욕망의 대상을 찾거나 만들어낼 따름이다.

가족 로망스가 근대적 주체의 환상적인 시나리오라면 포스트모던한 사회에서는 그러한 자기 정체성에 대한 진실이 해체되는 것일까? 우선 포스트모던한 사회에서 우리는 더 이상 상징적 아버지의 법이 예전처럼 작동하지 않는다고 믿는다. 더 나아가 그러한 아버지는 이미 죽었다고 생각한다. 그러나 유령의 형태로 되돌아온 아버지는 우리의 세계에 깊게 뿌리내린 아버지의 신화를, 심지어 죽은 뒤에도 부정되지 않는 신화를 보여준다. 이 경우 더욱 문제적인 것은 아버지의 죽음 자체라기보다, 오히려 죽은 아버지가 되살아나고 상실되었던 것이 되돌아옴으로써 정당한 애도가 불가능해진 상황에 있다.

포스트모던은 기존의 근대적 아버지가 사라지면서 아버지에 대한 내면화와 종속으로부터 자유로워진 상황을 말하지 않는다. 오히려 더 많은 아버지가 어떠한 공동체적인 권위도 확보하지 않은 채 저마다의 방식으로 아이들을 호명하는 파편적인 구조가 되었다. 예를 들어 정통 종교를 믿지 않는 사람이 많아졌지만, 이를 탈종교라는 키워드로 설명하기보다는 오히려 수없이 많은 새로운 세속적 신을 향한 새로운 종교적 열망으로 해석하는 것이 좋다. 이러한 아버지와 아들의 이야기는 가족 로망스의 기본 골격을 구성하는 고전적인 플롯으로 온갖 형태의 대중적 이야기로 반복되어 출현한다. 우리는 사회 공동체에 대한 소속과 자기 정체성의 투쟁이라는 넓은 의미의 가족 로망스를 반복한다.

## 아버지 살해 충동과 부자 서사 : 변형된 오이디푸스 마스터플롯

오이디푸스 콤플렉스의 또 다른 효과는 아버지에 대한 극도의 증오와 복수심이다. 자신을 완전히 지배하고 통제하려 하는 아버지의 영향력에서 벗어나기 위해 아버지를 죽이려는 아들의 이야기는 지독하게 반복적이며 끈질기게 출현하는 마스터플롯이다. 이러한 살부殺父 충동은 오이디푸스 콤플렉스의 변형이지만, 안티-오이디푸스 플롯이라고 말하기는 어렵다. 기본적으로 살부 충동은 아버지에 대한 영향력에 지배되고 있으며, 오히려 아버지의 존재를 끊임없이 환기하는 방식으로 작동한다.

이러한 서사의 원형이라 할 수 있는《오이디푸스 왕》에서 오이디푸스는 자신의 아버지 라이오스 왕을 아버지인 줄 모르고 살해했다. 이 고전적인 존속살해의 진실은 오이디푸스의 자기 발견과 맞물려 있으며, 우리의 정체성이란 결코 아버지와의 연결 고리에서 자유로울 수 없다는 사실을 환기한다. 결과적으로 진실이 폭로됨으로써 아들은 뿌리 깊은 죄의식에 사로잡히고, 자신이 상징적인 아버지의 역할을 수행하기에 적합하지 않다는 사실을 자각한다. 오이디푸스는 결국 스스로에게 벌을 주기 위해 황무지로 떠나는 반성적 서사를 구성한다. 여기에는 '아들에게 정당한 아버지였는가'라는 질문은 제거되었다. 라이오스 왕이 자신을 위해서 아기를 버린 부도덕한 아버지라는 사실은 아들의 죄의식에 아무런 영향을 주지 않는다.

셰익스피어의《햄릿》은《오이디푸스 왕》과는 반대로 외설적인 아버지에 의해서 과도한 죄의식을 가진 아들이 예정된 파멸로 가는 서사다. 아버지 햄릿 왕은 죽어서도 승천하지 못하고 이승을 떠돌다가 아들 햄릿을 만나 자신의 복수를 명령한다. 죽은 줄 알았는데 죽지 않고 돌아와서까지 아들에게 명령을 내리는 아버지의 모습은 가장 애도하기 어려운 존재, 퇴치하거나 물리치기 어려운 유령이다.《햄릿》의 모든 갈등은 햄릿 왕의 명령으로부터 시작되며, 결과적으로 모든 인물의 비극적인 운명 역시 그의 외설적인 명령에 따른 것이다. 올바르게 애도됨으로써, 아들의 죄의식을 정화할 가능성은 사라지며 근본적으로 아들의 운명을 파멸로 몰아간다.

이처럼 애도되지 않은 아버지는 언제나 아들의 죄의식의 실체이며, 복수는 아들의 정체성을 결정한다. 수많은 복수 서사가 아버지의 죽음에서 비롯된다는 점을 고려한다면, 아버지 살해 충동은 단순히 오이디푸스 콤플렉스로 인한 질투의 반영이 아니라 아들의 과도한 억압과 내면화된 아버지로부터의 해방을 의미한다는 사실을 쉽게 유추할 수 있다. 아들에게 복수의 대상보다 두려운 존재는 내면화된 아버지이며, 그러한 아버지를 위해서 복수를 수행하는 아들의 이야기는 아버지의 영향력을 강조한다. 〈대부〉의 마이클 콜레오네는 콜레오네 집안의 마피아 사업에 대해 환멸을 느끼지만, 동시에 아버지의 위기로 인해 복수를 다짐하고 누구보다 더 정확하게 아버지와 닮은 존재가 되어간다.

조지 루카스의 〈스타워즈〉 시리즈는 상징적인 아버지와 외설적인 아버지에 의한 통제와 지배, 그에 대한 저항의 서사다. 이는 스카이워커 가문의 연대기이기도 하며, 아나킨 스카이워커와 루크 스카이워커 부자 사이의 반복적인 투쟁과 극복의 과정으로 구체화된다. 아나킨 스카이워커와 다스 베이더는 분열적인 아버지의 두 가지 모습을 보여준다. 아나킨은 아내와 자식을 구하기 위해서 스스로를 타락시키는 것조차 감수하는 희생적인 아버지일 수도 있지만, 다스 베이더는 아내와 자식을 잃고 햄릿 왕처럼 '죽었지만 죽지 않은 아버지'가 된다. 루크 스카이워커는 자신과 함께 우주를 정복하자는 다스 베이더의 명령을 물리치고 아버지를 정화하는 방식으로 아나킨 스카이워커를 되살린다.

다스 베이더는 어떻게 정상적인 아버지가 동시에 외설적인 아버지와 공존하는지를 상징하는 캐릭터와 같다. 아나킨과 다스 베이더는 다른 두 아버지가 아니라 한 명의 아버지이며, 아들을 지배하려 하는 동시에 아들을 구하기 위해 목숨을 거는 아버지다. 루크 스카이워커에게 "내가 너의 아버지다"라고 진실을 폭로하는 장면은 오이디푸스 콤플렉스 서사의 뒤집힌 버전이면서, 동시에 아버지 없이 자란 아들에게 아버지가 되돌아와 훈육하려 하는 반대 욕망을 재현한다. 아버지는 부재한다고 할지라도 끊임없이 자식에게 영향을 미치며, 죽은 후에도 다시 돌아와 아들에 대한 자신의 영향력을 확인한다. 이것이 오이디푸스 콤플렉스로부터 비롯한 온갖 부자 서사의 반복적 플롯이다.

〈갓 오브 워〉 시리즈는 아버지 살해 서사를 다루는 대표적인 액션 게임이다. 게임에 등장하는 주인공 크레토스는 제우스의 수많은 사생아 중 한 명이지만, 전쟁의 신 아레스에 의해서 아내가 죽은 뒤 복수를 완수하고 전쟁의 신이 되는 인물이다. 하지만 올림포스 신들과의 갈등을 거쳐 모든 주신을 죽이고, 마침내 아버지 제우스까지도 죽이게 되는 패륜의 길을 걷는다. 이 모든 과정은 크레토스의 복수심과 광기의 소산처럼 보이지만, 실제로는 우라노스와 크로노스로부터 시작되는 신들의 세계를 지배하는 부자간 권력 싸움의 반복이다. 제우스 역시 단순히 아들에 대한 소유만이 아니라, 올림포스의 최고신으로서 티탄과의 대전쟁 속에서 자신의 피를 이어받은 장기짝들이 필요했던 것뿐이며, 그러한 권력자의 무심함과 노골적인 지배욕이야말로 아들의 복수를 구성하는 핵심 원인이 된다.

초기 3부작 이후에 후속작으로 나온 〈갓 오브 워〉(2018)에서 크레토스는 이제 자신이 아버지가 되어 아들 아트레우스를 가르치고 지키며 동시에 자신의 삶과 비밀에 관해서까지 이야기해야 하는 처지가 된다. 크레토스는 처음에 아트레우스가 이해할 수 없는 방식으로 그를 모종의 위협으로부터 지켜내기 위해 권위적인 아버지의 모습을 보이지만, 이내 아트레우스와의 갈등을 통해 아무것도 말해주지 않고 명령을 내리는 역할에서 벗어나 과거에 대해 소통할 수 있게 된다. 제우스와 크레토스 사이의 과거사는 물론이고 발두르가 어머니 프레이야를 죽이려 하는 과정을 지켜본 아트레우스가 비극적인 신들의 운명에 대해 질문할 때, 크레토스는 오히려 자신의 부족함을 인정하고 신들의 숙명으로부터의 탈피와 자유를 강조한다. 대를 이은 부자간의 골육상쟁을 벗어나기 위해서는 스스로가 초월적인 아버지 역할을 내려놓고 자신의 결핍과 결여, 죄와 어리석음까지도 아들에게 털어놓을 수 있어야 한다.

# 가족 멜로드라마와 일본의 서사들

가족은 사회적 집단일 뿐 아니라 '자연적' 집단으로, 원초적으로 자급자족하는 사회다. 그러나 이러한 가족의 이상적인 모습은 멜로드라마 장르 안에서는 고도로 구조화된 사회 경제적 환경의 위기로 인해 위협받는다. 자급자족하는 인간 공동체로서의 가족 정체성은 부정되고 더 넓은 사회 구조에 의해서 새로운 정체성이 결정된다. 가족 멜로드라마는 가족이 이야기의 조연이 아니라 주연이 되었다는 사실을 보여주며, 가족의 갈등과 상호 관계만을 그리는 것이 아니라 갈등의 근본으로서의 가족이라는 제도에 초점을 맞춘다. 가족의 위기는 지배적인 갈등이지만 그 갈등을 해소하는 방법은 현존하는 사회의 구조에서 찾아야 한다.

전통적인 부자 관계에 대한 서사와 달리, 오늘날 가족 멜로드라마에서 위기에 처한 것은 아버지의 정당성이다. 이제 아버지의 권위는 그의 사회적 위상과 경제적 능력, 계급적 정체성에 의해 위협받을 수 있으며, 가족에 침투하거나 주변에 존재하는 다른 남성, 권위를 가진 대안적인 아버지에 의해서 위협받기도 한다. 현대 사회의 불안정한 특성으로 인해 가족의 관계성은 단순히 자연적 공동체로서 유지되는 것이 아니라, 그것을 뒤흔드는 외부적 조건에 의해서 변화하며 고정적인 줄 알았던 가족 구성원의 역할 또한 변화한다. 이상적인 가족과 현실 사이의 간극에 의해 인물들은 갈등에 노출된다.

가족 멜로드라마는 궁극적으로 구성원들이 생각하는 이상적인 가족의 회복 가능성을 타진하며, 동시에 그것이 과연 회복할 만한 가치가 있는지를 묻는다. 그리고 이 과정은 사회가 제시하는 기준이 정상적인지, 애초에 사회 자체가 정상적인지에 대한 질문으로 이어진다. 가족 멜로드라마에서 구성원들은 자신이 속한 공동체와 개인의 정체성 사이에서 새로운 혼동과 불안을 경험하며, 여러 대립과 모호성을 겪는다.

잘 만들어진 가족 멜로드라마에서 자연스러운 것은 아무것도 없다. 가족에 대한 지극히 일상적인 재현조차도 바탕에 존재하는 구조적 불안정함에 대해 많은 질문을 내포하고 있다. 이러한 멜로드라마는 낭만적이고 뻔한 환상의 영역에서부터 낭만을 영속시키는 문화에 대한 고발에까지 걸쳐 있다. 이 장르의 인기는 사회 현실의 자연스럽지 않은 면을 드러내는 능력, 그리고 현실 자체가 어떻게 집단적인 문화적 환상이 되는가를 분명하게 보여주는 능력과 연결되어 있다. 사회의 문화적 혼란을 보여주는 이야기를 통해 순진한 관객조차도 개인적, 가족적, 사회적 정체성을 형성한 사회적 조건의 특성을 곰곰이 생각하게 된다. 가족 멜로드라마의 효과는 이 장르를 친사회적인 속임수의 형식으로 간주할 것인지 진정한 비판으로 간주할 것인지에 대한 우리 자신의 태도, 선입견, 기대 등에 달려 있다.

가족 멜로드라마가 보여주는 흥미로운 관점은 구성원들이 가족에 집착하는 이유와 관성이 결코 가족에 대한 과거의 이상을 회복하기 위해서만은 아니라는 사실이다. 오히려 가족보다 더 나쁜 것에 대한 최소한의 보호막으로서 가족이라는 마지노선이 필요하다는 사실, 그리고 가족 바깥에 있는 사회가 언제나 더 큰 위협이라는 사실을 환기한다. 구성원들은 가족이 정답이 아니라는 사실을 알고 있지만, 동시에 가족 없이는 사회적 시선에 노출된 자신을 보호하기 어렵다는 사실 또한 알고 있다.

일본의 문화적 재현에서 가족이 여전히 강력한 의미를 가지는 이유는 그만큼 개인을 바라보는 사회적 시선의 잣대가 엄격하며, 개인으로서 존재하는 것에 불안을 유발하기 때문이다. 일본의 문화적 정체성에서 공동체에 대한 소속감을 획득하는 것은 절대적인 조건이며, 소속감을 획득하지 못하는 삶, 공동체 자체의 박탈은 심각한 사회적 공포심을 야기할 수 있다. 개인주의자로서 존립하기 어려운 사회에서 가족이란 언제나 절대적인 조건 중의 하나다. 대표적으로 드라마 〈한자와 나오키〉(2023)의 주된 복수의 플롯을 지탱하고 있는 것은 가족의 해체와 그에 대한 복수의 이야기이지만, 그 모든 플롯을 추동하는 내적 동력은 유대에 대한 노스탤지어다. 이처럼 유대는 과거에 대한 향수이자, 현재의 무기이며, 미래를 여는 수단으로 숭고화된다.

문제는 이러한 유대의 출처가 과연 어디인가 하는 점이다. 일본의 전통적인 공동체 사회가 유대보다는 다이묘 중심의 예속과 충성의 체제였다는 사실에 주목한다면, 유대란 일본의 고유 풍습이라기보다는 오히려 공동체 내부에 부재하는 대상이다. 실체를 확보하기 어렵기 때문에 유대는 오히려 숭고한 대상으로 낭만화된다. 유대를 실체화하기 위해서 가족은 필연적인 최소 단위이지만, 가족이라는 공동체에 대한 과대평가 역시 현대적인 의미에서 재구성된다. 무라카미 류의 소설《지상에서의 마지막 가족》이 보여주듯 2000년대 이후 일본의 가족은 붕괴와 해체를 공공연히 공식화했으나, 여전히 가족 간 유대는 필요한 것으로 강조된다. 2020년대 점점 늘어나는 캥거루족의 현실처럼, 가족은 사회적 고난에 있어서 최소한의 마지노선으로서 필연적인 집단이다.

고레에다 히로카즈 감독의 영화〈아무도 모른다〉(2004)는 일본 사회에서 가족이란, 공동체에 안정적으로 소속되기 위한 최소 조건이면서 동시에 가장 취약한 조건이라는 사실을 환기한다. 이웃의 눈에 띄지 않게 집으로 들어오는 아이들. 이웃의 시선은 언제나 가족에 대한 정상성 기준의 판단과 공동체에 소속되기 위한 인준의 의미가 있다. 이 가족의 아이들은 부모에게 버려지기 이전에 이미 사회에 의해 올바르게 인준되지도 소속되지 못한 버려진 존재다. 외부에 도움을 청하지 못하는 이유는 역설적으로 그들이 지금처럼 함께 살지 못하는 것에 대한 두려움이다. 가족은 서로를 위한 최소한의 보호막이지만, 동시에 사회의 시선에 노출된 약점이다.

이 영화에서 아이들의 시선에 비친 엄마는 가족에 대한 책임을 방기한 개인주의자에 대한 사회적 공포를 보여준다. 이기주의자란 소속감에 종속되지 않는 주체를 가리킨다. 상대적으로 이러한 공포는 가족에 대한 재현과 감수성의 핵심이 어디까지나 의존하는 아이들의 관점에 있다는 사실, 유대는 온전히 성장할 수 없는 사람들의 환상이라는 사실이 분명해진다. 결과적으로 아사餓死한 막내를 비행기가 보이는 공항 인근에 매장하는 아이들의 모습은 어른이 없는 세계에서 비존재로서 살아가는 잔인함과 사회 구조가 품어낼 수 없는 순수함을 병치하여 보여준다. 가족이지만 엄밀하게 사회에 소속되지 못한 아이들은 일본 사회의 구조적 증상이랄 수밖에 없다. 유대는 그들의 자기보호를 위한 최소한의 환상에 불과하다.

　　고레에다 히로카즈의 또 다른 영화 〈걸어도 걸어도〉(2008)에서 장남 준페이의 기일마다 모이는 료타의 가족 모임이란 사실상 애도와 함께 괴로움을 환기하는 과정으로, 준페이의 죽음과 부재를 잊지 않기 위해 가족 구성원들이 서로의 상처를 되새기는 과정에 가깝다. 아이러니하게도 외부의 다른 사회 공동체에서는 불가능한 형태의 기억과 애도, 서로에 대한 비교와 상처가 가족이라는 울타리 안에서는 가능해진다. 역설적으로 가족 내부의 이상적인 구성원인 준페이가 부재함으로써만 이들 가족은 적어도 1년 동안은 위태로운 관계를 유지한다. 유대란 명확한 실체로서 유지할 수 있는 정서가 아니라, 불안정하고 단속적이며 기간 한정의 이벤트에 불과하다.

　　이처럼 고레에다 히로카즈는 일본의 사회적 판타지로서의 유대를 정반대의 형태로 묘사하고 있다. 유대란 서로에 대한 무조건적이고 긍정적인 믿음과 애정의 형태가 아니다. 오히려 일본 사회에서 작동하는 사회적 소속감과 인준 내부에서 가족이 유지되기 위한 조건은 서로에 대한 닮음 속에서 부정적인 형태로나마 유지되는 자기 발견의 과정이다. 유대는 극적인 갈등으로 폭발하지도, 후회의 대상이 되지도 않으며, 지금까지 살아온 서로에 대한 관계를 유지하는 방식으로만 유지된다. 〈걸어도 걸어도〉에서 강조하듯이 가족은 불확실한 유대를 결핍과 고통의 연대로 전환하여, 단기적으로 재확인할 뿐이다.

〈그렇게 아버지가 된다〉(2013)에서 아이의 환상은 업둥이 서사로 지금의 가족이 내 진짜 가족이 아니라는 믿음으로부터 시작한다. 그러나 그러한 환상이 정말로 실현된다면? 진짜 가족이 내 눈앞에 나타난다면 아이는 행복할 수 있을까? 결국 업둥이 서사의 환상은 아이의 환상이 아니라, 어디까지나 어른의 관점에 비친 소급적인 환상에 불과하다. 아이에게 진짜 성장은 소급적인 환상이 아니라, 메마른 가족의 실재를 보는 일에 있다. 이 영화는 의도적으로 아버지가 된 아들 관점의 환상은 달성시키고, 자신의 진짜 아들을 발견한 아버지 관점에서는 가족 로망스의 환상을 되묻는다.

이 영화는 표면적으로 혈연이 중요한가, 함께 살아온 삶의 유대가 중요한가를 이분법적으로 묻는 것처럼 보인다. 그러나 실제로 중요한 것은 어른이 되어서도 아버지와 아들 사이에 존재하리라 기대하는 끈질긴 환상을 떨쳐낼 수 있는가 없는가의 문제가 된다. 고레에다 히로카즈의 모든 영화는 사실상 소속감에 짓눌리는 사람은 여전히 아이라는 사실을 강조한다. 〈그렇게 아버지가 된다〉는 단순히 종래의 가족 로망스를 해체하거나, 더 나은 가족에 대한 환상을 재구성하기 위한 이야기는 아니다. 오히려 가족 로망스의 구도 안에서 성장한 어른이 여전히 자신이 그럴듯한 가족의 환상 속에 있다고 착각하는 아이에 불과하다는 사실을 폭로함으로써, 더 나은 가족이라는 개념 또한 우리의 환상이라는 사실을 보여줄 따름이다.

가족 멜로드라마는 가족에 대한 한 가지 의미화 효과만을 가지지 않는다. 가족에 관한 질문을 하는 과정을 통해서, 기존의 가족과 다른 가족을 제시하는 것보다도 포기하기 어려운 가족의 실재를 각각의 방식으로 받아들이도록 유도한다. 특히 일본 사회의 소속감에 대한 강한 압력은 어떤 방식으로든 가족의 유지와 갱신이라는 제한된 구도 안에서 질문을 던진다. 가족을 경유하지 않은 아이의 존재가 처할 수 있는 위험으로부터 최소한의 보호를 상정하는 이러한 가족은 거꾸로 공공의 상상력을 저해한다.

〈어느 가족〉(2018)에 이르러서 고레에다 히로카즈의 가족 멜로드라마가 도달한 지점은 더욱 무기력해진 가족 이외의 공동체의 소멸이다. 달리 말하자면 이 작품은 더 이상 가족에 관한 이야기가 아니라 가족 이외 모든 공동체의 무기력함에 대한 이야기다. 시바타柴田라는 사실상 허구의 이름으로 묶여 있는 임의의 가족은 사회의 울타리 안에서 승인되지 못하는 소속감 없는 자들의 임시보호소에 가깝다. 그들은 서로를 온전히 가족으로 호명하기는 어렵지만 반대로 다시 원래의 자리로 놓아줄 수 없는 관계로 묶여 있다. 영화는 시바타 가족이 도둑질하거나 하츠에가 죽은 뒤에도 계속 연금을 받기 위해 사망신고를 하지 않는 모습을 옹호하거나 동정하지 않는다. 이 영화의 건조한 시선은 그들이 사회적 기준에 미달하기 때문에 승인되지 못하는 게 아니라, 승인되지 못하기 때문에 사회적 기준에 미달할 수밖에 없는 전도된 진실을 전한다. 관객은 혈연뿐인 가족에 대한 인식보다도 혈연뿐인 가족을 존속하게 하는 사회 공동체의 부재를 발견한다. 그렇게 가족은 사회의 증상이 된다.

## 한국의 가족 멜로드라마

가족 멜로드라마는 가족을 주인공으로 삼는다. 개인보다는 가족에 주목한다는 점에서, 이는 가족이 일상적인 배경이나 조연이 아니라 주연이 되어야만 하는 외부적 조건을 강조한다. 가족의 위기야말로 가족 멜로드라마가 전면화되는 조건이며, 이는 물리적인 위협과 경제적인 위기를 포함해 가족의 해체나 재구성을 다루는 일련의 이야기가 펼쳐지기에 유리하다. 한국의 이야기 문화에서 가족은 그 자체로 주인공이 되기에 적절하며, 멜로드라마의 영역에서는 더욱 그러하다. 다만 일반적인 멜로드라마와 가족 멜로드라마는 다소 다른 영역에 있다.

가국체제家國體制는 국가와 가족을 동일시하는 근대적인 국가주의의 한 가지 형태이지만, 동시에 가족에 대한 이상적 이미지를 구성하고 국가의 안정기에는 가족을 통한 강한 안정감을 제공한다. 가족의 안정은 국가에 의탁되어 있기 때문에 국가가 위기에 빠져 있음은 가족의 갈등과 붕괴로 직접적으로 가시화된다. 가족에 대한 이상은 국가의 안정기에는 모두를 묶어주는 안전망이지만 불안한 시기에는 오히려 모두를 옥죄고 갈등을 심화하는 독이 된다. 한국의 가족 멜로드라마는 이 지긋지긋함과 폭력에 주목하면서도 이를 정서적으로 승화하기 위한 갈등의 주체로서 가족을 외부 시련에 노출한다. 가장 좋은 방법은 재난에 빠진 가족의 모습이다.

가국체제에 기반한 가족주의는 사실 국가의 책임을 가족 차원에서 떠안는 것이다. 그렇기 때문에 우리는 소위 IMF 사태와 같은 위기 상황이 닥치면 더욱 가족주의에 기댈 수밖에 없다. 우리는 사회나 국가가 해야 할 일을 가족이 전적으로 떠맡고 있음에도 불구하고 이를 국가의 폭력이라고 의심하지 않는다. 이 점에서 가국체제는 우리 사회에서 성공한 이데올로기라고 볼 수 있다. 왜냐하면 성공적인 이데올로기는 그 이데올로기에 동조하는 사람들에게 자연스러운 세계로 인식되기 때문이다.

국가적 사회 보호 장치가 취약할 경우, 국가가 짊어져야 할 짐은 개인이나 가정으로 이양된다. 지금과 같은 신자유주의적 노동시장에서 국가는 개인이 자신이 알아서 안전장치를 마련하도록 자유롭게 내버려둘 뿐이다. 이에 따라 가족은 무조건적 신뢰의 대상이 되었고, 동향·동창·동문과 같은 연고 집단은 신뢰할 만한 조건을 이미 갖춘 집단이 되었다. 또한 IMF 사태 이후 신자유주의적 노동시장은 필연적으로 개인들에게 사회적 하강 이동의 두려움을 안겨주었고, 개인들은 계급 유지와 재생산으로 안정적인 미래를 확보하려고 한다. 특정한 위기 상태에서 국가의 실종 혹은 공권력의 정지는 가족이 지녀야 하는 큰 이상주의를 가족이 감당해야 하는 무게로 떠넘기게 된다.

가족은 서로에게 협력적이어야 하며, 외부의 위기를 감당할 수 있는 대응력을 가져야 한다. 위기는 가족에 대한 이상처럼 서로에 대한 이해와 협력을 보여주지만, 동시에 그것이 얼마나 비일상적이며, 폭력적인지에 대해서는 말하지 않는다. 한국적인 재난 서사의 결말에서 실종되었던 국가의 복귀는 정상화를 의미하지 않는다. 희생은 불가피하지만, 문제는 그들의 희생을 의미화하고 명예를 부여하는 역할을 해야 할 국가 자체가 기능하지 않는다는 점이다. 한국의 재난 서사는 가족의 희생과 신파적 결말을 선호한다는 것이 아니라, 그런 희생에 대한 정당한 복권과 위로는 존재하지 않는다는 현실 인식을 견고하게 드러낸다. 재난은 언제나 유가족과 국가 사이의 해결할 수 없는 견해차와 간극만을 구성한다.

가족이 처하는 위기가 반드시 외부의 재난일 필요는 없다. 가족 내에서의 소외와 갈등, 구성원들의 시련과 죽음을 둘러싼 다양한 위기가 드러나지만, 사실 이러한 가족 내부의 위기는 언제나 시대적 배경과 상응하며 사회적 현실을 반영한다. 특히 한국의 경우 부모에 대한 자식들의 시선이 가족 멜로드라마의 핵심적인 정서와 태도를 결정했다. 특히 아버지는 산업화 시대의 다면적인 주체로서, 그가 가지고 있는 복합성과 사회 및 시대에 대한 공헌을 수행했음에도 가족 안에서는 대접받지 못하는 소외에 대한 인식이 구체화된 것이 1990년대다.

1990년대는 아버지를 중심으로 한 가족 멜로드라마의 정서적 과잉의 정점이었다. 김정현의 《아버지》(1996)와 조창인의 《가시고기》(2000)는 각각 췌장암과 간암으로 목숨을 잃는 아버지들의 IMF 외환 위기라는 시대적 분위기를 반영할 뿐 아니라, 아버지의 희생을 전형화했다. 반대로 김애란의 《달려라 아비》(2005)는 2000년대 한국 사회의 변

화하는 가족 구조와 청년 세대의 달라진 감수성을 보여주는 작품으로, 전통적인 아버지 부재를 특유의 유머와 상상으로 극복할 뿐 아니라 어머니와 자녀 간에 새로운 관계가 형성되는 과정을 다룸으로써 가족 멜로드라마를 새롭게 갱신했다.

2000년대 이후 새로운 세대의 자기 발견과 정체성의 재구성에 있어서 부모는 반사판과 같은 역할을 수행한다. 대표적으로 신경숙의 《엄마를 부탁해》(2008)와 김애란의 《두근두근 내 인생》(2011) 같은 소설들이 나오는 2000년대 후반부터 2010년대 초반까지, 아버지 중심의 가족 서사를 다시 쓰는 작업이 시도되었다. 《두근두근 내 인생》에서 조로의 아이가 부모의 사랑을 다시 쓰는 과정은 가족 로망스의 구도를 뒤집기는 하지만, 여전히 가족 멜로드라마의 영역에 있다. 가족의 해체 혹은 재구성의 이야기를 시도한다고 할지라도 그 결말은 멜로드라마를 향해 있는 것이 한국적인 이야기의 특징이다.

다른 경향으로는 가족 신화를 노골적으로 비틀고 심지어 비웃는 막장 가족 이야기들이 있다. 김영하의 〈오빠가 돌아왔다〉에서 나타나는 가족 구성원에 대한 열네 살 소녀의 냉소적인 시선 역시 다른 한편으로는 가족을 나름대로 포용하고 이해하려는 반어법이 된다. 이러한 시도들은 전통적인 가족 신화를 해체하고, 가족이라는 집단을 통해서 압축된 시대적 증상을 극대화하여 보여주기 위한 것이다. 가족의 해체를 둘러싸고 기존 가족의 가치와 의미가 아니라, 새롭게 재구성되는 가족의 모습을 보여주는 것이 2000년대 이후 가족 멜로드라마의 가장 중요한 가치가 되었다. 가족은 해체되었으나 가족주의는 대안적인 가족 형태로서 존속할 필요가 있기 때문이다. 김태용의 영화 〈가족의 탄생〉(2006)이나 천명관의 소설을 영화화한 〈고령화 가족〉(2013) 역시 해체된 가족을 새롭게 연결하고 의미화하기 위해 서로의 결핍과 상처를 이해하고 수용하는 과정을 다룬다.

반대로 소위 '막장 가족'에 대한 이해는 과거의 하위 계급에서 이루어진 계급 상승의 환상이나 상호적 유대가 작동하지 않게 된 시대의 맨얼굴을 보여주기 위한 장치에 가깝다. 가족은 서민이나 하층민의 계급적 현실에서 지켜져야 하는 중요한 가치였지만 이러한 가족의 환상이 해체되어가는 과정에서, 경제적인 부를 재생산하고 사회적 지위를 유지하기 위해서 요구되는 친사회적 하위 집단에 지나지 않는 것으로 그 문제적인 증상을 극대화한다. 협력의 가치는 무화되고 지배와 예속의 논리가 노골적으로 강조된다.

대표적으로 드라마 〈스카이캐슬〉(2018~2019) 이후로 새롭게 등장한 가족 멜로드라마의 경향은 극한의 상황 속에 가족이라는 이름의 압축적인 사회 구도를 배치한다. 각각의 가족은 단순히 현실적인 가족의 모습이 아니라, 현재 한국 사회를 도식화하기 위한 여러 미세한 계급적, 유형적 갈등을 그린다. 핵심은 부모의 욕망을 자식들에게 대물림하기 위한 형태의 가족 구조가 가진 폭력성을 드러내는 것이지만, 동시에 비뚤어진 자식들의 모습을 되비추어 주는 형태다. 더 이상 아이들은 부모의 보호 대상이 아니라 부의 재생산을 위한 소유물로서, 세속화되고 비인간적인 모습을 통해 부모와 사회적 현실을 폭로하는 매개체가 된다.

이와 같은 막장 드라마가 불륜과 치정, 각종 형태의 반가족주의적 소재를 취하는 방식은 가족주의에 대한 급진적인 해체와 재구성을 위한 것은 아니다. 악인은 언제나 가족에 대해 이율배반적인 태도를 보여준다. 그들은 외부에서는 가족을 배신하지만, 가족 내부에서는 자신의 역할과 권위를 지키고 싶어 한다. 막장 드라마는 반가족주의적 탈선을 통해서 역설적으로 가족주의를 유지하기 위해 지켜야 하는 불문율을 상기시킨다. 가족 멜로드라마는 가족이 해체되고 의미를 상실하는 과정에서도 가족의 필요성과 내적인 논리를 감정화의 형식으로 보호한다. 멜로드라마 특유의 감정적 과잉이 결과적으로 모든 가족의 내적 모순보다 강력하게 우리를 지배해야 하는 이유다.

드라마 〈부부의 세계〉(2020)는 정확하게는 가족이라는 이름으로 맺어진 타인들의 세계가 유지되기 위한 조건들을 의도적으로 환기하고 가족이 법과 계약으로 구성된 잠정적인 관계라는 사실을 폭로한다. 동시에 그러한 잠정적 관계에 투자된 감정적 교환이야말로 통제하기 어려운 포괄적인 계약이라는 것도 말해준다. 법적 관계와 권리 이상의 감정으로 구성된 가족의 불문율이 얼마나 강력한지를 보여준다는 점에서 이 드라마는 반가족주의 이상의 가족주의를 보여줄 뿐 아니라, 가족과 타인 사이의 규정할 수 없는 관계성의 간극을 메우는 감정의 구속력을 강조한다.

지선우는 남편 이태오를 몰락시키기 위해 복수하지만, 결과적으로 이태오만이 아니라 아들인 이준영까지도 자신을 떠나게 만든다. 결국 가족의 균열은 비가역적으로 커지고, 가족은 공동의 이름이 아니라 분열적인 것으로만 가능해진다. 가족은 공존과 결속의 의미가 아니라 공백과 간극의 의미로서 각각의 구성원들 사이를 불안정하게 가로지른다. 여기에는 어떠한 공동의 몫이 있는 것이 아니라 자기 몫이 있을 따름이다. "그저 난 내 몫의 시간을 견디면서 내 자리를 지킬 뿐이다. 언젠간 돌아올 아들을 기다리면서. 그 불확실한 희망을 품고 살고 불안을 견디는 것"이라는 지선우의 독백처럼 가족은 불확실한 희망으로 불안을 견디는 눈가리개다.

〈사이코지만 괜찮아〉(2020)에서 표현하는 가족의 형태는 기본적으로 가족 로망스적인 트라우마에 고통받는 아이들의 시선에서 그려진다. 따라서 성인이 된 이후에도 아이들에게 가족은 저주이며, 비밀스럽고 공유하기 어려운 자기 정체성의 약점이기도 하다. 이 드라마는 그러한 비밀의 공유와 서로에 대한 치유를 제공하는 관점에서 기존의 가족과 작별하고 새로운 형태의 가족을 찾아가는 과정을 그린다. 고문영에게 엄마는 괴물 같은 존재이면서 동시에 극복할 수 없는 트라우마의 상징이기도 하다. 정신병동 보호사인 문강태를 만나서 자신의 안전핀이자 삶의 균형을 잡아줄 사람으로 인정하는 일련의 과정을 거쳐서,

고문영은 자신을 소유물로 여기는 엄마에게서 벗어나 새로운 가족을 형성하는데 성공한다.

여기에는 문강태 문상태 형제의 자기극복 과정 역시 포함되어 있다. 자폐 스펙트럼이 있는 형 문상태의 보호자로서만 가족이라는 울타리를 유지해왔던 강태가, 고문영과의 새로운 가족 공동체를 구성하려 할 때 문상태는 기꺼이 자신이 강태의 보호에서 벗어나 자립할 수 있음을 보여준다. 보호와 예속, 소유와 지배를 둘러싼 가족의 맨얼굴을 마주하고 더 나은 가족 관계를 만들고자 할 때 비로소 가족은 자신을 극복하는 것이 가능해진다. 이 이야기는 가족 멜로드라마에 예정된 반복적 딜레마를 끊어내려는 정서적 평등주의를 강조한다. 진정한 협력은 자립을 통해서만 가능하며, 협력은 마찬가지로 자립을 위한 조건으로 활용되어야 한다.

이러한 한국적 가족 멜로드라마의 전개는 일본의 가족 멜로드라마가 보여주는 사회적 공동체의 공백을 메우는 최후의 소속감이라는 수동적인 입장과는 다시 차별화된다. 일본의 가족 멜로드라마는 가족이라는 보수적 가치에 대해 방어적이고 동시에 그 방어가 무너지는 것에 대한 공포를 전제하고 있다. 이때의 가족은 결핍과 상처를 통해서만 정당화되는 최소의 유대다. 가족은 이미 이상화될 수 없는 대상이기에 실체 없는 유대의 최종적인 보루라 할 수 있다. 반대로 한국적 가족 멜로드라마에서의 가족은 개인주의자로서의 자립과 정당화를 수행하기 위해 필요한 고치와 같다. 한국의 가족 멜로드라마는 끊임없이 정서적인 보상을 약속하지만, 구성원들이 가족으로부터 떠날 수 있는 자립성을 여전히 필요로 한다는 사실 또한 강조한다. 한국의 가족 멜로드라마는 가족의 조건이 단순히 결핍과 상처의 공유만이 아니라, 그 극복을 위한 상호적인 돌봄이라는 측면에서 더욱 능동적인 개인주의자의 정당성을 요구하는 것처럼 보인다.

**박인성** 문학평론가. 2011년 〈경향신문〉 신춘문예로 등단하여 활동 중. 현재 부산가톨릭대학교 인성교양학부 조교수 및 교보문고 문학팀 기획위원으로 재직 중이다. 최근 본격 국내 미스터리 비평서인 《이것은 유해한 장르다 – 미스터리는 어떻게 힙한 장르가 되었나》를 출간했다.

"미스터리는 어떻게 모든 서사에
침투하는 힙한 장르가 되었나"
작가, 기획 PD, 감독 등 모든 이야기 설계자를 위한
'진화하는 미스터리 장르'의 모든 것

# 이것은 유해한 장르다

박인성

미스터리는 어떻게 힙한 장르가 되었나

# 본격 추리소설을
# 둘러싼 투쟁 ✦무경

## -《수상탑의 살인》으로 보는 본격 추리소설이라는 장르

## 1

작가는 독재자이다. 그는 자기 작품 안에서 무소불위하고 전지전능하다. 작중 인물의 생살여탈권을 거머쥐고, 있었던 일도 없게 할 수 있고, 없었던 일도 있게 할 수 있다. 실존하는 장소와 가상의 장소를 아무렇지 않게 섞을 수 있고, 역사적 사실 또한 입맛대로 뒤틀어버릴 수 있다.

독자는 폭군이다. 좋아하는 작품에는 너그럽고, 싫어하는 작품에는 깐깐하다. 마음에 드는 작가에게는 더없이 관대하나, 마음에 들지 않는 작가에게는 냉대 혹은 무관심으로 일관한다. 그는 작가를 전망적prospective으로 기대하여 작품을 구매하기도 하고, 회고적retrospective으로 평가하여 작품을 거르기도 한다.

작가가 작품을 선보이면 독자는 평가한다. '읽는다/읽지 않는다'라는 독서 후보 선택에서 시작하여 '좋다/싫다'라는 작품의 감상, 심지어 읽기가 끝난 뒤에 '다음 작품을 산다/무조건 거른다'라는 판단까지 연결한다. 독자의 평가는 작가에게 다양한 형태로 되돌아온다. 작품 평을 보고 느끼는 감사나 분노 같은 감정적 형태부터 판매량과 인세라는 물질적 형태로까지. 독자의 반응을 감지한 작가는 개개인의 방식으로 대응한다. 무시하거나, 저항하거나, 복종하거나, 그만두거나. 그렇게 독재자와 폭군, 작가와 독자는 서로 팽팽한 줄다리기를 한다.

작가와 독자의 관계는 작품을 둘러싼 집요한 투쟁이다. 이는 순문학과 장르문학을 가리지 않는다. 하지만 이들의 관계는 언제나 일정한 양상을 보이지는 않는다.

최근 한국의 추리소설 독자 가운데 일부에게서 '일본 추리소설이 최고', '한국 추리소설은 수준 미달', '본격 추리소설 외의 것은 볼 것도 없다'라는 생각을 쉽게 찾을 수 있다. 그들의 말처럼 한국 추리소설의 질이 일본의 것보다 떨어지는지 아닌지는 여기서 다루지 않겠다. 하지만 본격 추리소설의 독자들이 본격 추리소설이 추리소설의 근본이라고 말하는 이유만큼은 짚어볼 필요가 있다고 생각한다.

본격 추리소설의 독자는 일반 소설의 독자, 심지어 추리소설의 독자와도 다르다. 그들은 특유의 독법과 관습을 따르는 존재이며, 자신들의 지위에 자부심을 가진다. 무엇보다도 이들은 작품에 관여하는 양상이 다르다. 본격 추리소설의 독자는 일반 소설에 비해 존재감이 크고 심지어 작품에 직접적으로 관여하기까지 한다. 그렇기에 그들은 상당히 이질적이다.

본격 추리소설에서 독자의 존재감이 두드러진 이유는 무엇일까?

이 의문을 고찰하면서, 소설을 둘러싼 작가와 독자의 관계성 중 가장 극적인 면을 보인 본격 추리소설의 역사를 탐구했다. 이 장르가 태동하고 성장하여 현재의 모습이 되는 과정에 답이 숨어 있을 것이라는 생각 때문이었다.

이 글에서는 본격 추리소설은 추리라는 장르가 정립되고 형식화, 고도화되어가는 과정에서 작가와 독자의 상호작용이 가장 뚜렷했으며, 현재의 모습이 완성되는 과정에서 작가 못지않게 독자의 영향력이 컸다는 것을 말하려 한다. 또한 본격 추리소설의 특성과 그로 인해 봉착한 위기, 그리고 그것을 극복하려는 다양한 시도를 짚으려 한다. 이 글을 쓰는 시점에 출간된 김영민 작가의《수상탑의 살인》은 본격 추리소설의 전형적 면모를 갖춘 작품으로, 이를 살펴보며 주장에 실증적인 근거를 더해나가려 한다.


## 2

에드거 앨런 포가 〈모르그 가의 살인〉을 쓰면서 추리소설의 역사가 시작되었다. 이후 추리소설은 여러 작가의 손을 거쳐 발전하고 세분화했다. 종종 듣는 '추미스'라는 용어 또한 추리소설이라는 장르를 단순히 하나의 범주로 뭉뚱그려 표현할 수 없다는 방증이다.

추리소설의 세부 장르 분류를 세세히 다루는 것은 이 글의 목적이 아니다. 여기서 다루려고 하는 본격 추리소설을 정의하면 다음과 같다.

제시된 수수께끼의 풀이를 중시하는 추리소설의 한 장르. '후더닛Whodunit'과 '하우더닛Howdunit'을 밝혀내는 것을 목적으로 한다.

여기서 주목해야 할 부분이 둘 있다. 첫째, 제시된 수수께끼. 둘째, 풀이.

'제시된 수수께끼'부터 살펴보자. 본격 추리소설에서 수수께끼를 제시하는 것은 범인의 역할이다. 그리고 당연히 그것을 풀어내어 진상을 찾는 것은 탐정의 역할이다. 하지만 이는 작품의 범주 안에서 벌어지는 현상일 뿐이다. 작품의 틀을 벗어나면 사실 수수께끼의 제시는 작가가, 수수께끼의 풀이는 독자의 몫이 된다는 걸 알 수 있다.

이는 좀 더 넓은 범주로서의 추리소설 및 스릴러와 비교하면 명확해진다(여기서는 편의상 '본격 추리소설'과 대비되는 개념을 '추리소설'이라고 명하겠다. 또한 장르적이지 않은 소설 전반, 가령 우리가 순문학 소설이라고 부르는 것 등은 '일반 소설'이라고 칭한다).

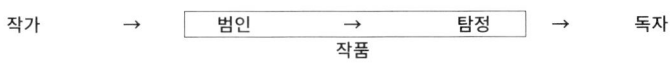

〈표 1〉 추리소설 속 작가와 독자의 관계

추리소설에서는 작가와 독자 간의 방향성이 일방적이다. 작가는 수수께끼를 만들어서 제시하고 결말에 이르러 해답을 보여준다. 이야기의 전개와 결말 또한 작가가 자의적으로 구성한다. 그것이 추리소설, 나아가 일반 소설에서 작가가 창작한 작품을 독자가 읽는 과정에서 벌어지는 일이다. 작가가 이야기를 제시하면 독자는 즐긴다. 독자는 작품을 읽는 시점에서는 철저히 회고적으로만 반응할 뿐이다.

반면 본격 추리소설에서 작가가 만든 수수께끼를 푸는 것은 독자의 몫이다. 탐정은 독자가 제시한 해답이 옳은지 그른지를 판정하는 존재이며, 탐정이 제시한 해답을 긍정할지 부정할지는 또다시 독자에게 달려 있다. 본격 추리소설의 독자는 전망적으로도 회고적으로도 반응한다. 작품을 둘러싸고 작가와 독자 간에 쌍방향 교류가 이루어지는 것이다.

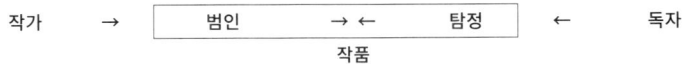

〈표 2〉 본격 추리소설 속 작가와 독자의 관계

따라서 위에서 제시한 본격 추리소설의 정의를 고쳐 쓰면 이렇게 된다.

작가가 제시한 수수께끼를 독자가 풀어낼 수 있을지를 겨루는 추리소설의 한 장르.

본격 추리소설의 핵심은 '작가와 독자 사이의 겨루기'다. 이것이 정립되기까지의 역사를 살펴보면 작가와 독자 사이의 다양한 '수 보여주기'를 찾을 수 있다. 마치 체스 게임에서 묘수를 주고받는 것처럼(여기서 체스를 예로 든 이유는, 본격 추리소설의 겨루기가 턴제 게임Turn-based Game의 양상이기 때문이다. 작가의 턴이 끝나면 독자의 턴이 주어진다. 단지 이 게임은 작가와 독자에게 단 한 번의 기회만이 주어질 뿐이다).

3

추리소설의 시작인 에드거 앨런 포의 〈모르그가의 살인〉에서부터 작가와 독자의 관계는 이미 정립되었다.

작품 초반, 화자인 '나'가 속으로 한 생각에 친구인 오귀스트 뒤팽이 앞질러 반응하는 놀라운 장면이 나온다. 뒤팽은 나의 행동을 관찰하여 이어진 일련의 사고 과정을 짐작했다고, 자신의 추론 과정을 설명한다. 세계 최초의 탐정이 독자에게 첫선을 보인 순간은 무척 인상적인 장면으로 연출되었다.

포가 추리, 미스터리 장르에 이바지한 점은 하나둘이 아니지만, 첫 작품에서부터 이미 탐정과 일반인의 관계성을 정립했다는 것을 주목할 필요가 있다. 포가 〈모르그가의 살인〉을 일인칭 관찰자 시점으로 쓴 것은 흥미로운 선택이다. 이 시점을 선택하면서 포는 은연중에 혹은 의도적으로, 이후 장르에서 형성되고 확장되는 작가와 독자 사이의 관계성 또한 세웠기 때문이다. 일인칭 시점은 독자가 작중 화자에게 가장 공감할 수 있는 시점이다. 관찰자 시점은 독자가 주목해야 할 인물이 거리를 두고 서 있다. 일인칭 관찰자 시점에서 독자는 나에게 공감하면서 뒤팽과 마주 선다. 그리고 뒤팽은 작가인 포의 분신이다. 그렇게 작가와 독자가 '작품 안에서' 눈을 마주칠 가능성이 열린다.

아서 코난 도일이 셜록 홈스 시리즈를 쓰면서 추리소설은 대중적으로 가장 인기 있는 장르로 자리매김했다. 도일 또한 포처럼 일인칭 관찰자 시점을 즐겨 사용했다. 또한 존 H. 왓슨이라는 캐릭터를 만들어내면서 '탐정보다는 뒤떨어진, 독자의 사고방식과는 한없이 가까운 인물'이라는 조수의 역할을 정립했다. 왓슨 캐릭터의 '발명'은 독자가 추리소설에 한층 더 발 들일 수 있는 공간을 마련해주었다. 그러나 도일은 여기서 그치지 않았다.

셜록 홈스 시리즈의 첫 단편 〈보헤미아 왕국 스캔들〉에서 홈스는 왓슨에게 말한다. "보기는 하는데, 관찰하지는 않으니까You see, but you do not observe." 실제로 작품에서 홈스가 인물의 외형이나 소지품 따위를 보고 인물의 여러 형상, 가령 직업이나 습관, 심지어 지적 수준까지 알아맞히는 장면이 반복적으로 나온다.

흥미로운 건, 도일이 왓슨을 통해 무엇을 보았는지를 독자에게 전하고 있다는 점이다. 독자는 왓슨의 눈을 빌려, 그의 앞에 놓인 인물 혹은 사물을 본다. 이는 독자에게 던져진 과제이자 해결해야 할 목표다. "과연 탐정 셜록 홈스는 여기서 무엇을 볼까?"라는 질문은 곧 "과연 나는 여기서 무엇을 볼 수 있을까?"로 바뀐다. 즉 독자는 간접적으로 홈스와 겨룬다. 작품을 읽으며 독자가 홈스와 같은 것을 떠올렸다면 독자가 승리하고, 그렇지 않다면 홈스, 혹은 그 뒤에 있는 작가 도일이 승리한다.

셜록 홈스의 인기 요소가 무엇인지를 탐구한 기존의 분석에서는 작품 속 탐정의 뛰어난 추리력과 강렬한 개성을 포함한 캐릭터가 꼽혔다. 하지만 앞서 제시한 주장대로라면 셜록 홈스가 명탐정의 대명사가 되고 세계적인 인기를 끈 이유를 다른 방향으로 짚어볼 수 있다. 독자는 조수 왓슨의 눈을 통해 작품 안으로 들어가 간접적으로나마 탐정 홈스의 관점을 공유하게 된다. 왓슨이 내뱉는 감탄사는 곧 독자가 뱉는 감탄사다. 독자가 자신과 하나가 되고 싶어 하는 존재로서 제시된 첫 탐정이었기 때문에, 셜록 홈스는 대중에게 큰 인기를 얻었다.

추리소설의 황금기에 여러 걸출한 작가들이 등장했다. 작가들은 저마다 작품을 통해 자신만의 탐정을 창조하고 추리소설의 방법론을 제시했다. 이 중에서 본격 추리소설이 현재의 형태를 갖추기까지의 과정에서 중요한 사건을 셋 꼽을 수 있다.

하나, 녹스의 십계와 반 다인의 20칙.
둘, 애거사 크리스티의 《애크로이드 살인사건》과 서술 트릭.
셋, 엘러리 퀸의 국명 시리즈 속 '독자에의 도전.'

우선 녹스의 십계와 반 다인의 20칙부터 살펴보자.
1928년에 발표된 녹스의 십계와 반 다인의 20칙은 '미스터리를 쓸 때 지켜야 하는 사항' 혹은 '작가와 독자 간의 페어플레이를 위한' 것으로 제시되었다. 이러한 법칙들이 동시대, 소위 추리소설의 황금기라고 불리던 시기에 발표되었다는 점에 주목해야 한다. 수많은 작품이 창작되어 읽히는 시점에서, 좀 더 나은 작품을 쓰기 위한 방법을 고안하는 것은 당연한 흐름이다. 녹스나 반 다인이 규칙이 만들어진 이유를 설명한 부분이나 제시된 법칙의 일부 항목에서, 당시 추리소설 작가들이 독자를 염두에 두고 있다는 것을 확인할 수 있다. 작가에게 독자는 일방적으로 작품을 수용하는 소비자가 아니라, '좋은 미스터리와 나쁜 미스터리'를 구분하는 판정자가 된다. 추리소설에서 독자가 최초로 '작품 안으로' 들어간 이후 작가 또한 '작품 안에 들어온' 독자를 의식하게 되었다는 것을 이들 법칙으로 확인할 수 있다.

하지만 녹스의 십계와 반 다인의 20칙이 저마다 다른 관점을 제시하고 있으며 지극히 작가의 주관에 치우친 기준이라는 점을 염두에 두어야 한다. 주관적인 기준은 여러 요인에 의해, 가령 기술의 발전이나 유행의 변화, 취향의 제시 등으로 새로이 제안되고 논쟁 끝에 받아들여지거나 거부된다. 이 점에서 애거사 크리스티가 《애크로이드 살인사건》으로 불러온 파장, 특히 서술 트릭에 대한 것을 주목할 필요가 있다.

지금은 크리스티가 여러 기초적이고 관습적인 추리소설적 기법을 확립한 작가로 알려졌지만, 당시에는 관습에서 벗어난 시도로 다양한 논쟁을 불러일으켰다. 크리스티는 서술 트릭을 비롯하여 '클로즈드 서클', '용의자가 모두 범인', '무차별 연쇄 살인' 등의 요소를 제시했다. 당시의 작가와 독자들은 기존의 암묵적 혹은 명시적 관습과 어긋나는 이러한 모습에 거부감을 보이는 경우가 많았다. 이러한 충돌은 특히 《애크로이드 살인사건》이 발표된 뒤에 두드러졌는데 속임수를 쓴 방법이 공정하지 않다는 독자와 동료 작가들의 반발에 맞서, 크리스티는 자신이 사용한 기법과 상황 등이 기존의 관습과 크게 벗어나지 않았음을, 독자들이 작중 진상을 알아차릴 수 있도록 공정하게 제시했음을 주장했다.

여기서 크리스티가 '공정한 제시'를 자기변호의 근거로 들었음을 주목하자. 실제로 그녀의 작품에는 범인의 정체를 명확하게 가리키는 단서들이 제시되어 있다. 크리스티는 '속임수의 제왕'이라고 불렸고, 'A를 B로 착각하게 하기', 'YES를 NO로 착각하게 하기'를 특기로 삼았다. 독자에게 그런 착각을 불러오는 것이 가능한 이유는 크리스티가 정교하게 계획하여 쓴 서술 때문이다. 독자들은 독서의 결말에서 뜻밖의 범인이 밝혀지면(그리고 작가와의 겨룸에서 패배했음을 확인하면) 경악하지만, 재독에서 범인을 가리키는 표지가 뜻밖에 또렷이 드러나 있다는 것을 알고 수긍하게 된다. 크리스티는 추리소설에 새롭고도 기발한 다양한 요소를 성공리에 들여와 정착시켰으며, 그 와중에 추리소설의 공정성, 즉 '페어플레이'의 중요성 또한 높였다.

이러한 흐름에 쐐기를 박듯, 엘러리 퀸은 국명 시리즈에서 '독자에 대한 도전'을 제시한다. 1929년에 발표한 《로마 모자 수수께끼》에서부터 등장하는 독자에의 도전은 이야기의 클라이맥스, 즉 범인의 정체가 밝혀지기 직전에 갑자기 등장한다. 작가는 독자에게 직접, 탐정의 수사와 탐문으로 모든 증거가 공정하게 제시되었으니 독자 또한 직관과 감이 아니라 논리적 추론을 통해 범인을 찾아낼 수 있다고 주장한다. 독자는 앞서 읽은 작품을 살피며 탐정이 본 것을 자신도 볼 수 있을지를 살핀다.

독자에의 도전을 통해, 드디어 작가는 독자와 정면 대결을 선언하고, 독자는 작가와 직접적으로 겨룬다. 작가와 독자는 명확하게 서로를 맞수로 생각한다. 이 겨룸은 거짓과 꼼수가 횡행하는 싸움이 아니라, 명백히 규칙을 지켜가며 하는 싸움이다. 이제 추리소설은 소설이 아니라 스포츠가 되었다.


4


추리소설은 드디어 형식을 명확히 갖췄다. 이러한 추리소설을 서양에서는 퍼즐 미스터리puzzle mystery라고도 부르지만, 여기서는 한국에서 통용되는 용어인 본격 추리소설을 사용하려 한다.

본격 추리소설이 가진 고유의 형식미는 다른 소설과는 구별되는, 해당 장르만의 특징이다. 일반적인 추리소설과도 명백히 결이 다르다. 야구와 크리켓처럼, 기원은 같고 형태 또한 비슷한 점이 있지만 실제는 완전히 달라진 걸 떠올려 보자.

형식이 갖춰진 모든 것이 그러하듯, 본격 추리소설은 지극히 당연한 위기를 맞는다. 고착화하고 습관화된다. 즉 뻔해진다.

독자의 눈을 속이려 고안된 여러 장치는 관습으로 포획되고, 눈 밝은 독자는 그런 장치를 사용한다는 낌새가 보이면 곧바로 속임수가 벌어진다는 신호임을 포착한다. 작가가 승리하기 위해 사용했던 전술이 이제 독자가 승리할 수 있는 힌트로 작동하는 것이다. 작가는 계속 새로운 전략을 고안해야 하고, 다양한 시도를 해야 한다. 이러한 시도는 점점 본격 추리소설이 다른 추리소설과도, 심지어 현실과도 동떨어지는 모습을 낳았다. 그럴듯한 추리를 선보이려면 반드시 붙여야 하는 가정 때문에, 정작 이야기가 현실에서 점점 발을 떼고 마는 것이다.

최근의 본격 추리소설은 주로 일본에서 창작된다(사실 '본격 추리소설'이라는 용어부터가 일본의 것이다). 일본 본격 추리소설의 흐름을 보면 흥미로운 시도가 여럿 보인다. 그중에서 일상 미스터리와 특수설정 미스터리라는 커다란 두 흐름은, 얼핏 서로 정반대의 길을 걷는 것처럼 보인다. 하지만 이들은 뜻밖에 같은 고민을 공유하고 있기에 표출된 현상이다.

일상 미스터리는 말 그대로 우리가 살아가는 일상에 가까운 미스터리다. 본격 추리소설이 형식화, 고도화되면서 현실과 동떨어지고 만 것에 대한 반작용으로, 사건이 일어나는 배경이 지극히 우리의 삶과 비슷해 보이는 것이다. 하지만 이는 서양의 코지 미스터리cozy mystery와는 다르다. 코지 미스터리는 일상적인 공간을 배경으로 하지만, 사건은 강렬하고 극적인 강력 범죄다. 반면 일본의 일상 미스터리는 사건의 강도가 약하다. 살인이 벌어지는 경우는 무척 드물고, 벌어지는 사건은 경범죄로 분류되는, 심지어 범죄인지조차 아리송한 것이 가득하다. 이런 의도적인 가벼움은 작가와 독자의 겨룸 또한 그 수준을 낮추도록 이끌거나 적어도 그렇게 보이도록 하면서 본격 추리소설이 마주한 한계를 비껴간다.

한편 특수설정 미스터리는 사건이 벌어지는 배경에 고도의 설정을 추가한다. 살인사건이 벌어지는 곳은 특이하게 설계한 건축물 안이거나 우주, 심지어 마법이 일상적인 판타지의 공간이며 그곳에서만 통하는 특수한 규칙이 존재한다. 인물들은 그러한 규칙을 받아들이고 있거나 받아들이길 강요받는다. 규칙은 독자가 이해하는 데 충분한 노력을 기울여야 하는, 일반적으로 아는 지식과 다른 범주의 것인 경우가 많다. 작가는 규칙을 설정하면서, 이것이 작품 밖 현실과 맞지 않는 데서 주는 위화감을 적극적으로 활용한다. 이질감 너머에 사건의 진상을 알아차릴 힌트를 노골적으로 집어넣고, 진실이 밝혀지는 순간 독자에게 커다란 놀라움을 준다. 때로는 과도한 설정이 작품을 잡아먹을지도 모른다는 위험을 감수하면서.

일상 미스터리와 특수설정 미스터리는 모습은 다르지만, 결국 본격 추리소설이 마주한 한계, 고착화와 습관화의 함정에서 벗어나려는 시도라는 점에서 같은 결을 보인다. 앞으로 당분간 일상 미스터리와 특수설정 미스터리 작품이 더욱 많이 창작되리라는 것을 미루어 짐작할 수 있다.


5


이러한 주장을 토대로 김영민의 《수상탑의 살인》을 살펴보자.

김영민은 한국에서 본격 추리소설을 꾸준히 창작하는 작가 중 한 명으로 장르에 대한 열정과 고민이 2025년 출간된 《수상탑의 살인》에서 두드러지게 드러난다. 따라서 이 작품은 본격 추리소설의 과거와 현재, 미래를 탐구하는 표본이 될 수 있으며, 의의와 한계를 살피기에 적합한 작품이다.

동해 한가운데를 부유하는 수상탑이라는 특수한 건물에 여러 사람이 초대되고, 그곳에서 연쇄 밀실 살인이 벌어진다. 이 작품은 과거의 전통과 현재의 유행을 충실히 반영하고 있다. 클로즈드 서클이라고 불리는 고립된 장소에서 연쇄 살인 사건이 벌어지는 이야기는 크리스티가 《그리고 아무도 없었다》로 시작한 오랜 전통이고, 건물의 특이한 구조와 그로 인해 벌어지는 사건의 불가능성은 특수설정 미스터리, 특히 일본의 ○○관 시리즈의 유행을 떠올린다.

작품은 수상탑에 초청받은 여러 인물이 바다 한가운데 부유하는 건물에 들어가는 장면으로 시작된다. 일반적인 소설에서는 인물과 배경을 설명하는 도입부 장면이지만, 본격 추리소설에 익숙한 독자들은 이미 여기서부터 앞으로 벌어질 사건의 진상을 암시하는 바가 드러날 것을 안다. 소설의 첫 문장부터 이미 작가와 독자의 겨루기는 시작되었다.

탐정 역할을 하는 인물이 전문가가 아니라는 것을 주목할 필요가 있다. 《수상탑의 살인》의 탐정은 대학원생 한규현이다. 전작에서 여러 차례 등장한 이 캐릭터는 스스로 사건을 해결하러 뛰어드는 것이 아니라 사건에 휘말리는 인물이다. 사건에 익숙하나 적극적인 태도를 보이려 하지 않는 탐정은 현대에는 무척 보편적이지만, 추리소설의 역사를 살펴보았을 때는 좀 뜻밖인 면도 있다. 추리소설에서는 사설탐정이나 경찰 같은 범죄 전문가가 사건을 해결하는 전통 또한 확고하기 때문이다.

〈표 2〉를 다시금 떠올려보자.

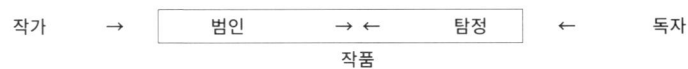

본격 추리소설의 탐정은 범죄의 전문가일 수도 있다. 하지만 정작 소설 속 탐정에 이입하는 외부의 독자는 아마추어다. 우연히 범죄와 관련된 직업을 갖지 않는 한, 독자는 평범한 일상을 사는 사람이다. 그렇다면 그들이 이입하고 자신의 대리인으로 여기게 될 탐정 또한 범죄의 전문가일 필요는 없지 않을까? 본격 추리소설로 고도화된 겨루기에서 독자에게 필요한 것은 주어진 단서를 명확히 포착하고 그것을 논리에 맞게 정확히 배열하고 진상에 걸맞게 완성할 수 있는 논리적이고 정합적인 사고뿐이다. 범죄 전문가로 공인받은 직업의 유무는 부차적인 요소다.

그렇기에 《수상탑의 살인》의 탐정이 이론 입자물리학 전공자라는 것은 독자에게 탐정 역할의 당위성을 주는 장치가 된다. 물리학도라는 작가의 이력을 상기하지 않아도 물리학이라는 논리적이고 이성적인 면모를 연상시키는 학문을 배우는 인물은 탐정 역을 맡기에 충분하다.

시공간적 배경의 특이함 또한 주목할 부분이다. 《수상탑의 살인》의 주요 공간은 바다 위를 부유하는 수상탑이라는 고립된 건물 안이다. 시간대는 가까운 미래이며 지구 온난화의 위기에 봉착한 시기다.

추리소설에서 배경은 그 중요성에도 불구하고 특수한 몇몇 지점에서만 고찰되었을 뿐이다(가령 밀실에 대한 탐구나 특수한 건물의 사용 등). 하지만 본격 추리소설에서 사건이 벌어지는 공간적 배경의 특수성, 과거의 역사를 배경으로 삼는 추리소설에서 특정한 시기를 다루기 때문에 제약되거나 허용되는 여러 장치의 문제를 고찰해보면, 배경 전반에 대한 심도 있는 연구가 필요하다는 것을 알 수 있다.

이 작품에서도 배경은 중요한 역할을 한다. 제목부터 수상탑이라는 특수한 건물이 배경이 될 것이라는 점을 알리고 있으며, 작중에서도 불가능해 보이는 범죄가 벌어지는 여러 상황이 수상탑이라는 특수한 공간 때문에 독자에게 가능한 것으로, 즉 작가의 트릭 사용이 공정하다고 인정받는다.

《수상탑의 살인》에서는 사건의 불가능성을 보이고 진상을 감추기 위해 공간적 배경의 특수성만이 아니라 시간적 배경 또한 활용한 점이 인상적이다. 시간적 배경은 역사를 다루는 작품에서 핍진성을 갖출 요소로 중요하게 여겨지지만, 본격 추리소설에서는 큰 비중을 차지하지 않는다. 그저 현재의 과학적 수사 기법을 피해갈 수 있는 설정 소극적으로 이용할 뿐이다. 이 작품에서는 시간적 배경 또한 적극적으로 독자와의 겨루기에 활용된다. 《수상탑의 살인》에서 작가가 제시한 사건의 진상 중 일부는 일반적인 예라면 자칫 억지스럽고 작가 편의적인, 다시 말해 공정하지 않은 게임으로 여겨질 수도 있었다. 하지만 작품이 제시한 시간적 배경 때문에 진상은 설득력을 갖추고, 공정하다고 평가받을 만한 정당성을 획득하게 된다.

작가는 독자에게 이렇게 말하는 듯하다. "나는 이미 모든 단서를 주었다. 당신이 제대로 눈여겨보지 않았을 뿐." 그야말로 본격 추리소설 작가가 꼭 해보고 싶은 말이지 않은가.

6

본격 추리소설은 작가와 독자 사이의 공정한 겨루기를 추구한다. 그렇기에 트릭이 얼마나 완성도를 갖추었는지와 이를 제시한 방식의 공정성 여부가 작품의 완성도를 평가하는 가장 중요한 척도가 된다. 하지만 이는 일반적인 소설이 추구하는 지향점과는 다르다. 본격 추리소설은 트릭에 몰두하면서 일반적인 소설이 가지는 요소 가운데 여럿을 희생하거나 축소하는 모습을 보인다.

흔히 소설의 구성 요소로 인물, 배경, 사건을 꼽는다. 일반 소설과 본격 추리소설은 이 세 요소를 사용하는 방식에 명확한 차이를 보인다.

우선 사건부터 살펴보자. 사건은 일반적으로 이야기의 흐름을 타고 발생하고 구체화하고 해소된다. 본격 추리소설에서 이야기는 '의문의 범죄가 발생하고 그것을 해결한다'에 집중되어 있다. 범죄가 발생하는 순간의 놀라움과 미궁에 빠진 진상을 둘러싼 혼란, 그리고 놀라운 해결이라는 특정한 이야기 흐름에 고정되는 것이다. 본격 추리소설에서는 이야기가 자연스럽고 그럴듯하게 진행되는 것보다는, 단서가 어떻게 제시되거나 숨겨지고 진상이 어떻게 극적으로 드러나는지에 좀 더 집중한다. 즉 일반적인 소설이 따르는 기승전결의 구조보다 좀 더 특수한 형식을 추구하는 셈이다.

일반 소설에서 배경은 이야기에 보편성과 핍진성을 부여하는 역할을 한다. 이에 비해 본격 추리소설에서 배경은 상황의 특수성을 보이는 쪽으로 제시된다. 클로즈드 서클이 된 공간을 비추거나 특이한 구조와 기믹을 갖춘 장소를 드러내는 데 집중하면서, 특수한 상황 속에서 단서를 제시하고(혹은 숨기고) 그것이 작중 배경에서는 현실적으로 가능함을 보이는 데 주력한다.

가장 두드러진 차이는 인물을 다루는 방식이다. 소설의 인물은 주인공(프로타고니스트)과 대립하는 인물(안타고니스트), 주변 인물로 나뉜다. 추리소설에서 주인공은 탐정이나 조수가 되고, 대립하는 인물은 범인과 동조자가 된다. 일반 소설과는 달리 주변 인물은 범인이라는 '나뭇잎'을 숨기는 '숲'의 역할 또한 수행한다. 작중 등장인물 중 누가 범인일까? 이것을 찾는 과정이야말로 추리소설의 재미다.

본격 추리소설에서는 이 점이 더욱 노골적으로 강조된다. 인물들은 범인이거나 범인이 아님을 숨기면서 진상을 알아차릴 단서와 거짓 진상을 도출할 가짜 정보를 제공하는 역할에만 충실하다. 작품이라는 세계 안에서 살아 움직이는 인물이 아니라, 주어진 경기를 충실히 수행하는 선수, 혹은 더욱 노골적으로 장기짝으로서 움직일 뿐이다. 본격 추리소설이 고도화되고 정교화되면서 이러한 성향은 더욱 가중되었다. 인물의 드라마는 약화되고 기능성이 강화된다. 본격 추리소설을 처음 접하는 독자 가운데 일부가 '평면적인 인물'을 이유로 부정적인 반응을 보이는 것도 이 장르가 인물을 다른 방식으로 사용하기 때문이다. 본격 추리소설 가운데 등장인물의 삶에 공감하는 작품이 극소수인 이유다.

《수상탑의 살인》 또한 인물 사용에 있어서 여타의 본격 추리소설과 다르지 않다. 천재 소녀, 음모론을 신봉하는 청년, 성경 구절을 계속 언급하는 남자 등, 작중 인물은 어디선가 본 듯한 인상을 준다. 작가가 인물에 부여하려고 한 개성은 각각의 인물을 변별하는 기능 이상으로 작동하지는 않는다. 인물의 개성은 사건의 진상을 드러낼 단서를 제시하기 위한 게 아니라면 잘 드러나지 않는다. 일반 소설에서 인물의 개성이 언뜻 불필요한 요소로 보이더라도 그로 인해 작품에 생동감이 형성되는 것과는 대조적이다.

그래도 탐정은 작품 속의 다른 평면적인 인물에 비하면 조금 더 입체적인, 정확히는 인간적인 모습을 보인다. 이는 본격 추리소설에서 독자가 이입할 대상이 탐정이라는 주장에 비춰보면 그리 뜻밖은 아니다. 탐정은 유능하면서도 어딘가 한 군데 인간적으로 호감이 가는 구석이 있어야 한다. 그래야 독자가 거기에 기대 탐정의 편에 기꺼이 설 수 있기 때문이다. 또 다른 이유로 전작에 계속 등장한 탐정이니만큼 작품 안팎에서 탐정의 서사가 쌓였기 때문일 수도 있다. 평면적인 인물이어도 이야기가 여러 겹 쌓이며 부피가 형성된 것이다. 작가가 이후의 작품에서 탐정의 인간성을 확보하면서 인물의 기능성과 개성을 좀 더 탐구해나간다면 더욱 완성도 높은 작품을 만들 수 있을 것이다.

《수상탑의 살인》은 본격 추리소설을 좋아하는 한국 독자에게 다양한 반응을 얻고 있다. 완성도에 대한 논쟁, 트릭의 공정성에 대한 평가 등을 보면서, 이 작품이 한국 추리소설계에 새로운 가능성을 보인 작품이라고 생각했다. 국내 작품은 어쩔 수 없이 외국 추리소설과 계속 비교될 수밖에 없다. 엄혹한 시장 상황 속에서도 외국의 작품들과 어깨를 나란히 하면서도 한국만의 개성을 확보한 작품이 등장하려는 징조가 보인다. 《수상탑의 살인》은 한국에서도 제대로 된 본격 추리소설을 내놓을 수 있다는 가능성을 보인 작품이다. 진일보한 다음 작품을 기대한다.

## 7

본격 추리소설을 추리소설이라고 할 수 있을까?

마지막에 극단적인 질문을 던진 이유를 앞선 주장에서 짐작했을 것이다. 본격 추리소설은 추리소설의 형식적 요소를 공유한다. 하지만 본격 추리소설은 독자의 존재로 인해 추리소설과는 다른 형식성이 발달했다. 같은 뿌리를 가지고 특정한 요소를 공유하지만, 본질은 다른 두 존재 같다.

그러므로 현재 '추미스'라고 뭉뚱그려 표현하는 장르의 구분에 좀 더 심도 있는 논의가 필요하고, 그 중심에는 본격 추리소설이 있을 것이다. 본격 추리소설을 어디에 놓아야 하는가? 추리소설의 일부로 인정해야 하는가? 독립적인 장르로 보아야 하는가? 이 질문에 어떻게 답하는지가 결국, 장르의 발전과 진화로 이어질 것이다.

**무경** 부산에서 태어나 부산에서 살고 있다. 좋은 이야기는 세상을 좋은 방향으로 움직이고, 이야기 한 줄에 무한한 가능성이 담겨 있다고 믿는다. 《1929년 은일당 사건 기록》 시리즈를 썼으며, 연작 단편집 《마담 흑조는 곤란한 이야기를 청한다》를 펴냈다. 2024년 단편 〈낭패불감(狼狽不堪), 이러지도 저러지도 못하고〉로 제18회 한국추리문학상 황금펜상을 수상했다.

"얼음으로 만든 칼로 심장을 찌르는 것 같은 차가운 아픔이
느껴진다. 그런데 신기하게도 이 쓰라린 아픔이 좋다.
이 아픔이 반갑기까지 하다."_정여울(문학평론가)
사랑이라는 이름의 미스터리 일곱 편

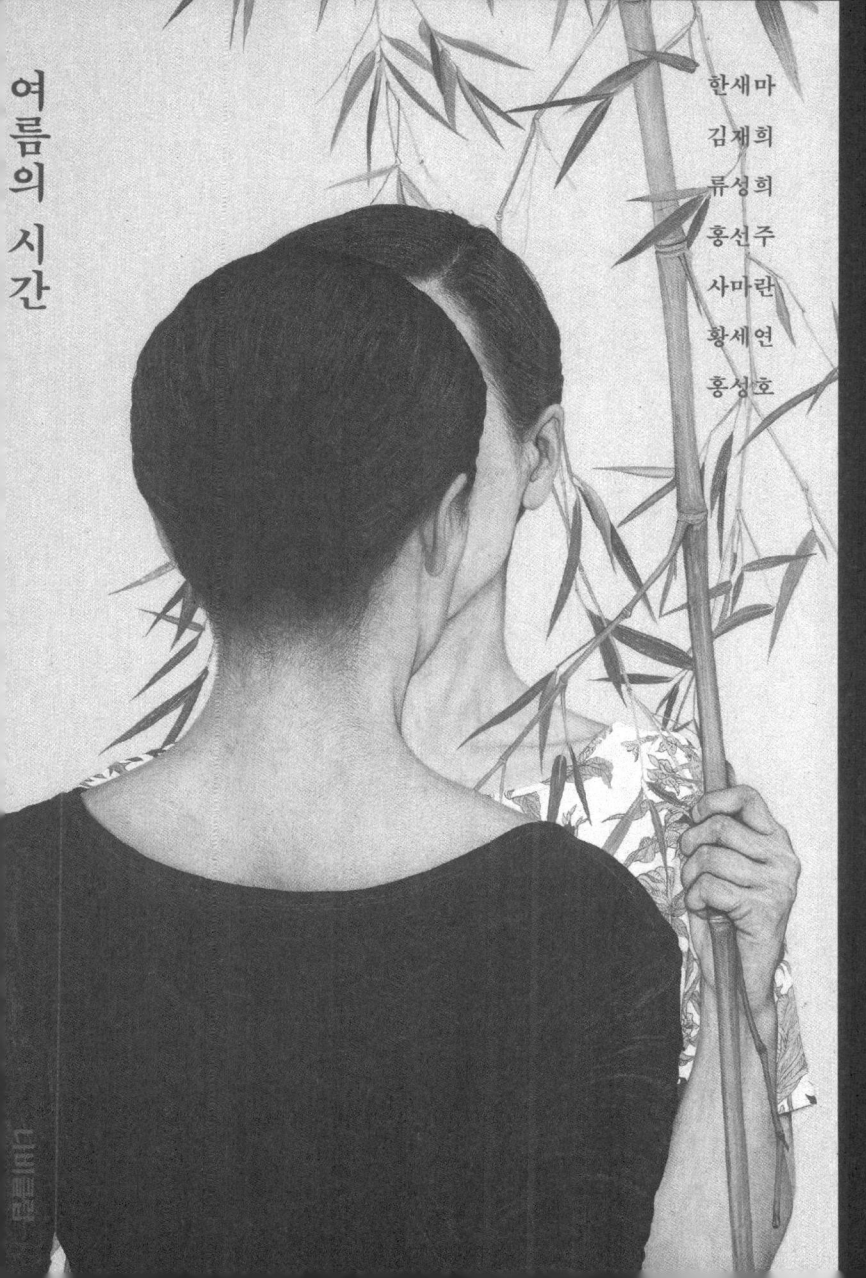

여름의 시간

한새마
김재희
류성희
홍선주
사마란
황세연
홍성호

# 창작자에겐 죽음에 대한 깊은 고민이 필요하다

## 법의학자 이호

인터뷰 진행 + 김소망

**이호** 전북대학교 의과대학 졸업 후 전북대병원에서 병리학 전문의 수련을 마치고 1998년 국립과학수사연구원에서 법의학자로서 활동을 시작했다. 국과수에 파견된 첫날부터 '삼풍백화점 붕괴 사고', '경기여자기술학원 화재 사건' 등 온 국민을 충격에 빠뜨린 대형 참사 현장에 투입되었으며, 이후로도 '대구 지하철 화재 사고', '세월호 침몰 사고' 등 대한민국 현대사의 비극으로 남은 대형 참사 현장 수습에 발벗고 나섰다. 또한 수사기관의 잘못으로 무고한 시민이 범인으로 지목되어 억울한 옥살이를 한 '삼례 나라슈퍼 사건'과 '약촌오거리 사건' 등의 재심 과정에서 법의학자로서 진실을 밝히는 증언을 하여 피해자들이 누명을 벗고 재심에서 승소하는 데 중요한 역할을 했다. 2004년 전북대 의대에 교수로 임용되었고, 현재 학생들을 가르치며 전북 지역에서 발생하는 변사 사건들의 부검을 담당하고 있다. 지금까지 30여 년간 4천여 건의 시신을 부검하며 법의학자로서 억울한 망자들의 마지막 대변인이 되고 있다.

미스터리 소설에서 가장 빈번하게 사용되는 소재가 무엇이냐 묻는다면 누구나 바로 대답할 것이다. 죽음. 독자로서는 소설 한 권에서 한 명이 죽든 백 명이 죽든 정서적 타격에 그리 큰 차이가 없다. 그보단 '이 캐릭터는 금세 죽겠네', '이 사람은 대체 어떻게 죽은 거지?'라며 서사에 몰입하는 장치로 죽음을 쉬이 바라본다. 마치 나에겐 죽음이 아주 늦게 찾아올 것처럼. 사실 그런 착각 없이 미스터리를 마음껏 즐기기란 쉽지 않다.

하지만 현실의 죽음은 그렇게 단순하지 않다. 대한민국에서의 죽음은 더욱 그렇다. 사인 불명률 세계 최상위권, 장례 후에야 이뤄지는 사망 등록, 변사 의심이 있을 때만 가능한 부검 시스템. 법의학자 이호 교수는 "죽음을 공적 사건으로 인식하고, 사회가 적극적으로 개입해야 한다"라고 말한다. 죽음이 익숙한 미스터리 독자와 죽음에서 삶을 바라보는 법의학자. 우리 사이에는 죽음에 관해 이야기할 것이 아주 많다.

지난겨울에 첫 책《살아 있는 자들을 위한 죽음 수업》을 출간하셨습니다. 늦었지만 출간을 진심으로 축하합니다.

> 의대 본과 4학년 시절, 법의학을 전공하겠다고 결심하고 학과 면접을 봤을 때 병리학 교수님께서 "참, 별 미친놈을 다 보겠네"라고 하셨습니다. 그만큼 법의학자의 길은 쉽지 않은 선택이었습니다. 하지만 저는 "죽은 자가 산 자를 가르친다"는 신념으로, 부검을 통해 고인의 마지막 이야기를 듣고 억울함을 밝히는 일을 선택했습니다. 거기에서 얻은 교훈을 공유하며 우리 사회가 조금 더 나아졌으면 하는 마음으로 일해왔습니다. 그동안의 경험을 바탕으로, 죽음을 통해 삶의 의미를 되새기고자 책을 집필하게 되었고요.

책에서 "많은 이들이 내가 무상과 허무를 많이 느낄 거라 짐작하지만, 오히려 생에 대한 강한- 의지가 생긴다고 말하면 어떻게 생각할까"라는 대목이 인상 깊었습니다. 그 말 뒤엔 어떤 생각이나 경험이 있었는지, 요즘은 삶을 어떤 마음가짐으로 바라보고 계신지도 궁금합니다.

> 죽음을 가까이에서 마주하면서, 오히려 삶의 소중함과 살아 있는 것의 기적을 더욱 깊이 느끼게 됩니다. 죽음은 항상 우리 곁에 있지만 삶의 마지막 순간에서야 배울 수 있는 것들이 있습니다. 그래서 저는 '웰빙well-being'이나 '웰다잉well-dying'보다 '웰빈well-貧', 즉 잘 비우는 삶을 추구하며 살고 있습니다.

영화나 드라마에 자주 나오는 부검 장면이 실제와는 많이 다를 것 같습니다.

실제 부검 전 과정에 대해 간략히 설명해주세요.

먼저, 사망자의 신원을 확인하고, 외표에서 보이는 작은 멍과 피부까짐을 포함해 문신, 오래된 자해흔, 손의 굳은살 등을 세밀히 관찰하고 기록합니다. 법의학자에게 피부는 그 사람의 인생을 기록한 종이이고, 인체는 한 권의 자서전입니다. 다음으로 가슴과 배, 머리, 목 순으로 철저히 해부합니다. 그 과정에서 조금 더 검사할 필요가 있다고 판단되는 장기는 일부를 떼어내서 현미경으로 관찰합니다. 그 후 위 내용물과 혈액을 채취하여 약독물과 알코올 검사를 통해 종합적으로 사인을 추정합니다. 실제 부검은 드라마나 영화에 나오는 부검 장면보다 훨씬 더 과학적이고 체계적으로 진행됩니다.

부검에서 가장 중요한 점과 놓쳐선 안 되는 핵심이 있다면 무엇일까요?

선입견을 갖지 않는 것입니다. 어떤 선입견도 없이 고인의 몸에 남겨진 메시지를 경청해야 합니다. "말발굽 소리가 들린다고 꼭 말인 것은 아니다"라는 말이 있습니다. 사건 서류를 미리 읽고 예단하면, 실제 사망 원인을 발견하지 못하는 일이 발생할 수 있습니다. 부검에 임할 땐 항상 겸손해지려고 노력합니다.

죽음을 가장 가까이에서 다루는 법의학자로서, 평소 미스터리 소설이나 영화가 죽음을 다루는 방식에 대해 어떤 생각을 하고 있는지 궁금합니다.

저는 법의학자로서 죽음을 그 누구보다 가까이에서, 반복적으로 마주하는 직업을 갖고 있습니다. 그렇기에 소설이나 영화, 특히 미스터리 장르에서 죽음을 다루는 방식에 민감하게 반응하게 됩니다. 죽음이 지나치게 도구적으로, 혹은 가볍게 다루어질 때는 개인적으로 아쉬움과 안타까움을 느낄 수밖에 없습니다.

죽음은 단순히 한 사람의 생명이 멈추는 사건이 아닙니다. 한 사람의 삶의 총체이자, 사회적 맥락을 반영하는 중요한 요소입니다. 그런 점에서 미스터리 장르가 죽음을 흥미와 오락 소재로 소비하는 것에 그친다면, 그것은 죽음을 '사건'으로만 바라보고, 죽음을 통해 우리 사회를 성찰할 기회를 놓치는 좁은 시야에 갇히는 셈이 아닌가 싶습니다.

소설이나 영화에서 피해자와 가해자, 형사의 서사는 촘촘히 진행되는 반면, 법의학자는 '정보 전달용' 캐릭터일 때가 많습니다. 책과 방송을 통해 접한 교수님의 입체적인 모습 덕분에, 그동안 창작물 속 법의학자 캐릭터가 너무 평면적으로 그려진 건 아닌가 하는 생각이 들었습니다.

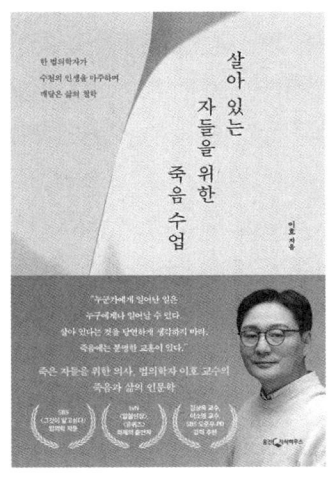

법의학자가 대부분 극의 중간이나 초반에 잠깐 등장하여 '사망 시각은 몇 시경입니다', '외상 흔적은 없습니다' 같은 간단한 정보만 전달하고 사라질 때가 많아 아쉽습니다. 법의학자는 단순한 기술자가 아닙니다. 우리는 고인의 몸에서 진실을 읽어내고, 고인의 삶과 죽음을 깊이 이해함으로써 사회적 메시지를 전달하는 역할을 하기도 하니까요.

미스터리 장르의 창작자에게, 죽음을 더 깊이 있게 다루기 위해 꼭 알아야 할 현실적인 사항이 있다면 무엇을 꼽으시겠어요?

직접적인 사망 원인뿐 아니라 그 사람이 죽음에 이르게 된 과정과 개인적인 사정, 더 나아가 사회 구조적인 문제 등을 종합적으로 고려해야 합니다. 무엇보다 먼저 인간에 대한 깊은 이해와 공감이 있어야 합니다. 그 후에야 죽음에 대한 깊이 있는 시선이 생기지 않을까 싶습니다.

교수님께서는 시스템의 개선이 중요하다는 말씀을 자주 하셨습니다. 요즘 가장 관심 있게 지켜보는 제도나 시스템이 있다면 무엇일까요?

우리나라는 OECD 가입국 중 사인 불명이 가장 많은 나라입니다. 이는 변사 의심이 있을 때만 부검을 진행하는 현재 시스템의 한계 때문입니다. 범죄 연관성뿐 아니라 국민의 건강과 안전에 관련된 죽음까지 철저히 원인을 밝히는 시스템이 필요합니다. 그러기 위해서는 국가가 책임지고 원인을 밝히는 죽음, 즉 검시의 대상이 되는 죽음의 유형을 범주화할 필요가 있다고 생각합니다. 예를 들어 범죄 연관성, 사고, 자살 의심, 부패 및 신원불상, 수중 및 화재, 의료기관 사인 미상 등 국가가 책임지고 처리해야 하는 변사유형을 정하고, 이를 시행할 수 있는 독립적인 검시법이 필요합니다.

법의학 시스템 안에서, 가장 시급히 바뀌었으면 하는 부분이 있다면 어떤 걸까요.

위의 내용과 연관 지어, 사인 불명을 줄이기 위해 죽음의 등록 과정을 국가가 엄격히 관리하는 시스템을 갖췄으면 합니다. 예를 들어 현재 우리나라의 사망 등록 제도는 '장례 후 사망 등록'인데, 이를 다른 나라의 경우처럼 '사망 등록 후 장례'가 가능하게 바꾸는 것입니다. 이렇게 하면 사망 사실과 사인을 국가가 빠르게 파악해야 하므로 일반 의사들에게 더 높은 수준의 법의학 지식과 경험이 요구될 것입니다. 결과적으로 법의학 시스템이 강화되는 데 큰 역할을 하여 사망 불명을 줄이는 데 도움이 되리라 생각합니다. 주검은 한낱 벌레가 들끓는 시체가 아닙니다. 삶의 보고서가 가득 든 커다란 서랍장입니다. 죽음으로부터 교훈을 얻지 못하는 사회는 안전할 수 없습니다.

마지막 질문입니다. 자신이나 가까운 이의 죽음을 둘러싼 두려움 혹은 상실감이 일상과 자아를 무너뜨릴 때가 있습니다. 그럴 때 어떻게 이겨내면 좋을지, 교수님께서 전하고 싶은 말씀이 있다면 듣고 싶습니다.

"눈물로 발산하지 못한 슬픔은 다른 장기를 아프게 한다"는 의학 격언이 있습니다. 죽음을 마주하면서 슬픔을 참으라고 말하고 싶지 않습니다. 저는 "모든 사람은 두 번 죽는다. 영혼이 육신을 떠날 때 처음. 그를 기억하는 마지막 사람이 죽을 때 다시." 고인과 보냈던 시간과 추억이 퇴색되지 않을 만큼만 슬퍼하십시오. 그것을 소중히 기억하고 추모하는 것이 상실감을 이겨내는 방법입니다.

**김소망** 평생 영화와 책 사이를 오가고 있다. 대학에서 영화 연출을 전공했고 현재 직업은 출판 마케터. 마케터란 한 우물을 깊게 파는 것보다 100개의 물웅덩이를 돌아다니며 노는 사람과 비슷하다는 생각을 한다. 운 좋게 코로나 전에 다녀온 세계 여행 그 후의 삶을 기록한 여행 에세이 외전, 《세계 여행은 끝났다》를 썼다.

"저 여자, 요괴인 걸까? 마음을 읽는 요괴 사토리?"
1928년 부산에 등장한 경성 제일의 사건 오따꾸,
유령 같은 병약한 여성 탐정의 탄생

마담 혹조는 곤란한 이야기를 청한다

나비클럽 소설선
무경 장편소설

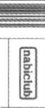

nabiclub

# 천재 화가, 몽타주 수사관이 되다
## - 중국 드라마 〈엽죄도감: 몽타주 – 숨겨진 얼굴〉

✦ 쥬한량(https://in.naver.com/netflix)

네이버 영화 인플루언서. 장르를 가리지 않고 영화/드라마를 리뷰하지만 범죄, 미스터리, 스릴러를 특히 좋아합니다. 2022년 버프툰 '선을 넘는 공모전'에 〈9번째 환생〉으로 당선되었으며, 카카오페이지에 회빙환 미스터리 웹소설 《얼굴 천재 조상님으로 살아남기》를 완결했습니다.

범죄수사극에 관심이 많거나 특별한 능력으로 사건을 해결하는 주인공을 좋아한다면 주목할 만한 드라마가 있습니다. 바로 중국 현대 범죄수사극 〈엽죄도감: 몽타주 – 숨겨진 얼굴〉(이하 〈엽죄도감〉)입니다.

2022년에 시즌 1이 공개되었고, 본토의 큰 인기에 힘입어 2024년 12월 시즌 2도 서비스되었습니다(시즌 3는 2026년 공개 예정). 국내 OTT엔 아직 시즌 1만 있습니다만 올해 안에 후속 시즌도 들어오지 않을까 기대합니다. 몽타주 화가라는 독특한 소재와 미술적 상상력을 발휘한 특별한 수사 기법의 대력이 한국 시청자들 또한 사로잡았으니까요.

〈엽죄도감〉 시즌 1은 총 20화로, 단일 사건이 아닌 다양한 범죄 사건을 에피소드 형식으로 다룹니다. 미국 드라마 〈CSI 과학수사대〉처럼, 각 사건이 짧게는 하나의 에피소드, 길게는 세 개의 에피소드로 전개되고, 주인공의 과거와 얽힌 하나의 큰 사건이 전체 줄거리를 이끌어갑니다. 연속되는 미스터리를 풀어가는 재미와 함께 시청자가 천천히 주인공에게 익숙해지면서 그의 선택과 행동을 이해하고 효과적으로 몰입할 수 있는 전형적인 구조라 할 수 있죠.

서두에 제가 '주인공의 특별한 능력'을 언급했는데요, 바로 이 드라마의 가장 매력적인 소재이자 이야깃거리인 '몽타주 화가'라는 설정과 관련이 있습니다. 단순히 '증언을 통한 얼굴 그리기'를 넘어, 천재적 관찰력과 과학적 분석, 그리고 그것을 정확하게 묘사해내는 능력을 갖춘 주인공의 활약이 흥미롭게 펼쳐집니다.

제가 약을 잘 팔았다면 이제 여러분은 과연 주인공이 어떤 사건을 어떻게 해결할지 궁금해지셨겠죠? 자, 바로 알려드립니다.

## 천재 화가, 예술을 포기하고 사건을 수사하다

주인공 선이(단건차)는 자유롭게 그림을 그리며 살아가던 천재 화가였습니다. 특히 인물화에 탁월한 재능이 있어 특정인의 사진 한 장만으로도 다양한 나이대의 얼굴을 추정해 그릴 수 있을 정도였죠.

어느 날, 한 여인이 어린아이의 사진을 하나 가져와서 40대가 된 초상화를 그려달라고 의뢰합니다. 선이는 별다른 고민 없이 그림을 그려줬는데, 공교롭게도 그 인물이 살해당하게 됩니다. 죽은 남자는 여성들이 연달아 실종되는 사건을 수사하던 베이장경찰서의 레이 팀장이었고, 이 사건 때문에 선이는 죄책감에 예술가의 길을 포기하게 됩니다.

시간이 흘러 7년 후, 선이는 경찰대학에서 미술 작품에서 범죄의 증거를 탐구하는 수업을 강의하는 교수가 되어 있습니다. 레이 팀장을 죽게한 과오를 자신의 재능으로 보상하고 싶어서 경찰이 되었지만, 현장 발령이 미뤄진 탓이었죠. 그런데 베이장경찰서 관내에서 발생한 칼부림 사건의 목격자가 나타나면서, 선이는 서장으로부터 급하게 몽타주를 의뢰받게 됩니다. 하지만 죽은 레이 팀장의 후임인 두청(김세가) 팀장은 선이를 탐탁지 않게 생각했기 때문에 그를 배제한 채 수사를 진행하려 합니다.

두청이 선이를 처음부터 철저히 경계하는
이유는, 7년 전에 선이가 레이 팀장의 초상화를
의뢰한 여자의 몽타주를 그려주지 않았기
때문입니다. 두청은 선이가 일부러 여자를
보호하려고 기억 못하는 척했다고 믿지만,
사실 선이는 남자의 초상화를 그린 후 익사할
뻔한 사고를 겪으면서 트라우마로 여자의
얼굴을 기억할 수 없게 된 것이었습니다.
그러나 선이는 두청의 원망과 따돌림에도
묵묵하게 자신의 재능을 발휘해 나머지
팀원들의 신뢰를 얻고 사건 해결의 중요한
단초를 꾸준히 발견해냅니다. 이러한 과정을
통해 두청도 선이의 능력을 인정하고 신뢰하게
되면서 마침내 동료로 받아들이죠.
그리고 후반부, 어느 여성의 남편 실종 사건을
조사하던 중, 그 여성이 바로 선이에게
레이 팀장의 초상화를 의뢰했었고, 지금껏
성형으로 신분을 바꿔 살아온 사실이
밝혀지면서 이야기는 절정으로 향합니다.

## 여성 연쇄 실종에 얽힌 거대한 음모와 진실

두청과 선이가 사건의 윤곽을 파악해나가던
중, 여성은 두청에게 연락해 레이 팀장 사건의
배후에 관한 정보를 주겠다며 신변보호를
요청합니다. 그런데 만나기로 한 장소에서
여성이 죽은 채 발견되면서 두청은 누명을
쓰게 되고, 선이와 팀원들은 진범을 밝히기
위해 고군분투합니다. 이 과정에서 CCTV 조작,
데이터 서버 추적, SNS 기반 인신매매 등,
현실과 허구를 넘나드는 요소들이 등장하며
몰입감을 더합니다.
선이는 용의자를 특정하지만 심증일뿐,
증거를 확보하지 못해 압수 수색할 수 없는
상황에 놓입니다. 하지만 기지와 팀워크를
발휘해 용의자에게서 중요한 정보를 확인하는
데에 성공합니다. 그리고 마침내 7년 전 사건의
배후이자, 불온한 야망으로 시민의 안전을
위협하려던 최종 빌런을 체포하며 자신의

替罪图鉴

Under the Skin

刘美彤 饰 瞿恋心

213

과오와도 화해합니다.

## 과학적 시각과 미술적 상상력을 동시에 경험한다

이 드라마의 대표적인 특장점은 과학적
수사 기법과 미술적 상상력의 융합이라고
생각합니다. 선이는 미술적 재능이기도 한
관찰력, 시각 기억, 다수의 초상화를 그리며
쌓은 정보에, 논리적 추론을 더하는 방식으로
범죄의 맥락과 진실을 찾아냅니다. 특히
목격자의 위치, 시선, 각도 등을 조합해 정면
얼굴을 유추하는 방식은 '3D 몽타주 기술'*
원리와도 일맥상통하기에 흥미롭습니다.
그에 더해, 선이는 인간의 심리에도 정통한
듯 보입니다. 어느 에피소드에서는 범인을
잡았지만 몽타주에 범인과 전혀 상관이

없어 보이는 묘사가 남습니다. 보통은 그저
기억의 오류라 판단하고 넘길 상황이지만,
선이는 과거에 피해자가 겪은 다른 사건까지
유추하고 추적해 범인을 응징합니다. 이는
수많은 초상화를 그리면서 표정 변화를 세밀히
관찰하고 집중하는 과정에서 쌓은 지식이자
감각으로, 결국 그렇게 모은 모든 정보가
선이의 직관으로 작용한다는 설정이라고 할 수
있죠.
그런 부분이 제가 이 드라마에 유독 흥미를

---

* AI를 활용한 3D 몽타주 기술은 2D 몽타주를 3D 몽타주로 변
환하는 기술부터 측면 이미지를 통해 얼굴 전체를 재구성하는
기술 등을 포함하는 명칭이다. 목격자가 용의자의 얼굴을 옆모
습으로 목격했다면 정면의 몽타주를 보고 알아챌 수 없으므로
3D로 변환하여 조명 처리 등 2D에서 할 수 없는 여러 효과를 적
용하여 목격자가 용의자를 더욱 확실하게 식별할 수 있도록 돕
는 목적이며, 2D를 3D 차원으로 올리기 위해서는 빅데이터를
활용한다.

느낀 이유가 아닐까 싶습니다. 선이가 능력을 발휘하는 방식이나 원리가 제 웹소설 《얼굴 천재 조상님으로 살아남기》 속 주인공과 흡사한 점이 많다는 생각이 들었거든요. 저는 주인공을 이미지 기억력을 가진 사기꾼으로 설정했는데, 시각적 기억(이미지 기억력)을 단순 정보로 넘기지 않고 개별 이미지를 이어 영상화하거나(원래 영상이라는 것이 프레임의 연결이니), 트릭아트를 구현하는 식으로 활용하기도 하고, 얼굴의 미세한 표정 변화를 구별해 인간 거짓말 탐지기가 되는 식으로 상상을 확장해봤습니다. 현실에서는 과장된 설정이라고 느낄 수도 있지만, 앞에서 언급한 3D 몽타주 기술처럼, 과학 기술의 발전과 인간의 상상은 언제나 그 궤적을 함께 해왔으니 온전히 불가능한 일도 아니라고 믿습니다.

## 드라마로서의 완성도는 조금 미흡하지만

한때 미국 드라마 〈CSI 과학수사대〉를 필두로 〈NCIS〉나 〈멘탈리스트〉 등, 과학과 심리로 사건을 풀어내는 재미난 드라마가 많았습니다. 한국의 경우는 에피소드 위주보다 큰 사건 하나를 진득하게 풀어내는 〈비밀의 숲〉 같은 드라마가 큰 인기를 끌었죠. 이 드라마를 그런 드라마들과 비교하면 아무래도 작품성이 다소 부족하게 느껴지기는 합니다. 에피소드가 쌓일수록 선이가 보여주는 능력의 신선도가 떨어질 수밖에 없기에, 중반부터는 다소 과장된 설정과 끼워 맞추는 듯한 논리가 살짝 당황스럽게 다가오기도 합니다. 그러나 그런 단점을 찾아내려고 눈을 부릅뜨기보다는 몽타주를 바라보는 신박한 발상을 즐기신다면 충분히 재미있으실 겁니다.

더불어, 주인공이 천재 화가로 등장하는 작품인 만큼 명화와 관련해 흥미로운 상식도 엿볼 수 있습니다. 자크 루이 다비드의 〈마라의 죽음〉을 범죄 현장을 조사하는 방식으로 분석했을 때 얻을 수 있는 정보라든가, 요하네스 페이메이르의 그림 〈진주 귀걸이를 한 소녀〉에서 우리가 몰랐던 사실이 사건을 해결하는 과정에서 자연스럽게 드러나기도 합니다.

두 주인공 선이와 두청은 마지막 장면에서 미국 추상화가 바넷 뉴먼의 〈영웅적이고 숭고한 인간〉을 모사한 벽화를 완성합니다. 이는 두 사람이 각자의 방식으로 협력하여 결국 범죄자를 응징한다는 드라마의 주제를 그림을 통해 상징적으로 보여준 연출이겠죠?

"남자는 영원히 이해하지 못할 것이다.
절대 열지 말아야 할 문을 연 것은
자기 집에 왔던 그 모든 여자들이 아니라 자기 자신이었음을."
가해자의 심리를 장악하고 무너뜨려 복수하는 심리 미스터리

푸른 수염의 방

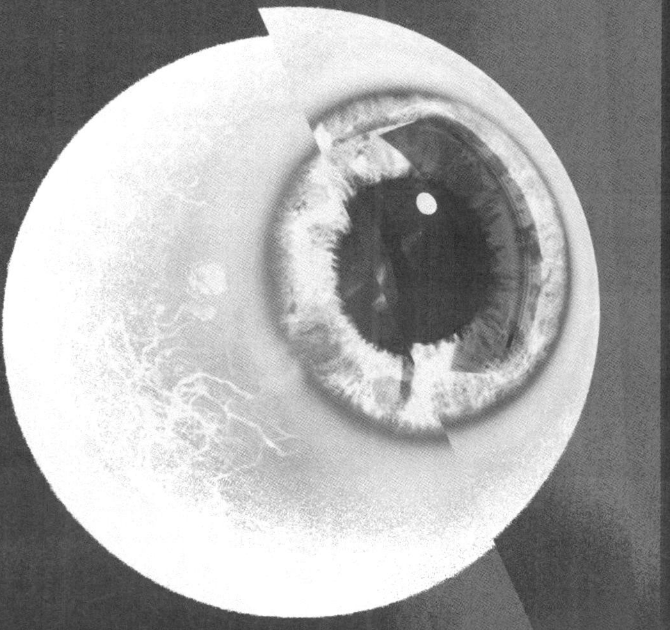

나비클럽 소설선
홍선주 소설

nabiclub
₩15,000

# 물로 쓸어버리다
## - 수해를 다룬 재난 만화《제11호 태풍 힌남노》와 포스트 아포칼립스 웹툰《물위의 우리》

✦박소해

*"가라사대 나의 창조한 사람을 내가 지면에서 쓸어버리되 사람으로부터 육축과 기는 것과 공중의 새까지 그리하리니 이는 내가 그것을 지었음을 한탄함이니라."*

*- 창세기 6장 7절*

무더운 여름, 우리가 의례적으로 치르는 일이 있다. 영화관에서 대형 스크린으로 재난 블록버스터를 보는 일이다. 재난 영화의 장점 가운데 하나는 내 몸은 터럭 하나 다치지 않고 생존 감각을 환기할 수 있다는 점이다. 시원한 에어컨이 나오는 영화관에서 팝콘과 콜라를 끼고 처참한 재난 현장 속에서 주인공들이 살아남기 위해 투쟁하는 모습을 지켜보는 건 꿀맛이다. 심지어 평론가들은 우리가 살아 있다는 사실을 실감하기 위해서 재난 영화를 본다고 말한다.

자연재해를 다룬 영화의 효시는 존 포드 감독의 〈허리케인〉(1937)이다. 이 영화는 실제 많은 물을 퍼오는 등 실감 나게 보이려는 온갖 노력으로 당시로서는 거액인 200만 달러의 제작비가 투입되었다. 넷플릭스의 〈돈 룩 업〉(2021)은 혜성의 지구 충돌을 소재로 했다. 개인적으로 최고의 재난 영화로 꼽는 작품은 폴 뉴먼이 주연한 〈타워링〉(1977)과 얼마 전 타계한 명배우 진 해크먼의 열연이 인상적인 〈포세이돈 어드벤처〉(1978)다. 두 작품은 재난 영화의 기준이 되어 지금까지도 많은 후배 감독이 오마주하고 있다.

재난 영화에 자주 등장하는 소재인 기후 위기는 이제 우리에게 닥친 현실이다. 내가 살고 있는 제주도는 우리나라에서 기후 위기의 영향에 가장 민감한 곳으로, 태풍을 첫 번째로 맞는 곳이다. 지구 온난화는 더 잦은 태풍을 불러왔고, 몇 년 전에는 한 달 반 사이에 태풍을 세 번이나 겪었다. 전 세계에서 가장 넓은 구상나무 숲이 있었던 한라산의 구상나무 80퍼센트 이상이 죽었다. 기온 상승, 부쩍 잦아진 태풍과 여름철 집중호우의 영향이었다. 얼마 전 화제가 되었던 꿀벌의 실종도 관련이 있는데, 제주에서만 최대 4억 마리가 넘게 사라진 것으로 밝혀졌다. 해양생태계 파괴도 심각해서 해녀들의 텃밭인 바다에서 산호가 새하얗게 변해 죽어가는 모습을 담은 〈물꽃의 전설〉(2023)이란 다큐멘터리도 제작되었다. 해수면도 매년 상승해서 1970년에서 2007년 사이에 22.8센티미터가 상승했다. 기후 위기 속 제주도의 미래는 몹시 불안하다.

이번 말풍선에서는 기후 위기가 초래한 재난 중에서 수해를 소재로 한 재난 만화와 포스트 아포칼립스 웹툰을 다뤘다. 출판만화 《제11호 태풍 힌남노》는 태풍 힌남노를, 웹툰 《물위의 우리》는 해수면 상승 이후의 근미래 대한민국을 다룬 작품이다.

## 냉철한 리얼리즘과 따뜻한 휴머니즘 《제11호 태풍 힌남노》

전작 《까대기》(2019)로 좋은 평가를 받았던 이종철 작가의 《제11호 태풍 힌남노》(2024, 이하 〈힌남노〉)는 리얼리즘에 기반한 재난 만화다. 이 작품의 장점은 엔터테인먼트로서 가볍게 다뤄지던 재난물에 묵직한 무게감을 실어줬다는 데 있다.

지난 2022년 9월에 한반도를 강타한 태풍 힌남노는 역대 최악의 태풍 10위에 올랐다. 사망자 열두 명, 포항 지하 주차장 참사, 산업단지와 공공시설 대규모 침수라는 참담한 결과를 낳았다. 아파트 지하 주차장에 물이 가득 찰 때까지 불과 8분도 걸리지 않았다. 어머니와 아들이 차를 빼러 지하 주차장에 갔다가 생사가 갈렸다.

작가는 이러한 처참한 비극이 벌어진 이유가 단순한 자연재해가 아니라 인재이며, 하천을 무분별하게 개발하여 물길을 막았기 때문이라고 주장한다.

줄거리는 단순하다. 추석을 앞두고 고향 포항에 내려온 청년 하늘이 겪는 수해 이야기다. 포항제철 공단 근처 인덕동에서 30년째 식당을 하는 부모님을 돕다가 초대형 태풍 힌남노가 닥친다는 일기예보를 듣는다. 하늘과 가족은 전기가 끊기고 식당 안까지 물이 차오르자, 트럭 위에서 버티다가 맞은편 주택단지로 피신해 겨우 목숨을 건진다. 침수로 제철소가 잠기고 아파트 단지 주차장에 내려갔던 사람들이 물에 휩쓸린다. 물길을 강제로 꺾고 지어진 편의시설과 수로정비사업은 자연재해를 인재로 만들었다. 터무니없이 적은 재난 지원금과 복잡한 행정절차에 재난민들은 다시 한 번 절망한다. 하지만 《힌남노》는 끝까지 희망을 이야기한다. 하늘을 둘러싼 사람들의 따뜻한 행보는 아직 세상은 살 만하다고 생각하게 한다. 《힌남노》는 냉철한 리얼리즘과 따뜻한 휴머니즘이 만난 자리에서 독자에게 우리가 어떻게 살아가야 할지 묻고 있다.

## 해수면 상승 이후의 세계를 그린 포스트 아포칼립스물 《물위의 우리》

재난물과 포스트 아포칼립스물의 차이는 무엇일까? 두 장르 모두 극한 상황에 놓인 다양한 인간 군상을 보여준다는 공통점이다. 하지만 재난물은 재난의

결말, 즉 구조救助가 보장돼야 하므로 인간 이하의 인간이나 극단적인 빌런을 그려내기가 어렵다. 따라서 재앙에서 살아남기 위한 인간의 분투와 함께 영웅적인 주인공이 서사를 이끌고 희망적인 결말로 끝날 때가 많다. 반면에 약육강식의 무정부 상황을 그려내는 포스트 아포칼립스물에는 극단적인 빌런 캐릭터가 종종 등장한다. 스티븐 킹 원작의 영화 〈미스트〉(2008)에서 잘못된 믿음으로 사람들을 선동하는 카모디 부인이 대표적인 예다. 포스트 아포칼립스물은 일부 희망적인 장면을 넣긴 하지만 대체로 암울한 결말을 선호한다.

영화, 소설, 드라마 등 다양한 매체에서 많은 포스트 아포칼립스물이 나왔다. 제59회 대종상영화제에서 최우수 작품상을 받은 〈콘크리트 유토피아〉(2023)나, 한국에서 드라마로 제작된 이사카 고타로의 《종말의 바보》, 데뷔작으로 에도가와 란포상을 수상한 아라키 아카네의 《세상 끝의 살인》이 좋은 예다.

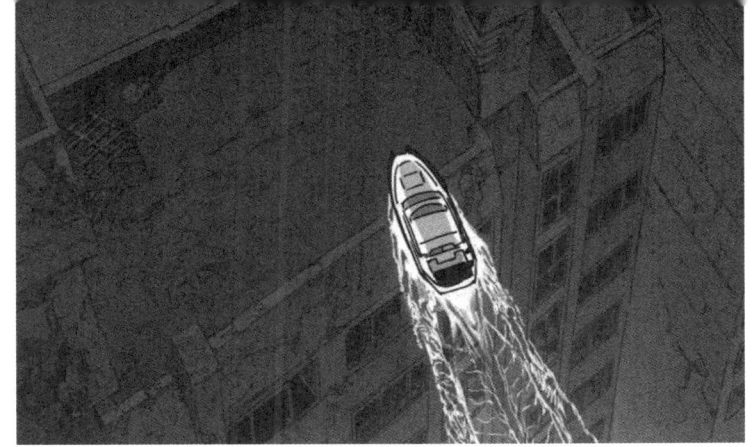

　《물위의 우리》역시 앞의 작품들에 뒤지지 않는 작품으로, 현재 네이버 웹툰에서 1부 114화까지 연재를 마쳤다. 스토리를 맡은 뱁새 작가와 작화를 맡은 왈패 작가는 부부로, 물난리를 겪으며 집이 반이나 잠기는 경험을 통해 작품을 구상했다고 한다. 두 사람은 이 작품으로 2020년 '네이버 웹툰 최강자전'에서 준우승을 차지했다. 제목의 '우리'는 '말하는 사람과 듣는 사람을 포함한 여럿'을 가리키는 단어이기도 하지만, '짐승을 가두어 기르는 우리'라는 중의적 의미가 있다.

　이야기는 해수면이 급격히 상승한 미래의 지구에서 딸 한별이에게 더 넓은 세상을 보여주고 싶은 아빠 호주가 정든 잠실을 떠나 고향으로 향하는 것으로 시작한다. 주인공 한별이는 두 작가의 딸을 모델로 삼았다고 한다. 작품에서 잠실, 북한산, 월악산, 강원도 등 우리에게 익숙한 지역이 전혀 다른 의미로 등장한다. 잠실은 최첨단 기술력을 자랑하는 비밀기지이고, 강원도는 어려운 지역의 아동들을 납치해 노예로 부리는 악의 축이다. 최신 기술과 고대 유물의 보유가 권력의 상징이 되는데 이권을 독차지하고자 분투하는 각 지역끼리의 전쟁이 치열하다. 그들 중 잠실 리더 필호와 월악산 여당주 두 사람은 조연인데도 불구하고 강력한 존재감을 드러낸다. 일본 만화《요츠바랑!》을 연상케 하는 귀여운 그림체와 대비되는 잔인한 내용을 담고 있으며, 독자들로부터 '그림체만 귀엽지 내용은 마라 맛'이라는 평가를 듣고 있다. 초반부 20화까지의 답답한 전개만 참을 수 있다면 갈수록 재밌어진다. 1부 완결 후 휴지기를 갖고 있는데 점점 잔인해지는 스토리에 일부 독자는 불행한 결말이 확실하다고 예측한다.

## 재난이 더 이상 허구가 아닐 때 재난은 공포가 된다

재난 만화나 포스트 아포칼립스 속 재앙을 더 이상 허구로만 치부할 수 없다. 기후 위기로 잦아진 태풍과 해수면 상승은 만화 속만의 일이 아니다. 지금 우리가 살고 있는 지구에서 벌어지고 있는 살아 있는 현실이다. 《힌남노》와 《물 위의 우리》는 눈앞에 닥친 위기를 외면하고 자꾸 희망 회로를 돌리는 우리에게 보내는 준엄한 경고다. 더 이상 허구가 아닐 때 재난은 진정한 공포가 된다.

**박소해**  이야기 세계 여행자이자 장르의 경계를 넘나드는 몽상가. 선과 악을 넘어 인간 본성을 깊숙이 다루는 소설을 쓰고자 한다. 2023년 〈해녀의 아들〉로 한국추리문학상 제17회 황금펜상을 수상했다. 《한국추리문학상 황금펜상 수상작품집: 2023 제17회》에 〈해녀의 아들〉, 산후우울증 앤솔러지 《네메시스》에 표제작 〈네메시스〉를, 메리지 앤솔러지 《시소 게임》에 〈사마귀, 여자〉를 실었다. 제주 호러 앤솔러지 《고딕×호러×제주》를 기획하고 〈구름 위에서 내려온 것〉을 게재했다. 《세계 추리소설 필독서 50》에 공저자로 참여했다.

"시대의 최전선에서 인류의 미래를 고뇌하는 SF와
인간성의 심연을 탐구하는 미스터리가 만났다!"
SF 작가 X 미스터리 작가
9인의 장르 컬래버 프로젝트

2035
SF프
Mystery
미스터리

천선란
한이
김이환
황세연
도진기
전혜진
윤자영
한새마
듀나

천선란 작가부터 도진기, 김이환, 듀나 작가까지
SF × 미스터리 대표 작가 9인의 장르 컬래버 프로젝트

천선란 〈옥수수 밭과 형〉
드라마 확정

황세연 〈고난도 살인〉
드라마 확정

# 알약 여섯 개

황세연

"저는 악마를 죽였을 뿐 사람은 죽이지 않았어요."

40대 중반의 여자 정신의학과 의사, 이승신 박사가 조은황 경감에게 담담히 말했다.

"악마를 죽였다는 게 무슨 의미죠? 전두광을 말하는 겁니까?"

"아, 아닙니다. 저는 전두광을 죽이지 않았어요."

"그럼, 박사님이 말씀하신 악마는 누구죠?"

"얘기해도 믿기 어려우실 거예요."

"어떤 이야기인지 말씀해보시죠."

"2003년에 개봉한 영화 〈아이덴티티〉 보셨나요? 감독은 제임스 맨골드, 극본은 마이클 쿠니, 애거사 크리스티의 《그리고 아무도 없었다》에서 영감을 얻었다는 명작 추리영화인데요."

"못 봤습니다. 저는 미스터리 영화나 추리소설을 별로 좋아하지 않습니다."

"영화의 시작은 폭풍이 치는 어느 날 각양각색의 열 사람이 우연히 한 모텔에 모이고 환경에 의해 고립됩니다. 클로즈드 서클 중 가장 유명하다고 할 수 있는, 애거사 크리스티의 《그리고 아무도 없었다》와 같은 클리셰죠."

"그런 정해진 틀을 클리셰라고 하는군요?"

"예. 클리셰에서 늘 그렇듯, 곧 모텔에서 연쇄 살인이 벌어집니다. 무리 중 누군가가 한 명씩 죽이기 시작하고 사람들은 자기들 무리 안의 연쇄 살인마를 찾기 위해 노력합니다. 그런데 알고 보니, 연쇄 살인이 일어나는 모텔은 현실의 공간이 아니라 한 사람의 머릿속입니다. 연쇄 살인마가 다중인격이어서, 살인마의 머릿속에서 벌어지고 있는 일이죠. 실제 법정에서 연쇄 살인마의 재판이 진행 중인데 증인으로 나온 의사는 연쇄 살인마의 머릿속에 있는 다중인격 중 착한 여자 인격이 살아남고 연쇄 살인마 인격이 죽어서 살인마가 착해졌다고 증언합니다. 하지만 마지막에 충격적인 반전이 일어나죠."

"그 영화가 이 사건하고 무슨 상관이죠?"

"전두광은 10년 전에 우리 딸을 잔인하게 죽인 살인범입니다. 저는 그 사실을 꿈에도 모른 채, 국립병무병원(치료감호소)을 드나들며 전두광의 정신병을 치료하기 위해 노력해왔죠. 전두광은 영화 〈아이덴티티〉의 살인마처럼 다중인격 장애여서, 저는 놈의 머릿속 인격 중 살인마 인격을 없애기 위해 노력해왔습니다."

"그래서, 없앴습니까?"

"그건 결코 쉬운 일이 아니었어요. 놈의 머릿속에는 살인마 인격 이외에도 사기꾼, 도둑, 강도, 성폭행범 인격 등 범죄자 인격이 수도 없이 많았죠. 저는 약물과 최면술을 이용해 비교적 제거하기 쉬운 도둑놈, 사기꾼 인격부터 제거했습니다. 그렇게 놈의 나쁜 인격을 하나씩 제거하다 보니 놈의 머릿속에는 착한 인격 하나와 살인마 인격만이 남았습니다. 바로 그 때, 오래전에 채취한 유전자로 놈이 우리 딸을 잔인하게 살해한 범인이라는 것이 밝혀졌죠."

"1년쯤 전의 일을 말씀하시는군요."

"그래요. 엄청난 충격이었습니다. 내가 치료하고 있는 다중인격 살인마가 내 딸을 살해한 범인이었다니."

"그래서 전두광을 죽인 겁니까?"

"아, 아닙니다. 저는 악마를 죽였을 뿐 사람은 죽이지 않았다고 말씀드리지 않았습니까. 전두광은 갈가리 찢어 죽여도 시원치 않을 놈이었지만 저는 놈을 치료해야 하는 놈의 주치의였습니다. 또 복수하려 해도 놈이 국립병무병원에 수감되어 있으니 복수할 방법도 없었죠. 저는 복수심과 직업윤리를 놓고 오래 번민했습니다. 그러다 제가 할 수 있는 일을 하기로 했죠. 놈의 인격을 죽이는 일이었죠. 저는 놈의 머릿속에 숨어 있는 살인마 인격을 불러내 고통스럽게 죽였습니다. 아이러니하게도 내가 복수함으로써 놈은 착한 사람으로 바뀌었죠."

"박사님의 보고서는 저도 봤습니다. 수사상 필요해서요. 박사님이 전두광의 머릿속에 있는 나쁜 인격들을 모두 제거하고 착한 인격만 남겨놓아, 전두광이 착한 사람이 되었다는 보고서를 법무부에 제출하셨더군요. 덕분에 전두광은 국립병무병원에서 일찍 풀려날 수 있었고요. 하지만 그건 놈을 퇴원시켜 살해하기 위한 박사님의 계획 아니었습니까?"

"예? 왜 자꾸 저를 살인범으로 몰아가는 죠? 제가 전두광을 살해했다는 무슨 증거라도 있나요?"

"전두광이 죽기 직전 마지막으로 만난 사람이 박사님인데, 그걸 어떻게 설명하시겠습니까? 전두광이 자신에게 치명적인 그런 전문 약을 어디서 구했는지도 의문이고요."

"제가 전두광을 만났을 때는 분명 멀쩡히 살아 있었습니다. 전두광은 심부전증 환자에게는 치명적인 알약 여섯 알을 한꺼번에 먹고 죽었다고 하셨죠? 심부전증이 있는 전두광은 평소 어떤 약이 치명적인지 의사에게 들었을 겁니다. 그 지식을 이용해 자살한 거겠죠. 제가 국립병무병원에서 퇴원한 전두광을 찾아간 건 그 사람을 죽이기 위해서가 아니라 용서하기 위해서였습니다. 저는 전두광에게, 네가 내 딸을 잔인하게 살해했다, 그 일로 나는 살아도 산목숨이 아니고 우리 집안은 풍비박산이 났다, 하지만 내 딸을 죽인 너의 살인마 인격은 이미 내 손에 죽었다, 나는 착한 사람이 된 너를 용서하겠다, 등등의 이야기를 했습니다. 그런 뒤 전두광의 집을 나온 게 다입니다. 그런데 내 이야기에 양심의 가책을 느낀 전두광이 자살한 겁니다. 전두광이 나쁜 놈이었으면 자살 같은 건 생각지도 않았을 텐데, 그 사람의 머릿속에는 여리고 착한 인격만 남아 있었기에 양심의 가책을 느낀 거겠죠. 설령 제가 복수하기 위해, 그 사람 머릿속의 나쁜 인격들을 모두 제거하고 착한 인격만 남겨놓은 뒤 충격을 줘 자살하게 했다고 허도 그건 법으로 처벌할 수 있는 죄가 아니지 않습니까?"

"전두광 같은 무자비한 살인마가 양심의 가책 때문에 다량의 약을 먹고 자살했다고요?"

고개를 갸웃거리던 조은황 경감이 태블릿을 가져와 화면에 사진 한 장을 띄웠다.

"전두광이 죽은 뒤 그의 집 소파 테이블을 찍은 사진입니다. 사진을 꼼꼼히 살펴보시죠. 전두광은 알약 여섯 알을 먹고 자살한 게 아닙니다."

이승신 박사가 태블릿의 사진을 한참 들여다봤다.

"흐흐흐, 그렇군요. 제가 실수했군요. 아주 하찮은 실수이지만, 치명적 실수군요. 맞습니다! 제가 놈을 독살했습니다. 놈의 인격 중 착한 인격을 모두 제거한 뒤 강도, 강간범, 살인마 인격만을 남겨놓고 놈에게 독이 되는 치명적인 약을 다량 먹여 고통스럽게 살해했습니다."

**문제: 이승신 박사의 사소한 실수는 무엇일까?**

정답은 QR코드를 스캔하거나 네이버에서 '나비클럽 블로그'를 검색한 후 '계간 미스터리' 카테고리에서 확인할 수 있습니다.

"한눈에 알아봤지, 너도 나처럼 부서진 사람이라는 걸"
"이 도시는 말이야, 사람을 미치게 만드는 뭔가가 있어"
"산다는 것은 끝없이 도망치는 것이다"
"생각하는 법은 곧 잊어버릴 것이다.
그냥 존재하는 법을 배울 것이다"
추리X괴담 20명 작가의 무서운 컬래버

# 신간 리뷰 +《계간 미스터리》 편집위원들의 한줄평

## 《시계 도둑과 악인들》

유키 하루오 지음 · 김은모 옮김 · 블루홀식스(블루홀6)

한이     전작《교수 상회》에서 언급만 되었던 사건들을 수록한 연작 단편집. 전작을 쓰기 전에 이 모든 사건들을 구상해 두었다면 정말 대단하다.

## 《난기류》

여실지 지음 · 텍스티(TXTY)

조동신     생존을 위해 하는 일 때문에 죽어야 하는 아이러니.

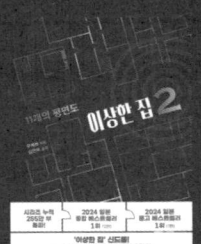

## 《이상한 집 2: 11개의 평면도》

우케쓰 지음 · 김은모 옮김 · 리드비

김소망     기존의 소설 독서 경험과는 전혀 다른 생경한 경험을 하고 싶은 이에게 추천. 작년 일본 종합 베스트셀러 1위.
조동신     전편보다 더 복잡해진 수수께끼, 결말을 놓치지 않기를!
한이     유튜버에서 소설가로의 진화는 성공적.

## 《쌈리의 뼈》

조영주 지음 · 빛은책들

홍선주     범죄의 기억을 잊어버린다면 범죄를 저지른 것일까 아닐까.

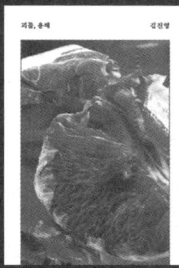

### 《괴물, 용혜》
김진영 지음 · 안전가옥

김소망　다 읽고 만족감에 배가 부르다. 과하지도 부족하지도 않은 맛.

### 《한국 웹소설의 서사세계》
박지희 지음 · 보고사

한이　회빙환에도 품격이 있다.

### 《범선 군함의 살인》
오카모토 요시키 지음 · 김은모 옮김 · 톰캣

김소망　몰입도를 높이는 영리한 장치들이 눈에 띈다. 본격 미스터리를 좋아하지 않아도 즐길 수 있는 해양 어드벤처 미스터리.

조동신　18세기 영국 해군 생활 묘사와 미스터리의 조화가 매우 잘 된 작품.

### 《네버 라이》
프리다 맥파든 지음 · 이민희 옮김 · 밝은세상

조동신　제목 그대로, 아무도 믿을 수 없다. 그래서 더 볼만하다.

### 《북마녀의 웹소설 프로듀싱 아카데미》

북마녀 지음 · 요다

한이        작법 아닌 작법 책. 웹소설 업계의 시스템에 관한 냉정한 조언.

### 《젠더 크라임》

텐도 아라타 지음 · 이규원 옮김 · 북스피어

홍선주       공감한다고 해서 충분히 풀어낼 수 있는 것은 아니다.

### 《살인 오마카세》

황정은 지음 · 책과나무

조동신       역시 재물은 가장 큰 짐이기도 하다.

### 《회생의 갈림길》

마이클 코넬리 지음 · 한정아 옮김 · 알에이치코리아

한이        예상치 못한 스포일러. 할러와 보슈 시리즈 시간차 좀 맞춰서 출간해주심 안 될까
요?

### 《법의 체면》
도진기 지음 · 황금가지

김소망　　　이래서 도진기, 도진기 하는구나.

### 《질병청 관리국, 도난당한 시간들》
이지유 지음 · 네오픽션

김소망　　　'동아시아 블록화'라는 설정이 흥미롭다. 좀 더 몸집을 키운 다음 사건을 기다려본
　　　　　　다. "액션, 비밀 요원, 국제 정세 레츠고."
조동신　　　근미래 배경의 바이러스 테러범 저지 이야기.
홍선주　　　한중일, 미국까지 넘나드는 근미래 바이러스 첩보물.

### 《이상한 마을 청호리》
배명은 지음 · 네오픽션

한이　　　　섬뜩한 스토리와 따뜻한 결말. 한국형 판타지는 지금도 성장하고 있다.

### 《죄의 끝》
히가시야마 아키라 지음 · 민경욱 옮김 · 해피북스투유

홍선주　　　이 소설에 놀랐다면 이두온의 《타오르는 마음》은 더욱 충격적일 것이다.

### 《매미 돌아오다》
사쿠라다 도모야 지음 · 구수영 옮김 · 내친구의서재

한이    연작 미스터리의 모범 답안. 노리즈키 린타로의 해설을 꼭 보시길.

### 《꽃거지를 찾습니다》
홍선주 지음 · 한끼

조동신    사람은 이생에 미련을 얼마나 남길 수 있는가.

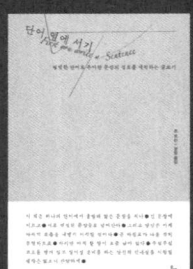

### 《단어 옆에 서기》
조 모란 지음 · 성원 옮김 · 위고

한이    단어와 문장에 관한 아름다운 시. 예를 들자면: "문장은 밝게, 하지만 짧게 타오르
다가 다음 문장으로 이어지는 길을 비춰야 한다."

### 《클리셰: 확장자들》
정명섭, 김아직, 박하익, 송시우, 최혁곤 지음 · 북다

홍선주    어떤 안티 클리셰인지 명확히 알 수는 없지만, 재밌었다.

### 《기억을 되살리는 남자》

데이비드 발다치 지음 · 김지선 옮김 · 북로드

한이     데뷔작 《절대 권력Absolute Power》을 읽을 때만 해도 이렇게까지 롱런할 줄 몰랐다. 이제는 출간되기만 하면 찾아 읽는 작가가 되었다.

### 《수상탑의 살인》

김영민 지음 · 아프로스미디어

조동신     한국 클로즈드 서클물의 가능성을 보다.
홍선주     장단점이 같은 문장으로 귀결된다. '한국 작가가 쓴 일본풍 본격 미스터리'.

### 《나는 범죄조직의 시나리오 작가다》

린팅이 지음 · 허유영 옮김 · 반타

조동신     사람의 삶은 어떻게 해야 바뀔 수 있는가.

### 《합리적인 미스터리를 쓰는 법》

나카야마 시치리 지음 · 민경욱 옮김 · 알에이치코리아

한이     가독성의 제왕이 쓴 미스터리 작법서. 게으른 작가라면 〈원고 집필 중 졸음 방지 대책〉을 읽을 것.

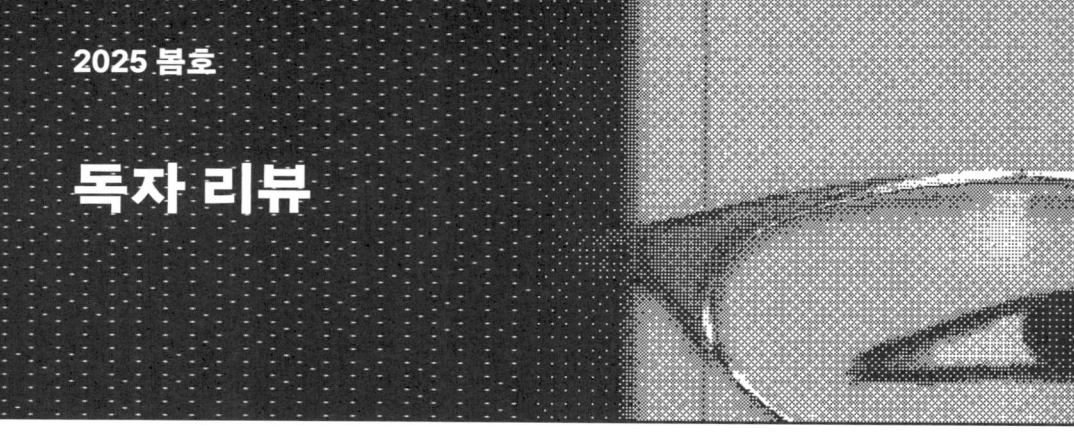

### ✦ hp_dain 문학/클램프계

한국은 미스터리가 많이 발전하지 않았다고
말하는 사람들이 있지만, 이 책을 읽으면
달라질 거라 생각합니다. 이 책은 미스터리를
사랑하거나 간절한 사람들이 사랑을 가득 눌러
담아 쓴 작품들로 가득합니다. 그렇기에 마니아의
처지에서 다른 마니아이자 전문가의 글을 읽으며
즐겁게 공감하고, 또 배울 수 있었습니다.

좋은 작품도 많고, '미스터리 전문지'로서의 역할을
톡톡히 해줬습니다. '머더 미스터리'의 정의를
여기서 제대로 배웠어요.

### ✦ babuting228

서점에서 구경하다가 재미있어 보여서 충동적으로
구매했다.

단편소설이나 인터뷰가 실려 있고 추리소설 관련
콘텐츠 분석 글도 있었다. 한중일의 추리 콘텐츠에
관해 설명해주는데 글이 정말 흥미로웠다. 중국이
사람도 많고 땅도 넓어서 그런지 확실히 스케일이
큰 것 같다. 중국 오프라인 추리 콘텐츠라는 걸
경험하러 가보고 싶어졌다. 예전에 스마트폰으로
하는 콘텐츠들을 본 적이 있는데, 나중에 검색해서
도전해봐야겠다.

신인상 수상작에는 러시아 인물들이 나와서
책에 표시하면서 봤다(한국인 이름도 못 외움).
추리보다는 이야기 진행 위주로 가볍게 보기 좋은
듯하다. 단편소설 〈완전범죄의 대가〉도 너무
재밌다! 추리소설을 간만에 봐서 그런지 집중이
정말 잘됐다. 약간의 카타르시스 때문에 더 재밌게
느껴진 듯하다. 소재도 재미있었고, 작품을 다 읽고
나서, 소설 속의 소재가 된 소설이 이미 출간되어
있다는 사실을 알게 되었다. 나중에 읽어보려고
메모해놨다.

### ✦ 쓩

이번 봄호에서 가장 인상적이었던 작품은
초단편소설 코너였다. 지난 호에는 초단편이
실리지 않았던 것 같은데, 운이 좋게 이번 호에는
중편부터 단편, 초단편까지 다양한 호흡의 작품을
읽을 수 있었다. 나는 작품의 길이에 크게 취향을
타는 편은 아니다. 영화의 경우 150분이 넘어가면
조금 버겁게 느껴지는데, 아무래도 책은 독자
본인이 자신의 속도로 읽어나갈 수 있기 때문에,
분량이 큰 애로가 되지는 않는 듯하다.
아무튼 초장편이든 초단편이든 재미만 있다면
좋아하는 나이지만 초단편의 매력을 하나

고르자면 '독자의 상상이 가장 크게 가미될 수 있는
포맷'이라는 게 아닐까 싶다. 굳이 비유하자면
일반적인 장편이나 단편소설이 60~120분 분량의
영화라면, 초단편소설은 바로 그 영화의 예고편
같다. 그래서 등장인물이며 사건, 배경 등의 모든
것이 새로운 작품의 모티프가 될 수도 있는 것이다.
김영민 작가의 〈풍선〉도, 훌륭한 범죄 영화의
트레일러처럼 재미있게 읽었다. 절묘한 반전과
함께, 그 뒤에 이어질지 모르는 상황을 상상하는
것이 즐거웠다.

스릴러, 미스터리 관련 책을 좋아하는 분이라면
1년 구독해서 읽어보고, 마음에 들면 2년 연장해서
읽어봐도 좋을 것 같다.

구독해서 읽는 책은 처음이라 나름 재미있었고
다음 여름호가 기다려진다. 기대만발.

### ✦ 밍꾸

텀블벅에서 홀린 듯이 결제해버린 책.

난 이런 책이 있는지도 몰랐다. 항상 보는 뉴닉이
추천해줘서 텀블벅에 들어갔다가, '이런 게
있다니!?' 하면서 그냥 결제해버렸다.

신인상을 수상한 〈블라디보스토크의 밤〉이라는
소설을 재미있게 읽었다. 기억에 남을 정도로
재미있게 읽었던 건 홍선주 작가님이 쓴
〈완전범죄의 대가〉. 너무 재미있었다.

그 외에도 초단편 공모전 수상작들이 있는데,
약간 유튜브 숏폼을 보는 느낌으로 짤막하게,
재미있게 읽을 수 있었다. 짧지만 굵은 이야기에
'이런 반전이?'라는 생각이 들어 훅훅 읽었다.

# 계간 미스터리 신인상 공모

전통의 추리문학 전문지 《계간 미스터리》에서
새로운 시대를 함께 열어갈 신인상 작품을 공모합니다.

**★모집 부문**

단편 추리소설, 중편 추리소설, 추리소설 평론

**★작품 분량(200자 원고지 기준)**

단편 추리소설: 80매 안팎 / 중편 추리소설: 250~300매 안팎 / 추리소설 평론: 80매 안팎

※ 분량 기준을 준수하지 않은 응모작은 심사 대상에서 제외됩니다.

※ 평론은 우리나라 추리소설을 텍스트로 삼아야 합니다.

**★응모 방법**

- 이메일을 통해 수시로 접수합니다. mystery@mystery.or.kr
- 우편 접수는 받지 않습니다.
- 파일명은 '신인상 공모_제목_작가명'을 순서대로 기입해야 합니다.
- 이름(필명일 경우 본명도 함께 기입), 주소, 연락 가능한 전화번호, 이메일을 원고 맨 앞장에 별도 기입해야 합니다. 부실하게 기입하거나 틀린 정보를 기재했을 경우 당선 취소 등 불이익을 받을 수 있습니다.

**★유의 사항**

- 어떤 매체에도 발표되지 않은 작품이어야 합니다.
- 당선된 작품이라도 표절 등의 이유로 타인의 지식재산권을 침해한 사실이 밝혀지거나, 동일 작품이 다른 매체 등에 중복 투고되어 동시 당선된 경우 당선을 취소합니다. 이 경우 원고료를 환수 조치합니다.
- 미성년자의 출품은 가능하나 수상 시 법정대리인의 동의서, 가족관계증명서 등을 제출해야 합니다.

**★작품 심사 및 발표**

- 《계간 미스터리》 편집위원들이 매호 심사합니다.
- 당선자는 개별 통보하고, 《계간 미스터리》 지면을 통해 발표합니다.

**★고료 및 저작권**

- 당선된 작품은 《계간 미스터리》에 게재합니다. 작가에게는 상패와 소정의 고료를 드립니다.
- 원고료에 대한 제세공과금을 공제합니다.
- 신인상에 당선된 작가는 기성 작가로서 대우하며, 한국추리작가협회 정회원으로서 작품 활동을 지원합니다.

**■문의**

한국추리작가협회 02-3142-3221 / 이메일: mystery@mystery.or.kr

"난 네가 되고 싶어."
1년마다 인간의 살을 먹고 그 인간으로 변해야만 살 수 있는
돌연변이가 사랑에 빠지는, 오컬트 미스터리 로맨스
＊영화화 예정

우울의 중점

이은영 소설

나비클럽

# 모든것이

## 오ㄴㅅ

**김형규 지음**

21세기로 귀환한 참여문학, 미학적 리

The first collection of novels by Kim Hyung-kyu, who won the Rookie of the Year Award for "The Story of Dae
the story, aims to stare at the "class" problem of Korean society in the 21st century through five works he ha

# 이야기

.11.30 출간

사의 새로운 지평을 여는 작가의 출현

2022 for his work as a labor lawyer in Daelim-dong. The author, who uses the grammar of genre literature for
far and to clear the shadow of loneliness cast on the "unwelcome" within the violent and oppressive system.